LA FEMME D'UN HOMME

D'origine canadienne, A.S.A. Harrison a écrit quatre livres de non-fiction avant de se lancer dans un thriller psychologique. *La Femme d'un homme* a connu un succès démentiel dès sa sortie américaine, catapulté numéro deux des meilleures ventes aux États-Unis un mois après sa parution. Elle n'aura malheureusement pas savouré sa gloire, décédée quelques mois avant la sortie de son livre et laissant derrière elle son mari, John Massey, plasticien. *La Femme d'un homme* a été traduit dans une vingtaine de langues et s'est positionné parmi les livres best-sellers dès sa sortie en France.

A.S.A. HARRISON

LA FEMME D'UN HOMME

TRADUIT DE L'ANGLAIS (ÉTATS-UNIS) PAR AUDREY COUSSY

LE LIVRE DE POCHE

Titre original :

THE SILENT WIFE
publié par Penguin US, 2013.

© Penguin Books, 2013.
© Librairie Générale Française, 2014, pour la traduction française.
ISBN : 978-2-253-18437-9 – 1re publication LGF

À Jonathan

PREMIÈRE PARTIE
ELLE ET LUI

1
ELLE

Septembre est arrivé. Jodi Brett prépare le dîner. De la cuisine américaine de l'appartement, elle a une vue dégagée à travers le salon, jusqu'aux fenêtres orientées à l'est et, au-delà, vers une étendue d'eau et de ciel, que la lumière du soir mêle en un bleu uniforme. L'horizon, ligne fine aux nuances plus sombres, semble tout proche, on pourrait presque l'effleurer. Elle apprécie cet arc qui se dessine, il lui donne l'impression d'être entourée. Ce sentiment de protection que lui confère son nid perché au vingt-sixième étage est ce qu'elle aime par-dessus tout.

À quarante-cinq ans, Jodi se considère toujours comme une jeune femme. Elle ne pense pas à l'avenir, elle vit intensément l'instant présent, s'inscrivant dans le quotidien. Elle part du principe, sans y avoir jamais vraiment réfléchi, que son monde va continuer de tourner ainsi, de façon imparfaite certes, quoique tout à fait convenable… En d'autres mots, elle n'est en rien consciente que sa vie atteint désormais son apogée, que la résilience de sa jeunesse – lentement érodée par vingt années en couple avec Todd Gilbert – approche l'anéantissement, que ce qu'elle croit savoir d'elle-même et de la façon dont elle doit se comporter est beaucoup moins figé qu'elle ne le pense, si l'on considère qu'il suffira de quelques mois à peine pour faire d'elle une meurtrière.

Si vous lui disiez cela maintenant, elle ne le croirait pas. Le mot meurtre ne fait pas vraiment partie de son vocabulaire, c'est un concept pour elle dépourvu de sens, que l'on retrouve dans les faits divers, lié à des gens qu'elle ne connaît pas et qu'elle ne rencontrera jamais. À ses yeux, les violences conjugales semblent particulièrement invraisemblables : est-il possible que des tensions quotidiennes au sein d'un foyer puissent dégénérer à ce point ?... Il y a des raisons derrière cette incompréhension, même si l'on met de côté la retenue habituelle de Jodi. Loin d'être idéaliste, elle est persuadée qu'il faut accepter le meilleur comme le pire. Elle ne recherche jamais le conflit et ne se laisse pas facilement provoquer.

Leur chien, un golden retriever au poil blond et soyeux, est assis à ses pieds tandis qu'elle s'active sur la planche à découper. De temps en temps, elle lui jette une rondelle de carotte crue qu'il attrape à la volée et broie joyeusement entre ses molaires. Ces morceaux de légumes offerts avant le repas forment entre eux un rituel de longue date, que le chien et sa maîtresse apprécient depuis le jour où elle l'a ramené à la maison, quand il n'était encore qu'une petite boule de poils. Elle voulait ainsi détourner Todd de ce désir de progéniture qui avait surgi, du jour au lendemain, lorsqu'il avait atteint la quarantaine. Elle avait baptisé le chien Freud, s'amusant de la manière dont elle pourrait se moquer de son homonyme, ce misogyne qu'elle était obligée de prendre au sérieux à l'université. Freud qui lâche un pet, Freud qui mange des ordures, Freud qui essaie d'attraper sa queue : leur chien est d'une bonne nature et se fiche complètement d'être le sujet de tant de moqueries.

Découpant les légumes et hachant les fines herbes, Jodi se jette à corps perdu dans la préparation du dîner. Elle aime l'intensité qui accompagne l'acte de cuisiner – la vivacité du feu de la gazinière, le décompte du minuteur, l'immédiateté du résultat. Elle a conscience du silence qui règne en dehors de la cuisine, alors que toute cette agitation converge vers l'instant précis où elle entendra la clé de Todd tourner dans la serrure, un événement qu'elle aime attendre avec impatience. Cuisiner pour Todd lui donne toujours l'impression d'une occasion particulière ; elle s'émerveille encore du coup du sort qui l'a fait entrer dans sa vie, un pur hasard qui ne semblait pas les inviter à mieux se connaître, et encore moins à partager un avenir fait de délicieux repas préparés avec amour.

C'était arrivé au printemps, un matin pluvieux. Prise par ses études de psychologie et son job de serveuse le soir, surmenée, épuisée, Jodi était en train de déménager, se dirigeant vers le nord, sur State Street, au volant d'une camionnette de location remplie de ses affaires personnelles. Au moment de se déporter sur la file de gauche, elle avait probablement jeté un coup d'œil par-dessus son épaule, mais ce n'est pas certain. Elle trouvait la camionnette difficile à conduire, n'était pas très à l'aise au volant et, pour ne rien arranger, ses vitres étaient embuées et elle aurait dû tourner au feu précédent. Vu les circonstances, elle était sans doute distraite – un point dont ils ont longuement débattu par la suite. Quand il a accroché la portière de la camionnette côté conducteur, l'envoyant valser dans le trafic en sens inverse, un concert de klaxons et de crissements de pneus s'est fait entendre, et avant que Jodi ait pu se remettre de ses émotions – avant qu'elle ait pu comprendre que son véhicule s'était immobilisé et qu'elle était indemne –, il était là à lui crier dessus de l'autre côté de la vitre.

« Espèce de cinglée ! Qu'est-ce que tu fous, nom de Dieu ? Il te manque une case, ou quoi ? Où est-ce que t'as appris à conduire ? Les gens comme toi devraient rester enfermés chez eux ! Tu vas sortir de ta bagnole à la fin ou tu préfères rester assise là comme une débile ? »

Sa tirade sous la pluie ce jour-là ne lui avait pas vraiment fait bonne impression, mais un homme qui vient d'avoir un accident de voiture ne peut être qu'enragé, même quand il est fautif, or ce n'était même pas le cas ici. Alors, quand il l'avait rappelée quelques jours plus tard pour l'inviter à dîner, c'est sans la moindre hésitation qu'elle avait accepté.

Todd l'avait emmenée à Greektown, où ils avaient mangé des souvlakis d'agneau accompagnés de retsina bien frais. Le restaurant était bondé, l'éclairage vif et les tables presque collées les unes aux autres. Ils s'étaient retrouvés à crier par-dessus le vacarme ambiant et à rire en voyant qu'ils n'arrivaient pas à se faire entendre. Le semblant de conversation qu'ils réussirent à avoir se résumait à des phrases succinctes, telles que : « Mon plat est délicieux… Cet endroit me plaît beaucoup… Mes vitres étaient embuées… Si cela n'était pas arrivé, je ne t'aurais jamais rencontrée. »

Elle n'avait pas eu beaucoup de rendez-vous galants dignes de ce nom. Les hommes qu'elle rencontrait à l'université ne l'invitaient que pour une bière et une pizza tout en comptant leurs sous. Ils la retrouvaient au restaurant, débraillés et pas rasés, dans la même tenue portée pour aller en cours. Alors que Todd, lui, avait mis une chemise propre, et il était venu la chercher. Puis ils étaient allés au restaurant ensemble dans son fourgon – et à présent, il se montrait prévenant, lui remplissait son verre et s'inquiétait de son bien-être. Assise en face de lui, ce qu'elle voyait lui plaisait – cette façon qu'il avait d'occuper l'espace avec désinvolture et cette impression d'autorité naturelle qu'il dégageait. Elle aimait le réflexe charmant qu'il avait d'essuyer son couteau sur un morceau de pain et le fait qu'il ait posé sa carte de crédit sur la table sans même jeter un coup d'œil à l'addition.

De retour dans son fourgon, Todd l'avait emmenée sur son chantier, à Bucktown, où il convertissait en maison individuelle une demeure datant du XIXe siècle, que l'on avait entre-temps transformée en immeuble locatif. La guidant le long de l'allée décrépite, il la tenait délicatement par le coude.

« Fais bien attention. Regarde où tu mets les pieds. »

C'était une horreur de style néogothique, faite de briques délabrées, de peinture écaillée et de fenêtres étroites. Ses pignons pointus lui donnaient une allure oppressante et menaçante : une aberration grossière dans cette rue où s'alignaient d'imposants bâtiments bien solides et complètement rénovés. En l'absence de perron, il fallait monter par une échelle et, dans le hall d'entrée, un lustre massif gisait, renversé, sur le sol. Le salon, qui évoquait un caveau au plafond incroyablement haut, était envahi de gravats et de câbles électriques qui pendouillaient.

« Il y avait un mur ici auparavant, avait-il indiqué d'un geste de la main. Tu peux en voir l'empreinte. »

Elle avait baissé les yeux vers le sol aux planches manquantes.

« Quand ils ont transformé la maison en pension, ils ont créé tout un tas de séparations. Mais ce que tu vois là, c'est l'agencement d'origine. On peut vraiment se faire une idée du résultat. »

Elle avait eu du mal à imaginer un quelconque résultat final. L'absence d'électricité ne l'aidait pas, et la seule lumière, blême et comme délavée, provenait des lampadaires de la rue. Il avait allumé une bougie et fait couler un peu de cire dans une soucoupe pour la faire tenir bien droit. Il voulait lui faire visiter la maison, et c'est à la lueur de la bougie qu'ils avaient parcouru les pièces vides – la future cuisine, le petit salon disparu depuis longtemps, des espaces provisoires délimités par des murs dont il n'y avait que les lattes. À l'étage, on devinait plus facilement le passé locatif du bâtiment : les portes des chambres étaient équipées de verrous et on avait peint les murs de couleurs improbables. L'odeur de moisi était omniprésente et il régnait une atmosphère étrange. Le vieux bois craquait sous leurs pas et la flamme hésitante de la bougie transformait en spectres les ombres de Jodi et Todd sur les murs et le plafond.

« Ce n'est pas une simple restauration, avait-il déclaré. Tout va être transformé et modernisé. Il y aura des planchers en chêne, des portes pleines, du double vitrage… Ce sera ce que tout le monde recherche : une vieille maison pleine de charme, mais avec une structure moderne, bien solide. »

Il avait précisé qu'il s'y était attelé tout seul, qu'il avait appris le métier sur le tas. Au lieu d'aller à l'université, il s'était consacré à ce projet, il avait emprunté de l'argent, et vivait d'optimisme et de crédits. Elle avait compris à quel point la situation était dure pour lui en découvrant un sac de couchage dans une des chambres et, dans la salle de bains, un rasoir et de la mousse à raser.

« Alors, qu'est-ce que tu en penses ? avait-il demandé, de retour au rez-de-chaussée.

— J'aimerais bien voir la maison une fois terminée.

— Tu penses que je me fais des films, avait-il dit en riant.

— C'est un projet ambitieux, avait-elle concédé.

— Tu seras bluffée un jour, tu verras… »

———

Quand elle l'entend enfin rentrer, le ciel et l'eau se sont estompés dans le velouté du crépuscule. Elle éteint le plafonnier, laisse les appliques allumées, orchestrant ainsi une lumière plus douce, puis retire son tablier et se lèche les doigts pour lisser ses cheveux près de ses tempes. Ce geste dévoile son euphorie alors qu'elle l'écoute se mouvoir dans le vestibule. Il cajole le chien, suspend sa veste, vide ses poches dans le bol en bronze posé sur la console. Un bref silence s'installe, le temps qu'il parcoure son courrier. Elle dispose de la truite fumée et des crackers sur une assiette.

C'est un homme imposant, aux cheveux blond sable, aux yeux gris ardoise, d'une vitalité colossale. Lorsque Todd Gilbert entre dans une pièce, les gens s'animent. C'est ce qu'elle dirait si on lui demandait ce qu'elle aime le plus chez lui. Cela et sa capacité à la faire rire dès que ça lui chante, sans oublier que, contrairement à beaucoup d'hommes qu'elle connaît, il est doué pour faire plusieurs choses à la fois : même lorsqu'il répond à un appel sur son portable, il peut aider Jodi à attacher son collier ou lui montrer comment utiliser un tire-bouchon à deux crans.

Il caresse de ses lèvres le front de Jodi, la contourne et ouvre le placard pour attraper les verres à cocktail.

« Ça a l'air bon, dit-il. Qu'est-ce que c'est ? »

Il fait allusion au rôti en croûte savamment doré qu'elle a sorti du four et laissé reposer dans le plat.

« Du bœuf Wellington. On en a déjà mangé, tu t'en souviens ? Ça t'avait plu. »

C'est lui qui est chargé des martinis. Alors qu'elle mélange au fouet la marinade pour les légumes, elle perçoit le cliquetis des glaçons et le fort parfum du citron qu'il entame avec son couteau. Il se cogne à elle, fait tout tomber, gêne ses mouvements, mais elle aime sentir près d'elle sa forme massive et réconfortante. Elle hume l'odeur de sa journée, gravite autour de sa chaleur corporelle. Ses mains sont toujours chaudes, un détail d'une importance quasiment animale pour quelqu'un qui a presque toujours froid.

Après avoir placé le martini de Jodi sur le comptoir devant elle, il emporte le sien et le plat de truite dans le salon, où il s'installe confortablement et ouvre le journal qu'elle a laissé à son intention, soigneusement replié, sur la table basse. Elle dispose les haricots verts et les petites carottes dans des paniers de cuisson séparés et avale une première gorgée de son cocktail, savourant l'effet instantané de la vodka sur son système sanguin, fusant dans chacun de ses membres. Depuis le canapé, Todd commente les nouvelles de la journée : les prochains jeux Olympiques, une hausse des taux d'intérêt, une météo pluvieuse. Une fois avalés les trois quarts de la truite et le reste de son martini, il se relève et ouvre une bouteille de vin pendant que Jodi coupe le bœuf en tranches épaisses. Ils apportent leurs assiettes jusqu'à la table, depuis laquelle ils peuvent admirer ensemble le ciel chatoyant.

« Comment s'est passée ta journée ? demande-t-il en attaquant son plat.

— J'ai vu Bergman, dit-elle.

— Bergman. Qu'est-ce qu'elle avait à raconter ? »

Il s'applique à mastiquer de grosses bouchées de rôti et parle sans lever les yeux de son assiette.

« Elle m'a rappelé que cela fait déjà trois ans qu'elle a tourné cette publicité pour le pudding. À mon avis, son intention est de m'en rendre en partie responsable. »

Il connaît les patients de Jodi sous les noms de code qu'elle leur attribue. Comme ils vont et viennent pendant qu'il est au travail, il n'en a jamais rencontré un seul, mais elle le tient au courant et, d'une certaine façon, il les connaît tous intimement. Elle ne voit pas où est le mal tant qu'elle ne dévoile pas leurs vrais noms. Le surnom de Bergman désigne l'actrice au chômage, dont le dernier job (la fameuse publicité pour du pudding) n'est plus qu'un lointain souvenir.

« Alors comme ça, c'est ta faute maintenant, réplique-t-il.

— Elle sait que c'est son côté désespéré qui rebute les gens, et elle aimerait savoir pourquoi je ne l'ai pas aidée sur ce point. Non, mais je te jure ! Ça va faire des semaines qu'on travaille là-dessus.

— Je ne sais pas comment tu fais pour supporter tout ça.

— Si tu la voyais, tu comprendrais. Elle a un sacré tempérament, c'est une vraie battante. Elle n'abandonnera jamais, et les choses finiront par changer pour elle.

— Je n'aurais pas la patience.

— Tu l'aurais si tu t'étais attaché à eux. Tu sais bien que je considère mes patients comme mes enfants. »

Le visage de Todd s'assombrit et elle comprend que l'évocation d'enfants de substitution lui a rappelé ceux, bien réels, qu'il n'a pas eus. Revenant à Bergman, Jodi poursuit :

« Je m'inquiète pour elle, tout de même. C'est le genre à ne pas croire en elle si personne ne l'engage, mais personne ne va l'engager justement parce qu'elle n'a pas confiance en elle-même et, à vrai dire, je ne sais pas si je suis vraiment en train de l'aider. Parfois, je me dis que je devrais me mettre à la porte moi-même.

— Pourquoi pas ? réplique-t-il. Si tu n'arrives à rien avec elle.

— Ce n'est pas tout à fait à rien ! Comme je te le dis, elle a au moins pris conscience qu'elle s'inflige ça toute seule.

— J'adore ce rôti. Comment as-tu réussi à mettre la viande à l'intérieur de la pâte feuilletée ? »

Comme si c'était un bateau dans une bouteille. Mais elle sait qu'il ne plaisante pas. Pour un homme qui peut monter des murs et couler des fondations, il est étonnamment benêt lorsqu'il s'agit de cuisine.

« Je l'ai enroulée dedans, explique-t-elle. Pense à l'isolation autour d'un tuyau. »

Mais il a le regard perdu dans le vide et ne semble pas entendre sa réponse.

Il a toujours été sujet à ce genre d'absences, même si Jodi les trouve plus fréquentes ces jours-ci. Une minute là, la suivante ailleurs, emporté dans un courant de pensées, de conjectures, de soucis, qui sait ? Il se peut tout aussi bien qu'il soit simplement occupé à compter à rebours à partir de cent, ou à se réciter mentalement la liste des présidents américains. Au moins, elle ne peut pas se plaindre de son humeur. Depuis quelque temps déjà il se montre plus joyeux, il est redevenu lui-même, tant et si bien qu'elle commence à se dire que la dépression de Todd appartient au passé. Jodi a craint un moment qu'elle ne devienne chronique. Elle a duré si longtemps, même Freud n'arrivait pas à l'extraire de sa torpeur. Encore chiot et avide de sottises, Freud était pourtant aussi distrayant qu'un bouffon.

Todd parvenait du moins à toujours faire bonne figure dans les dîners entre amis, c'était déjà ça – il laissait l'alcool couler à flots, enclenchait sa bonne humeur, mettait les gens à l'aise. Todd plaît aux femmes car en plus d'avoir de l'esprit, il est toujours à l'écoute. *Rosalie, tu as trouvé la source de la fontaine de Jouvence. Deirdre, tu es belle à croquer.* Il fait le même numéro aux hommes, les laisse parler d'eux-mêmes sans chercher à leur faire de l'ombre, et il fait rire les gens grâce à ses imitations : le naturopathe indien (*Vous prendre trop de tension... Vous devoir aller plus tranquille*), le mécanicien jamaïcain (*La woi-tu'e a b'soin twois nouveaux pneus... Ouv' le capot, man*).

Il va vraiment mieux maintenant. Il semble plus vivant et rit volontiers même lorsqu'ils ne sont que tous les deux. Il est plus facile à vivre et plus détendu, moins soucieux, comme s'il était redevenu celui qu'il était auparavant, celui des débuts de leur relation – même si l'on est bien loin du temps où ils se glissaient nus dans le lit pour lire le journal, regarder un match et partager un bol de corn-flakes, la bouteille de lait en équilibre sur la colonne de lit, le paquet de sucre Domino se répandant sur les draps. Ils disposaient alors de cette liberté qu'ont les couples qui se connaissent à peine. Ils avaient entre les mains un avenir paisible, où toutes les portes restaient ouvertes, où toutes les promesses pouvaient être tenues.

« Dis-moi à quoi tu penses », lâche-t-elle.

Todd cligne des paupières et lui sourit.

« C'est délicieux », dit-il. Il attrape la bouteille à moitié vide et remplit leurs verres.

« Comment tu le trouves, ce vin ? »

Il aime parler de vin. Parfois, ce qu'ils boivent peut devenir le centre de toute une conversation à table. Mais ce soir, au lieu d'attendre la réponse de Jodi, Todd se tape sur le front et déclare :

« Ah ! Je voulais te dire ! Un week-end de pêche s'organise avec des potes.

— Un week-end de pêche ? » répète-t-elle.

Il n'a fait qu'une bouchée de ses deux tranches de rôti et s'est mis à saucer son assiette avec un morceau de pain.

« Départ vendredi après le boulot. Retour dimanche. »

Todd ne part jamais pêcher et, d'après ce qu'elle sait, aucun de ses amis non plus. Elle saisit immédiatement, sans l'ombre d'un doute, que « partir pêcher » est un euphémisme.

« Vas-tu te joindre à eux ? demande-t-elle.

— Je pense que oui. »

Elle se presse maintenant de finir son repas. La façon dont elle mange parfois (des bouchées minuscules qu'elle garde captives dans sa bouche) met la patience de Todd à rude épreuve, elle le sait bien. Elle avale un petit bout à moitié mâché qui se coince dans sa gorge, et commence à s'étouffer. En vrai gentleman, Todd se relève aussitôt pour lui tapoter le dos alors qu'elle tousse et cherche son souffle. Finalement, le petit morceau à l'origine du problème rejaillit dans sa main. Sans y jeter un regard, Jodi le pose sur le bord de son assiette.

« Tiens-moi au courant, dit-elle en s'essuyant le coin des yeux avec sa serviette. Si tu pars, je vais peut-être en profiter pour faire nettoyer les tapis. Et préparer de la marmelade. »

Elle n'a aucune intention de faire quoi que ce soit de la sorte ; c'est juste histoire de dire quelque chose. Pour elle, ça a toujours été un atout majeur qu'il ne lui mente jamais, qu'il n'ornemente pas ses histoires avec ce genre de détails qui les transformeraient en mensonges. Dans le cas présent, le problème n'a rien à voir avec ses circonlocutions. Le problème, c'est qu'il n'a pas pour habitude de partir en week-end, qu'il n'est encore jamais parti tout un week-end.

« Tiens, dit-il, j'ai un cadeau pour toi. »

Il sort de la pièce et revient avec un paquet – un rectangle plat quasiment de la taille d'un livre de poche, emballé de papier marron et de scotch. Il le pose sur la table à côté de l'assiette de Jodi avant d'aller se rasseoir. Il lui offre souvent des cadeaux et c'est quelque chose qu'elle adore chez lui, mais elle adore moins quand ces cadeaux ont pour but de l'amadouer.

« C'est pour une occasion particulière ? demande-t-elle.

— Non, aucune. »

Un sourire se dessine sur ses lèvres, mais l'atmosphère se fissure. Des objets devraient voler à travers la pièce, des têtes devraient tomber. Elle prend le paquet et découvre qu'il ne pèse quasiment rien. Le scotch se décolle facilement, et d'une pochette cartonnée elle sort un petit tableau magnifique, une peinture du Rajasthan, un original. La scène, peinte dans des tons de bleu et de vert, représente une femme vêtue d'une longue robe, dans un jardin clos. Entourée de paons et d'une gazelle, parée de riches bijoux en or, il est évident qu'aucun souci financier ou matériel ne l'accable. Des branches feuillues dessinent une arche protectrice au-dessus de sa tête. L'herbe sous ses pieds forme un vaste tapis vert. Ils contemplent la scène ensemble, commentent les mains de la femme teintes au henné, son petit panier blanc, la ravissante silhouette que l'on devine sous le voile de sa robe. Alors qu'ils savourent la subtilité des détails et le contraste des couleurs, leur vie revient naturellement à la normale. Il a eu raison de lui offrir cette peinture. Son instinct ne lui a pas menti.

L'heure de se coucher approche, alors qu'elle débarrasse la table et commence à faire la vaisselle. Il propose son aide par principe, mais ils savent tous les deux qu'il vaut mieux laisser à Jodi le soin de nettoyer pendant qu'il sort promener le chien. Non qu'elle soit horriblement exigeante. Ses attentes n'ont rien d'exceptionnel, mais quand on nettoie un plat qui est allé au four, il ne devrait plus être gras, et on ne devrait pas non plus essuyer le gras avec le torchon que l'on utilise ensuite pour les verres en cristal. Ce n'est que du bon sens. Il n'est pas négligent quand il s'agit d'un chantier. S'il devait installer une étagère, il ne l'installerait pas à un angle tel que les objets placés dessus glisseraient. Il ferait du bon travail, consciencieusement, et personne ne pourrait le traiter de perfectionniste ou ne l'accuserait d'être pointilleux. Non qu'elle ait l'habitude de se plaindre. Il est bien connu que, dans certaines circonstances, les meilleurs atouts des individus peuvent devenir leurs plus grandes faiblesses. S'il n'a pas de patience pour les tâches ménagères, c'est qu'elles sont trop triviales pour son énergie débordante. Ça se voit à la façon dont il occupe une pièce : il domine et surplombe l'espace de sa voix forte et de ses gestes amples. Sa place est à l'extérieur ou sur un chantier, là où sa magnitude prend tout son sens. À la maison, c'est souvent une fois endormi à côté d'elle, sa forme massive au repos et son énergie assoupie dans une douce éclipse, qu'il semble le mieux.

Elle traverse les pièces ravissantes de son appartement, tire les rideaux, tapote les coussins, redresse les tableaux, enlève une peluche du tapis, créant ainsi le décor dans lequel elle souhaite se réveiller le lendemain. Il est important pour elle que tout soit parfaitement à sa place quand elle démarre sa journée. Dans la chambre, elle prépare le lit, étend sur les draps un pyjama pour lui et une nuisette pour elle, lisse de la main le tissu et replie les bords pour que les vêtements ressemblent moins à des corps inhabités. Malgré tout, cette vision la trouble – le liseré blanc sur le pyjama sombre, les ficelles soyeuses de la nuisette. Jodi quitte la chambre et sort sur le balcon. Il souffle un vent frais, et la nuit sans lune offre une vue d'une noirceur abyssale. Elle s'abandonne à l'obscurité qui la fait frissonner, se fond dans ce sentiment d'isolement et savoure le fait qu'elle peut le contrôler – elle s'attarde jusqu'au moment où elle se lasse et décide de rentrer. Elle éprouve une vraie reconnaissance pour la stabilité et la sécurité de la vie qu'elle mène : elle en est venue à chérir les libertés du quotidien, l'absence d'exigences et de complications. En renonçant au mariage et aux enfants, elle est restée une page blanche et a pu préserver cette impression d'espace libre. Aucun regret ne subsiste. Son instinct maternel s'assouvit avec ses patients et, sur le plan pratique, c'est comme si elle était mariée. Ses amies la connaissent bien entendu sous le nom de Jodi Brett mais, pour la plupart, elle est simplement Mme Gilbert. Le nom et le titre lui plaisent ; ils lui accordent une sorte de pedigree et lui facilitent la vie. Ainsi, nul besoin de reprendre les gens ou de fournir des explications, ceci la dispense d'avoir recours à une terminologie maladroite telle que conjoint/conjointe ou compagne/compagnon.

Le lendemain matin, une fois Todd parti au travail, elle se lève, s'habille et sort promener le chien le long du Navy Pier. Le soleil scintille derrière une brume laiteuse et projette un filet argenté sur le lac. À terre, la brise a des relents âcres, emplie des effluves marins capiteux qui mêlent huile de moteur, poisson et bois en décomposition. À cette heure de la journée, la jetée ressemble à un géant endormi, au pouls ralenti et à la respiration assourdie. Seuls les gens du coin (les promeneurs de chiens et les joggeurs) sont là pour observer les bateaux qui tanguent, l'eau qui clapote, le carrousel et la grande roue à l'abandon, les mouettes qui plongent pour attraper leur petit déjeuner. Quand elle fait demi-tour pour repartir en ville, la vision de l'horizon détonne le long du lac, dans la lumière spectaculaire du soleil levant. Elle s'est installée à Chicago pour ses études, vingt ans auparavant, et s'y est immédiatement sentie chez elle. Elle a cette ville dans la peau. Après avoir grandi à l'étroit dans une petite ville, Chicago et ses immeubles démesurés, ses foules, sa variété opulente, et même son climat extrême l'ont conquise. C'est ici qu'elle s'est affirmée, s'est forgé une identité, a appris à s'épanouir aussi bien dans sa vie d'adulte que professionnelle.

Elle a ouvert son cabinet dès le printemps qui a suivi l'obtention de son diplôme. Elle vivait déjà avec Todd, dans un minuscule deux pièces près de Lincoln Park. Ses premiers patients lui ont été adressés par ses connaissances à l'université, elle les recevait dans le salon pendant que Todd était au travail. Elle a pris la décision très tôt (quand elle était encore en licence) que son approche serait éclectique, qu'elle puiserait dans ses ressources la méthode la mieux appropriée à chaque cas. Elle pratiquait l'écoute active, s'appuyait sur une théorie gestaltiste pour interpréter les rêves et remettait ouvertement en question les attitudes et comportements contre-productifs. Elle conseillait aux gens de se montrer plus exigeants envers eux-mêmes et de prendre en charge leur propre bien-être. Elle leur offrait encouragements et retours positifs. La première année, elle a appris à se montrer patiente et à aider les gens à progresser à leur rythme. Son meilleur atout était sa profonde bienveillance – elle appréciait ses patients et leur accordait le bénéfice du doute, ce qui les mettait à l'aise. Le bouche à oreille lui a été favorable, et la liste de ses patients s'est allongée.

Pendant près d'un an, elle a joliment fait son chemin, trouvé sa cadence, développé ses compétences, gagné en assurance. Et puis un jour, un de ses patients – un jeune bipolaire de quinze ans, gentil garçon doué à l'école et qui avait l'air d'aller très bien (il s'appelait Sebastian), chevelure et regard sombres, curieux, investi, enclin à poser des questions rhétoriques : Pourquoi y a-t-il un tout, et non pas le néant ? Comment peut-on être certain de quoi que ce soit ? –, ce patient donc a été retrouvé mort sur le trottoir en dessous de l'appartement familial, situé au neuvième étage. Quand il a manqué son rendez-vous habituel, Jodi a appelé chez lui et appris la nouvelle de la bouche de sa mère. Sebastian était mort depuis cinq jours.

La mère du garçon a eu la délicatesse de lui dire : « Ce n'est pas votre faute. » Mais il avait sauté le jour même de leur dernière séance. Elle l'avait vu dans la matinée et il avait mis fin à ses jours à peine douze heures plus tard. De quoi avaient-ils parlé ? D'un petit problème qu'il avait aux yeux. Il percevait des choses dans sa vision périphérique, des choses fugitives, qui n'existaient pas vraiment.

C'est à ce moment-là qu'elle a décidé de suivre une formation complémentaire à l'Adler School et qu'elle a commencé à sélectionner ses patients scrupuleusement.

Elle traverse Gateway Park, passe un moment avec un voisin et s'arrête au Caffé Rom pour prendre un *latte* à emporter. Une fois rentrée, elle lit le journal tout en mangeant un œuf à la coque accompagné d'un toast beurré. Après le petit déjeuner, elle débarrasse la table et sort le dossier de son premier patient, celui qu'elle surnomme le Juge, un avocat homosexuel, marié et père de famille. Le Juge est assez semblable à ses autres patients. Il est devant une impasse et croit, ou espère, qu'une psychothérapie va l'aider. Il s'est juré d'aller jusqu'au bout. Et son cas est tout à fait dans ses cordes. Elle a défini ce dernier point en mettant en place un processus de filtrage : elle adresse ailleurs les personnes aux tendances autodestructrices. Elle refuse les cas de dépendance, par exemple, qu'il s'agisse de drogue, d'alcool ou de jeux d'argent, et tous ceux qui ont des troubles du comportement alimentaire, qui ont été diagnostiqués bipolaires ou schizophrènes, qui souffrent de dépression chronique, qui ont envisagé le suicide ou fait des tentatives. Ces gens-là devraient suivre un traitement médicamenteux ou être en cure de désintoxication.

Son emploi du temps ne lui permet que deux rendez-vous par jour, avant le déjeuner. Les patients qu'elle prend en charge, après sélection, ont tendance à se sentir bloqués, perdus, ou à manquer de confiance en eux. Le genre de personnes qui peinent à savoir ce qu'elles veulent et qui prennent des décisions en fonction de ce que l'on attend d'elles, ou plutôt en fonction de ce qu'elles croient que l'on attend d'elles. Ces patients peuvent se montrer durs envers eux-mêmes (ayant intériorisé le jugement de parents insensibles) et, d'un autre côté, se comportent de façon irresponsable ou inappropriée. Dans l'ensemble, ils n'arrivent pas à définir leurs priorités, à établir leurs limites personnelles, ils négligent leurs propres intérêts et se perçoivent en victimes.

La chambre qu'elle utilise comme cabinet de consultation accueille aisément un bureau, un meuble de classement et deux fauteuils qui se font face, posés sur un tapis kilim ancien de deux mètres sur deux mètres cinquante. Entre les fauteuils, une table basse sur laquelle sont posés son bloc-notes et son stylo, une boîte de Kleenex, une bouteille d'eau et deux verres. Le Juge porte son costume sombre habituel, ainsi que des richelieus noirs et des chaussettes jacquard de couleur vive, qu'elle remarque lorsqu'il s'assoit et croise les jambes. Il a trente-huit ans, une bouche et un regard sensuels, dans un visage oblong. S'installant en face de lui, Jodi lui demande comment il se porte depuis leur dernière séance, une semaine auparavant. Il parle de son passage dans un bar sado-maso et de ce qui s'est passé dans la ruelle derrière. Il ne se prive d'aucun détail, espérant peut-être la choquer, mais il n'y arrivera pas en parlant de relations sexuelles entre adultes consentants, et puis de toute façon, ce n'est pas la première fois qu'il met ainsi sa patience à l'épreuve. Il parle vite, change d'angle d'approche en cours de route, revit la scène, fait de son mieux pour happer son attention.

« J'avais le pantalon baissé aux chevilles – imaginez si quelqu'un avait... Oh, mon Dieu ce que les poubelles puaient ! Je me suis concentré là-dessus – sur les poubelles – pour essayer de me calmer un peu – il fallait bien que je fasse quelque chose ! Il m'avait dévoré des yeux à l'intérieur du bar. Je l'avais déjà vu avant, mais je ne pensais pas que... ça faisait une éternité que je n'avais pas mis les pieds là-bas. »

Alors que l'histoire s'essouffle, il observe Jodi en douce, le regard brillant, les lèvres humides de salive. Ça lui plairait qu'elle éclate de rire et le traite de vilain garçon, non mais quel petit coquin, mais remplir les silences ne fait pas partie de son travail, ni d'ailleurs aller au secours de quelqu'un qui s'enfonce dans l'embarras. Il attend et, face à son mutisme, s'agite, puis regarde ses mains.

« Bref, finit-il par lâcher, je suis désolé. Vraiment. Je suis vraiment désolé. Je n'aurais pas dû faire ça. »

Ces mots, il est incapable de les prononcer à sa femme, alors il les dit à sa psy.

Son schéma habituel débute par le déni. S'ensuit la complaisance, puis à nouveau le déni. La phase de déni transparaît dans des affirmations telles que : « J'aime ma famille et je ne veux pas leur causer du tort. » Son remords est sincère, mais il est incapable de renoncer à ses conquêtes homosexuelles, de la même manière qu'il est incapable de renoncer au filet de sécurité que constitue sa vie familiale. Ces deux pans de son existence l'aident à satisfaire ses besoins et participent tous deux de façon primordiale à faire de lui ce qu'il est. Il se voile la face en affirmant que son attraction pour les hommes n'est que passagère, et il ne voit pas que l'abstinence et la culpabilité lui servent à recharger ses batteries pour augmenter au maximum son plaisir. Comme beaucoup de personnes infidèles, il aime en faire des tonnes. Il correspond bien plus au stéréotype de la folle qu'il ne se l'imagine.

« À vous de juger », lui dit-elle. Mais il est encore bien loin de pouvoir regarder la vérité en face.

Mercredi, c'est le jour de l'adultère. Sa patiente suivante, Miss Piggy, une jeune femme faussement timide aux joues rebondies et aux mains couvertes de taches de rousseur, croit dur comme fer que le fait d'avoir un amant stimule son appétit sexuel et entretient la flamme de son mariage. D'après Miss Piggy, son mari ne se doute de rien et n'aurait de toute façon aucun droit de se plaindre s'il apprenait la vérité. Jodi ne sait pas vraiment pourquoi Miss Piggy a décidé de commencer une thérapie, ni ce qu'elle espère en retirer. Ce qui la différencie du Juge, c'est son absence totale de mauvaise conscience et son approche pragmatique de sa liaison – tous les lundis et mardis après-midi, entre les courses et l'heure d'aller récupérer les enfants à l'école.

Miss Piggy semble beaucoup moins torturée que le Juge, mais aux yeux de Jodi elle représente un défi plus important. Son angoisse afflue sous la surface et forme un courant souterrain qui ne fait pas de vagues et s'agite rarement. Amener Miss Piggy à y plonger et à en prendre conscience ne va pas être chose aisée. Alors que le Juge, lui, est un homme sensible qui s'est retrouvé tout seul dans l'embarras, et on lit en lui comme dans un livre ouvert. Avec ou sans l'aide de Jodi, le problème du Juge finira par atteindre son point de non-retour et par se régler tout seul.

Même si Miss Piggy est convaincue que son mari porte des œillères, Jodi pense qu'il a probablement quelques soupçons. Il y a toujours des signes, elle le sait bien. La personne infidèle est souvent distraite ou préoccupée ; elle n'aime pas qu'on lui pose des questions ; des odeurs inexplicables restent imprégnées dans ses cheveux et ses vêtements, toutes sortes d'odeurs : celles de l'encens, du patchouli, de l'herbe, du bain de bouche. Qui se fait un bain de bouche en fin de journée avant de rentrer chez soi ? Une douche peut éliminer les odeurs corporelles incriminantes, mais le savon que la personne infidèle utilise dans la salle de bains de l'hôtel sera d'une autre marque que celle du domicile conjugal. Pour couronner le tout, il existe les indices habituels : un cheveu roux ou blond égaré, des marques de rouge à lèvres, des vêtements froissés, des appels passés en douce, des absences inexpliquées, des marques mystérieuses sur le corps…

sans oublier les nouveautés étranges (le joli porte-clés ou le flacon d'après-rasage) qui surgissent de nulle part, surtout le jour de la Saint-Valentin.

Au moins, Todd fait de son mieux pour rester discret et en règle générale il ne fait aucune avance à ses propres amies. Même s'il y a eu quelques exceptions, comme ce couple dont ils s'étaient rapprochés, des gens rencontrés lors de vacances aux Caraïbes. Il avait suffi de quelques margaritas et de leçons de plongée libre pour qu'ils se lient d'amitié. Ce couple dirigeait une entreprise qui vendait des bungalows préfabriqués, et Todd n'en éprouvait que du mépris. Néanmoins, pendant plusieurs hivers consécutifs, Todd et Jodi avaient mis un point d'honneur à les retrouver dans des hôtels choisis à l'avance. Elle soupçonnait une aventure entre Todd et Sheila, mais elle l'avait reléguée dans un coin de sa tête jusqu'à ce que, un après-midi, ils s'éclipsent de la piscine et réapparaissent un peu plus tard, l'air de chats s'étant régalés d'un grand bol de lait. Elle aurait pu ne pas s'en apercevoir, s'il n'y avait aussi eu le maillot de bain de Todd légèrement mal remis et la petite touche de liquide gélatineux qui luisait sur les poils de son torse.

Et pourtant, tout cela n'a aucune importance. Cela n'a tout simplement aucune importance qu'il cache aussi mal son jeu, encore et encore, parce qu'ils savent tous les deux qu'il est infidèle, et il sait qu'elle le sait, mais il faut absolument maintenir les apparences, ces apparences si capitales, l'illusion que tout va bien, qu'il n'existe aucune ombre au tableau. Tant que les faits ne sont pas ouvertement admis, tant qu'il lui parle en usant d'euphémismes et de circonlocutions, tant que les choses fonctionnent sans heurt et qu'un calme apparent prévaut, ils peuvent continuer à vivre ainsi, tout en sachant qu'une vie bien vécue est faite d'une série de compromis qui impliquent que nous acceptons les personnes de notre entourage avec leurs besoins individuels et leurs particularités. On ne peut pas les modeler selon ses propres goûts ou les réprimer pour les faire correspondre à des normes sociales conservatrices. Les gens vivent, s'expriment et cherchent à s'épanouir comme ils le souhaitent, au rythme qu'ils souhaitent. Ils sont condamnés à faire des erreurs, à agir sans discernement et au mauvais moment, à se fourvoyer, à développer des habitudes destructrices et à s'égarer. S'il y a bien une chose qu'elle a apprise durant ses études, c'est cette réalité, et tout ça elle le doit à Albert Ellis, le père de la révolution comportementale et cognitive en psychothérapie. Les autres ne sont pas là pour répondre à nos besoins ou pour satisfaire nos attentes, et ils ne se comporteront pas toujours de façon correcte avec nous. Ne pas l'accepter engendre colère et rancœur. La sérénité va de pair avec le fait d'accepter les gens tels qu'ils sont et de se concentrer sur le positif.

Les personnes infidèles s'épanouissent dans leur double vie, pour la plupart. Et même si ce n'est pas le cas, elles ne changeront jamais, car en général les gens ne changent pas – en tout cas, pas sans une réelle volonté et un effort constant. Les traits fondamentaux de la personnalité se développent tôt dans la vie et, avec le temps, ils deviennent indestructibles, profondément ancrés en nous. La plupart des gens retiennent peu des expériences vécues, ils pensent rarement à ajuster leur comportement, considèrent que les problèmes ne viennent pas d'eux mais de leur entourage, et ils continuent de faire ce qu'ils font envers et contre tout, pour le meilleur comme pour le pire. Une personne infidèle restera infidèle, de la même manière qu'une personne optimiste restera optimiste. Un optimiste, c'est quelqu'un qui, après avoir été renversé par un chauffeur ivre qui lui a broyé les jambes, et obligé d'hypothéquer sa maison pour payer les frais d'hôpital, dira : « J'ai eu de la chance. J'aurais pu mourir. » Pour un optimiste, ce genre de déclaration est tout à fait sensée. Pour quelqu'un d'infidèle, vivre une double vie et se contredire est tout aussi sensé.

Quand elle affirme que les gens ne changent pas, elle veut dire qu'ils ne changent jamais en mieux. Alors que, bien sûr, c'est évident que l'on peut changer en mal. La vie a le don de laisser son empreinte sur la personne que l'on croyait être. Jodi était quelqu'un de bien avant, quelqu'un d'intègre, mais elle ne peut plus en dire autant maintenant. Un jour, elle a jeté le téléphone portable de Todd dans le lac, emportant avec lui le message de l'interlocutrice qui le surnommait « mon loup ». Un autre jour, elle a mis ses caleçons blancs à laver avec une lessive de couleurs. En diverses occasions, elle a fait en sorte qu'il ne retrouve plus certains objets. Elle n'est pas fière de ces dérapages. Elle aimerait être au-dessus de ça. Elle aimerait croire qu'elle l'accepte pour ce qu'il est, qu'elle ne fait pas partie de ces femmes qui pensent que les hommes leur doivent quelque chose, alors qu'elles se sont engagées dans la relation en toute connaissance de cause. Elle estime toutefois que ses propres transgressions sont infimes face aux libertés qu'il s'octroie sans le moindre état d'âme.

Une fois Miss Piggy raccompagnée à la porte, Jodi se rend à la salle de sport située à un niveau inférieur de l'immeuble. Elle y soulève des poids et parcourt dix kilomètres à vélo. Après avoir déjeuné de restes de légumes froids, accompagnés de mayonnaise, elle prend une douche et s'habille avant d'attaquer sa série de courses. Avant de sortir, elle rédige une liste d'instructions pour Klara, qui vient faire le ménage tous les mercredis après-midi. La routine du quotidien l'apaise et lui permet de garder le moral : c'est le pilier central de sa vie. C'est ce qui l'aide à lutter contre cette peur existentielle qui nous prend au piège dès que l'on doute ou que l'on se sent perdu, et qui nous rappelle l'immensité du vide qui s'étend au-dessous de nous. S'occuper en permanence est une technique très prisée des classes moyennes – pratique et salutaire. Ça lui plaît de gérer les rendez-vous avec ses patients, de tenir sa maison et de faire attention à sa ligne et à son apparence. Elle aime que les choses soient en ordre et prévisibles, et elle se sent rassurée quand son emploi du temps est établi bien à l'avance. C'est un plaisir pour elle de feuilleter son agenda et de se réjouir par anticipation : visites au Spa, rendez-vous chez le coiffeur, check-up médicaux, cours de Pilates. Elle assiste à la plupart des événements organisés par son association professionnelle et s'inscrit à tous les cours susceptibles de l'intéresser. Le soir, quand elle ne cuisine pas pour Todd, elle sort dîner avec des amies. Et puis il y a les vacances prolongées avec Todd, deux fois par an (une en été et une en hiver), juste tous les deux.

Au volant de son Audi coupé, elle baisse la vitre et s'imprègne du bruit et de l'agitation de la ville, savourant le vacarme et le tumulte ambiants : les vendeurs, les musiciens de rue et les marchés ouverts – et même la foule, les sirènes et les embouteillages. Une adolescente, un bouquet de ballons à la main, danse de l'autre côté de la rue. Un homme en tablier blanc est assis dans la position du lotus sur les marches d'un restaurant. Jodi fait un arrêt chez l'encadreur et y dépose la peinture du Rajasthan. Elle récupère un livre de voyage, achète une balance de cuisine pour remplacer celle qui est cassée et, sur le chemin du retour, s'assoit au Starbucks près de chez elle pour prendre un *frappuccino*, se laissant suffisamment de temps pour la promenade du chien et pour préparer les côtelettes pour le dîner avant d'aller à son cours d'arrangement floral.

2
LUI

Il aime commencer sa journée de bonne heure, et avec le temps il a réduit sa routine du matin au strict nécessaire. Il prend une douche froide qui lui coupe toute envie de s'éterniser, et il n'utilise qu'un rasoir jetable et de la mousse à raser. Il s'habille dans la pénombre de la chambre pendant que Jodi et le chien continuent de dormir. Parfois, Jodi ouvre un œil et lui dit : « Tes chemises sont revenues du pressing » ou : « Ce pantalon commence à se déformer », ce à quoi il répond : « Rendors-toi. » Il avale un comprimé multivitaminé avec une gorgée de jus d'orange, se brosse les dents de gauche à droite (ce n'est pas la technique recommandée, mais c'est la plus rapide) et, trente minutes après s'être levé, il est dans l'ascenseur qui descend au garage du sous-sol.

Bien avant sept heures, il est assis à son bureau au dernier étage d'un immeuble de trois étages installé sur South Michigan Avenue, au sud de Roosevelt Road. Ce bâtiment (une structure en brique et pierre calcaire, au toit plat et aux fenêtres à cadre d'acier qui étaient du dernier cri quand il les a installées) a été la première rénovation d'envergure qu'il a entreprise, après une dizaine d'années passées à retaper des maisons et avant que la folie des appartements en copropriété dans South Loop ait fait exploser les prix du marché. Quand il l'a acheté, le bâtiment n'était qu'un espace vide, et Todd a financé sa conversion en bureaux à l'aide de trois hypothèques et d'une succession de crédits, tout en travaillant aux côtés des ouvriers qu'il avait engagés. Il aurait pu tout faire lui-même mais, s'il s'était retrouvé à sec, les banques auraient tout saisi. Dans ce métier, les mensualités, taxes et autres assurances confirment le vieil adage selon lequel le temps, c'est de l'argent. Le local qu'il s'est octroyé est modeste, il comprend deux bureaux, une petite réception et une salle d'eau. Il s'est installé dans le plus grand bureau, celui qui donne sur la rue. La décoration est moderne et épurée, avec des murs nus et des stores vénitiens – rien du fatras d'antiquités et de bric-à-brac auquel il aurait droit s'il laissait carte blanche à Jodi.

Il passe son premier appel de la journée au *delicatessen* qui lui livre son petit déjeuner et il commande, comme toujours, deux sandwichs au bacon et deux grands cafés. En attendant, il sort une vieille boîte à tabac rangée dans le tiroir de son bureau, fait sauter le couvercle et vide le contenu sur la table : du papier à rouler Bugler, une boîte d'allumettes et un petit sachet contenant une poignée de feuilles et de têtes séchées. À l'époque où il était déprimé, il s'est rendu compte que fumer un peu d'herbe dès le début de la journée le sortait de son apathie et l'aidait à se mettre en route. À présent, il a pris l'habitude de ce petit rituel : il roule et allume son joint. Il aime cette façon détendue de commencer en douceur sa journée. Il s'approche de la fenêtre et exhale la fumée vers l'extérieur. Ce n'est en aucune manière un secret qu'il aime tirer une ou deux taffes ; c'est juste que, d'après lui, TJG Holdings ne doit pas avoir la même odeur qu'un squat d'étudiants.

Avant, depuis cette fenêtre, il avait une vue dégagée sur le ciel, mais dorénavant, ce qu'il voit est une petite tache irrégulière de bleu qui flotte entre les immeubles érigés de l'autre côté de la rue. C'est mieux que rien, et il ne va pas cracher sur le boom immobilier. De toute façon, il se focalise sur les gens qui attendent à l'arrêt de bus. Quelques-uns se tiennent sous l'abri, même si le ciel est dégagé, même s'il fait doux et que l'abri est jonché de détritus. Ça lui plaît de pouvoir reconnaître certains des habitués : l'ado avec son sac à dos et ses écouteurs, le vieux type décharné à la casquette de base-ball qui fume comme un pompier, la femme enceinte qui porte un sari et une veste en jean. Ils ont presque tous le regard rivé sur le trafic qui arrive en sens inverse, tendant le cou pour ne serait-ce qu'apercevoir le prochain bus. Comme d'habitude, un ou deux sont descendus du trottoir et se campent sur la route pour avoir une meilleure vue. Quand le bus apparaît enfin, la tension se dissipe visiblement, comme s'ils formaient un même corps et un même esprit. Préparant la monnaie pour leurs tickets, la troupe hétérogène se presse en une colonne agitée. Todd, bien sûr, a repéré de loin le bus qui arrivait. Parfois, il a l'impression d'être Dieu, perché à sa fenêtre du troisième.

Le type du *delicatessen* lui livre son petit déjeuner dans son bureau et récupère l'argent qu'il lui a laissé sous le presse-papier. Todd lui adresse un signe de tête et continue sa conversation téléphonique avec Cliff York. Il prend des notes mais n'aura pas besoin de s'y référer. Il n'a aucun problème pour se rappeler noms, dates, chiffres, horaires et lieux, et même les numéros de téléphone. Le projet dont ils discutent, un immeuble résidentiel de six appartements sur Jefferson Park, est en cours de réalisation. Les obstacles initiaux (plans, permis, financements) ont été surmontés, et tous les appartements ont été vidés. Todd et Cliff, son maître d'œuvre, parlent pression de l'eau. Ils fixent une heure pour se retrouver plus tard dans la journée afin de regarder tout ça de plus près et de demander l'avis du plombier.

S'attaquant à son petit déjeuner, il trouve le pain toasté un peu mou, mais le bacon est bien croustillant. Quand il a fini les deux sandwichs et l'un des cafés, il reprend son téléphone et appelle son agent immobilier, qui lui a trouvé un acheteur potentiel. C'est une bonne nouvelle. L'immeuble résidentiel est un chantier qu'il a démarré en attendant mieux. S'il n'a pas le choix, il le conservera et louera les appartements, mais le but ultime est de le vendre et d'utiliser le capital pour son prochain projet, un immeuble de bureaux d'une plus grande envergure, quelque chose qui surpassera tout ce qu'il a pu faire jusqu'à présent.

Stephanie arrive à 9 h 20. Elle prend son temps pour commencer et il est 9 h 30 quand elle pénètre dans le bureau de Todd, un bloc-notes et des dossiers à la main, et rapproche une chaise pour se joindre à lui. Stephanie est une jeune femme de trente-cinq ans aux airs de gamine et à la chevelure épaisse qu'elle ramène négligemment en une queue-de-cheval. Todd prête toujours attention à l'endroit où Stephanie va s'installer et à la façon dont elle va le faire : soit directement face à lui – de là il peut seulement la voir à partir du buste –, soit à sa droite – elle a tendance alors à croiser les jambes tout en posant l'avant-bras sur la table pour prendre des notes. Le plateau ovale du bureau, posé sur une base rectangulaire, laisse énormément de place pour les jambes, alors quand elle décide d'exhiber les siennes, pour une raison ou une autre, il considère que c'est son jour de chance. Si elle porte un jean, il a une vue sur son entrejambe et ses cuisses ; si c'est une jupe, il peut lorgner ses genoux et ses mollets. Elle ne flirte pas avec lui : elle ne semble pas remarquer quand il la regarde croiser et décroiser les jambes, ou bien elle s'en moque. Aujourd'hui elle a mis un jean, mais elle s'assoit à l'autre bout du bureau, alors il doit se contenter des deux monts pointus qui s'étirent sous les boutons de sa chemise. Elle mesure à peine plus d'un mètre cinquante, ce qui rend sa poitrine d'autant plus impressionnante.

Elle a apporté avec elle un paquet de dossiers et une liste de points à lui soumettre : le prix des ventilateurs de plafond, les adresses Internet de paysagistes, des factures contestables. Il veut être tenu au courant de tout ce qui pourrait sortir de l'ordinaire. Il n'est pas arrivé là où il est aujourd'hui en fermant les yeux sur les détails ou en laissant son entreprise lui échapper. Il est seul aux commandes et sa marge de profit n'est pas extraordinaire, ce qui veut dire que la moindre petite chose compte. Il jette un coup d'œil à sa montre, juste pour indiquer à Stephanie que son retard a bien été remarqué.

« Aucune nouvelle de Cliff ? demande-t-il, quand ils se penchent sur les factures.

— Non, pas encore.

— Montre-moi sa facture dès que tu la reçois. La dernière fois, il a listé dans les frais matériels un truc qu'on avait fourni nous-mêmes. Qu'est-ce que c'était déjà ?

— Le carrelage de la salle de bains.

— C'est ça. Le carrelage de la salle de bains. Et l'enduit pour les joints. Il m'a facturé ce putain d'enduit pour les joints. »

Stephanie a fait les recherches qu'il lui a demandées concernant les sanitaires et elle lui tend les brochures.

« Les modèles à chasse d'eau économique sont moins chers que ceux à double chasse, mais ils ne sont pas très fiables, explique-t-elle.

— Qu'est-ce qui ne va pas ?

— Ils n'évacuent pas tout le temps.

— Il faut que ça évacue.

— Ça ne fonctionne pas toujours.

— Cliff en a déjà installé sur d'autres chantiers.

— Tu ne peux pas prendre ce risque, dit-elle. Pas avec des appartements que tu vas louer. Tu devrais jeter un coup d'œil à l'option double chasse.

— Combien ça coûte ? demande-t-il en fronçant les sourcils.

— Pas trop cher. On peut avoir quelque chose de solide pour cinq cents dollars.

— Ça fait trois briques pour des putain de chiottes ! On pourrait aller dans un magasin de bricolage et trouver des toilettes à cinquante dollars.

— On pourrait, mais on ne le fera pas.

— Quoi d'autre ?

— Il faut penser aux frigos et aux cuisinières. La livraison pourrait prendre du temps.

— Fais-moi des estimations de prix. Si on commande tout chez le même fournisseur, on devrait pouvoir avoir une remise.

— Comment je fais pour connaître les mesures ?

— Regarde les plans.

— Je ne les ai pas. Tu les as rapportés chez toi.

— Récupère une copie auprès de Carol à Vanderburgh. Les appartements ne sont pas tous pareils. »

Une fois qu'elle a ramassé tous ses papiers et lui a permis de se rincer l'œil sur ses fesses qui s'éloignent, il rêvasse un moment, écoutant distraitement l'agitation provenant du bureau de Stephanie. Son esprit perçoit toute l'activité qui l'entoure, englobant d'un seul geste l'ensemble de son univers, comme s'il s'agissait d'un terrain de base-ball et qu'il faisait un *home run*, volant de base en base, sans jamais quitter la balle des yeux. Il en est arrivé au point où il savoure l'appréhension permanente, les risques qu'il prend à la moindre décision, la fatigue qui accompagne cette sensation d'être tiraillé à l'extrême, la pression de toujours tout miser sur le projet en cours. L'angoisse qu'il ressent a une sorte d'effet stabilisateur, elle lui prouve qu'il est vivant et lancé sur la bonne voie. C'est de l'angoisse mêlée d'anticipation, l'affût de ce qui va suivre, l'enjeu du bon déroulement des choses. Voilà ce qui le fait avancer durant la journée.

Pendant sa dépression, il avait perdu cet élan. En réalité, c'était cela qui n'allait plus chez lui : la perte de cet élan. Le temps avait perdu toute nuance, toute amplitude, demeurait inchangé, minute après minute, jour après jour. Todd ne se sentait pas du tout vaincu ou insignifiant, contrairement à ce que les gens pensaient. C'était juste qu'il n'était pas là, comme absent, vide.

Il vérifie l'heure et passe un coup de fil. La voix endormie qui lui répond provoque chez lui un sursaut de plaisir qui réveille son intimité.

« Ne me dis pas que tu es encore au lit.
— Si, si.
— Tu n'as pas cours ?
— Pas tout de suite.
— Sale enfant gâtée.
— J'espère bien.
— Qu'est-ce que tu portes ?
— Qu'est-ce que tu crois ?
— Ta tenue d'Ève.
— Pourquoi veux-tu savoir ?
— À ton avis ?
— Est-ce que mes propos risquent de filtrer ?
— Ça restera confidentiel.
— Je veux que ce soit écrit noir sur blanc. »

Ils continuent cet échange un bon moment. Il l'imagine allongée au milieu des draps entortillés de la chambre étroite de l'appartement qu'elle partage avec ses colocataires, sur North Claremont Avenue. Todd y est allé une fois, au tout début, quand il y avait encore des parties de son corps qu'il n'avait pas explorées. Après ça, les colocataires s'étaient attroupées autour de lui dans la cuisine et avaient posé tout un tas de questions indiscrètes – surtout sur son âge et sur sa femme. Ils avaient ensuite décidé de se retrouver au Crowne Plaza de Madison Street, où les employés se montrent invariablement distants et polis.

Pendant qu'il lui parle, il est assailli d'émotions qui lui semblent toujours vaguement étrangères et qui le font se remettre en question, comme s'il n'était pas Todd Gilbert, mais un homme que l'on aurait glissé dans le corps de Todd Gilbert durant les mois où ce dernier s'était absenté. Il ne la fréquente pas depuis longtemps, mais elle lui a redonné vie. C'est ce qu'il lui doit, le cadeau de la vie, celui que l'on trouve dans les sentiments qui font qu'un homme est humain – pas seulement l'amour, mais aussi l'envie, la luxure, le désir... tout cet ensemble tumultueux. Même l'impatience qu'il manifeste est un cadeau, l'impatience de la rejoindre qui le tiraille tout au long de la journée. Même sa jalousie est un cadeau. Il sait qu'elle a parfaitement le droit d'avoir un amant plus jeune que lui et il craint que ce ne soit qu'une question de temps avant qu'elle ne s'en aperçoive. Si douloureux que ce soit, il est au moins de retour parmi les vivants.

La jalousie est une nouveauté pour lui ; avant, il se sentait plein d'assurance avec les femmes. D'après Jodi, cette assurance s'explique par son passé de fils unique élevé par une mère poule, une infirmière qui avait décidé de ne travailler qu'à mi-temps, même si l'argent manquait, pour pouvoir rester le plus possible à la maison et s'occuper de lui – c'était sa façon à elle de compenser les défauts du père de Todd, un employé des travaux publics porté sur la bouteille. Il était encore au lycée quand il s'est mis à soutenir sa mère financièrement, a appris à gagner de l'argent et à prendre ses responsabilités. En retour, non seulement sa mère, mais aussi les amis de sa mère, ses professeurs et les filles qu'il connaissait l'ont couvert d'éloges. Les femmes l'aiment bien. Elles l'apprécient parce qu'il sait comment prendre soin d'elles. Il s'occupe de Natasha, mais il est piégé avec elle. Elle lui fait prendre conscience que son corps vieillit et que sa vitalité décline. Ce n'est pas dû à ce qu'elle dit ou ce qu'elle fait : c'est simplement qu'elle est jeune, désirable et insatiable.

Il est toujours au téléphone lorsque Stephanie revient avec une liasse de chèques à lui faire signer. Il s'était mis à arpenter la pièce et s'arrête près de la fenêtre. Elle pose les chèques sur son bureau et attend. Il sait bien que Stephanie est au courant pour lui et Natasha, qui a débarqué ici un jour avec l'air affamé de celle qui va le dévorer tout cru. Les mots mêmes qu'avait utilisés Stephanie. Quel genre d'assistante s'adresse ainsi à son patron ? Depuis peu, Stephanie fait exprès de l'interrompre quand ils sont au téléphone. Elle ne lui laisse pas d'autre choix que de raccrocher de façon abrupte, comme maintenant. Elle tend brusquement son stylo vers lui, comme s'ils disputaient un match d'escrime.

Avant de partir du bureau, Todd appelle Jodi pour lui dire qu'il ne rentrera pas dîner. C'est juste par courtoisie ; elle sait qu'il retrouve Dean ce soir. Mais il aime lui faire savoir qu'il pense à elle. Il a une sacrée veine et il ne l'oublie pas. Avec sa silhouette élancée et sa chevelure sombre, Jodi est toujours sublime et, même si elle est plutôt du genre casanier, elle comprend qu'il ne peut pas passer toutes ses soirées enfermé à la maison. Certains de ses amis doivent être rentrés à l'heure du dîner tous les soirs. D'autres ne peuvent même pas aller prendre une bière après le boulot. Heureusement, il a un cercle d'amis très large (quasiment toutes les personnes avec qui il a travaillé), et beaucoup d'entre eux sont célibataires ou divorcés. Il est rare qu'il n'arrive pas à trouver quelqu'un pour aller boire un verre. Non pas qu'une soirée en solitaire lui déplaise, quand elle se présente.

Dean Kovacs et lui se connaissent depuis le lycée. Dean est son plus vieil ami et c'est le seul qui ait connu son père. Quand Todd traite son père de vieil enfoiré, Dean sait parfaitement de quoi il parle. Dean fait partie de sa famille, c'est comme un frère pour lui. Mais c'est aussi le père de Natasha, et ça pourrait poser problème. Ou peut-être pas. Il est difficile d'évaluer la réaction de Dean lorsqu'il apprendra ce qui se passe entre eux. Il sera secoué, c'est sûr, mais une fois qu'il aura eu le temps de s'habituer à l'idée, qui sait ? Peut-être qu'ils en riront ensemble – il pourra appeler Dean « beau-papa » ou « papa », et Dean pourra lui dire d'aller se faire voir. Dix contre un que les choses finiront bien. Au moins, ce n'est pas Todd qui annoncera la nouvelle à Dean. C'est le boulot de Natasha. Elle le fera quand elle estimera que le moment est venu. Ils en ont décidé ainsi tous les deux.

C'est une belle journée et, dans la rue, des vapeurs de chaleur et de crasse s'élèvent du trottoir comme un parfum. Il adore tout de cette ville, jusqu'à son béton. Il adore sa pure réalité physique, le tonnage de ses structures massives, et plus que tout sa puissance et son dynamisme, son sens du commerce érigé en religion, ses pancartes « À vendre » qui prolifèrent et les opportunités qu'elle vous présente sur un plateau, comme au temps de la conquête de l'Ouest. En parcourant les trois pâtés de maisons qui le séparent du parking privé où il gare sa voiture, Todd mesure la chance immense qui l'a mené ici, maintenant – à cet endroit, à cette époque.

Au lieu de se diriger immédiatement vers Jefferson Park, il tourne vers l'ouest sur Roosevelt Road et s'arrête au magasin de bricolage Home Depot. S'il additionnait tout le temps qu'il a passé dans ce magasin, cela équivaudrait à des mois de sa vie. La décoration intérieure de ses bâtiments lui tient à cœur, et il a un avis tranché sur des choses telles que le revêtement de sol et l'éclairage. Tous ces détails accumulés jouent un grand rôle dans le succès ou l'échec d'un projet. Cliff serait ravi d'aller acheter la peinture, le carrelage, la moquette et les luminaires, puis de lui facturer ses dix pour cent, mais Cliff n'est pas là quand des acheteurs potentiels se retirent parce qu'ils n'aiment pas la couleur ou le rendu final et, quoi qu'il arrive, Cliff reçoit quand même son chèque.

Todd sort du magasin sans rien acheter et s'engage sur la voie rapide, les fenêtres baissées et *Nevermind* dans la stéréo. Le seul endroit où il se laisse aller à chanter, c'est dans sa voiture, avec le bruit du vent dans les oreilles et le ronronnement du moteur qui lui assurent que personne, pas même lui, ne l'entendra. Il connaît les paroles de toutes les chansons et les chante à tue-tête tout en accélérant. L'album date d'il y a vingt ans, quand il était ce jeune homme arrogant, imbu de ses propres capacités et de son potentiel. L'année de sa rencontre avec Jodi, Nirvana a détrôné Michael Jackson à la première place du hit-parade, et maintenant chacune des chansons de l'album lui fait l'effet d'une machine à remonter le temps, le ramenant au big bang de son histoire d'amour.

La première fois qu'il l'a vue, c'était sur State Street. Leurs véhicules accidentés bloquaient les deux voies en direction de l'est, le trafic s'était interrompu derrière eux, les klaxons rugissaient, les gens s'attroupaient, la pluie tombait à verse, ses cheveux dégoulinaient d'eau et lui collaient au visage, son t-shirt trempé ne laissait plus grand-chose à l'imagination. Mais même si sa poitrine était superbe (petite mais parfaite, ses tétons dressés comme des fleurons sous la pluie battante), c'est son allure qui l'avait laissé sans voix, la façon détachée et imperturbable qu'elle avait de se tenir, majestueuse et digne. Il n'a depuis jamais rencontré de femme qui ait une once de la classe de Jodi.

Todd retrouve Cliff sur le chantier, fumant une cigarette, dans son bleu de travail couvert de poussière, sa ceinture à outils sur les hanches. Cliff est un homme robuste qui parle lentement et donne l'impression qu'il est train de prendre racine. Il a le même âge que Todd, mais sa moustache gris poivre hirsute lui rajoute dix ans. Quand le plombier arrive dans sa camionnette, ils entrent tous les trois et parcourent les appartements. Leur conversation tourne autour des tuyaux, des canalisations et autres choses du même acabit, le genre de trucs que l'on trouve passionnants quand on s'appelle Todd Gilbert de TJG Holdings et que l'on croule sous les crédits. Le bâtiment tombait quasiment en ruine quand il l'a acheté, et il a dû expulser les locataires, ce qu'il n'aime pas faire, mais maintenant ça commence vraiment à ressembler à quelque chose. Les ouvriers qu'ils croisent durant leur tour d'inspection sont occupés à retirer de vieux câbles et à mettre de nouvelles poutres, bien que ce ne soit pas l'effervescence souhaitée par Todd. Même si ça fait vingt ans qu'il travaille avec Cliff, il doit toujours le tenir à l'œil. Ses frais généraux (ce qu'il doit payer au quotidien simplement pour être propriétaire et ne pas avoir la banque et la municipalité sur le dos) suffiraient à nourrir un village africain pendant un an.

Sur la route qui le ramène en ville, il appelle Natasha en espérant qu'elle pourra le retrouver pour déjeuner, mais elle est déjà en train de croquer dans un sandwich.

« Tu manges un sandwich, là ?

— Je le déballe, et je vais mordre dedans.

— Mets-le de côté et je t'invite chez Francesca's.

— Je ne peux pas. Je dois aller en cours.

— On se retrouve quand je sors du boulot ?

— Je fais du baby-sitting de seize heures à dix-neuf heures.

— Je passerai te voir alors.

— Ce n'est pas du tout une bonne idée.

— Mais je suis pris ce soir, tu le sais.

— On déjeunera ensemble demain.

— Ça veut dire que je ne vais pas te voir aujourd'hui.

— Tu crois que tu vas survivre ?

— Il est à quoi ton sandwich ?

— Salami et pain de seigle. De chez Manny's. Avec plein de moutarde.

— Tu t'es assise quelque part ?

— Je te l'ai déjà dit, je vais en cours.

— Tu es en chemin alors ?

— Je remonte vers le nord, sur Morgan Street. Je viens de dépasser la bibliothèque. Et je vais être en retard si tu ne me laisses pas raccrocher.

— Dis-moi comment tu es habillée. »

Elle fait semblant d'être agacée, mais il sait que ça lui plaît. Elle apprécie cette attention toute particulière, aux sous-entendus érotiques. Il l'imagine avec son sac à dos plein à craquer, les bretelles qui tirent sur ses épaules, ses dents parfaites qui s'enfoncent dans le pain moelleux garni de viande. C'est sa dernière année à l'université et elle va obtenir sa licence en histoire de l'art au printemps prochain. Elle n'a pas encore fait de plan de carrière ; ce qu'elle voudrait, c'est se marier et fonder une famille. À ce propos, elle lui a dit qu'il ferait un excellent père. Ce que ça sous-entend lui redonne confiance (elle n'est pas sur le point de le larguer pour un homme plus jeune), mais il n'a pas pensé à l'avenir, sauf pour s'avouer que ce qu'il vit avec Natasha est différent, ce n'est pas ce qu'on appellerait une histoire sans lendemain. Pour lui, un coup d'un soir, c'est comme pratiquer un sport, une forme d'amusement qui n'a aucune incidence sur votre mode de vie et ne vous fait pas perdre vos repères. Cette relation, en revanche, est tumultueuse, exigeante, addictive, et ne cesse de le tourmenter. Par moments, il jure qu'il va se ranger, mais la plupart du temps il a l'impression d'être un homme épris du ressac dans lequel il se noie.

C'est Natasha qui a eu l'idée de l'escapade amoureuse. C'est elle qui a trouvé cet établissement de charme sur la Fox River, ses sept hectares boisés, sa piscine chauffée et son chef cuisinier français. C'est elle qui a réservé la chambre et convaincu Todd d'y aller. Ils pourraient retourner au lit après le petit déjeuner et prendre une douche ensemble avant le dîner. Ils pourraient se promener dans les bois et faire l'amour dans une clairière en plein soleil, au lieu de faire ça entre deux portes, comme d'habitude, ils pourraient satisfaire leurs appétits tranquillement – et ainsi de suite.

« Ou peut-être que tu préfères rester chez toi avec Jodi ? » a-t-elle demandé.

Il aurait aimé qu'elle ne mêle pas Jodi à cette histoire. Sa vie avec Jodi appartient à un domaine qui n'a rien à voir avec Natasha, un univers parallèle dans lequel tout se déroule paisiblement, sans relâche, et où des années sans reproche s'écoulent continûment jusqu'à un futur sans heurt. Une fois, il a fait l'erreur de dire à Natasha qu'au lit Jodi était aussi excitante qu'un bol de porridge froid. Il ne cherchait pas à rabaisser Jodi, mais à rassurer Natasha. Todd est un homme généreux qui accepte facilement les autres et s'accommode de toutes les imperfections, surtout quand il s'agit de femmes. Il a le don d'accepter les choses telles qu'elles sont et de faire avec. Les travers de Jodi. Les travers de Natasha.

Une des choses qu'il doit supporter chez Jodi, c'est toute sa collection de diplômes. Elle a non seulement une licence, comme ce sera bientôt le cas de Natasha, mais aussi un doctorat et une poignée de masters. Ça ne le gêne pas qu'elle soit un cerveau – ce qui l'agace, ce sont les plaisanteries de ses copains, qui adorent le taquiner sur le fait que Jodi est trop bien pour lui. Todd n'a jamais estimé qu'avoir toute une bardée de diplômes vous rend supérieur aux autres. Pour lui, recevoir une éducation, c'est avant tout se procurer du pouvoir – le danger, si on ne fait pas d'études, c'est de finir au McDo. En Amérique, le Saint-Graal, c'est l'argent, pas l'éducation.

Il s'arrête déjeuner dans un pub à l'anglaise et résiste à l'envie de commander une bière. De retour au bureau, Stephanie lui remet les estimations de prix qu'il a demandées et une liste de gens qu'il doit appeler. Il s'étend sur le canapé pour passer ses coups de fil avant de faire une sieste. Quand il se réveille, il est seize heures trente et il se rend au club de sport.

Ça ne fait pas longtemps qu'il fait de l'exercice. Au début, c'était un moyen de combattre la dépression : son médecin lui avait dit qu'une activité physique intense générerait des endorphines, les analgésiques naturels du corps. Il n'avait pas tout de suite senti les endorphines et ce n'était pas évident pour lui d'éviter le bar, quand il se rendait à la salle de sport, mais tout ça avait changé quand il avait rencontré Natasha. À présent, il s'entraîne avec un coach et utilise les haltères à la place des machines ; il porte aussi des bandeaux de poignet et ose le débardeur.

Après une heure d'efforts intenses, il se sent revigoré et légèrement excité. Une fois douché et séché, il noue une serviette autour de sa taille et appelle Natasha. Le vestiaire bondé rend pourtant impossible toute conversation intime. Pour être honnête, même ses pensées doivent être contenues, parce qu'il n'a pas vraiment envie d'exhiber son ardeur devant une salle pleine d'hommes nus.

Il la laisse dire « allô » trois fois avant de parler.

« Non mais tu es un pervers ou quoi ? demande-t-elle.

— C'est exactement ça, répond-il.

— Je peux voir ton nom et ton numéro s'afficher sur mon portable, tu sais. »

La prochaine fois, décide-t-il, il appellera d'une cabine téléphonique.

Quand il entre dans le salon du Drake Hotel après avoir confié sa Porsche à un voiturier, Dean Kovacs est déjà là, assis au bar. Avec son cuir bordeaux, ses boiseries éclatantes et son élégance masculine d'un autre temps, ce club à l'ancienne est pour lui comme une seconde maison, confortable et séduisante. Il est actuellement plein à craquer de toute la faune qui sort du travail. Le brouhaha des voix s'élève et retombe en vagues lyriques alors que Todd se fraie un chemin à travers la pièce, tape dans le dos de Dean et s'installe sur le tabouret libre à sa gauche, qui ressemble d'ailleurs plus à un fauteuil qu'à un tabouret.

« Salut mon vieux, lance Dean tout en finissant sa bière. Je ne t'ai pas attendu.

— Espèce d'enfoiré ! réplique Todd. Tu as pris de l'avance.

— J'ai toujours un temps d'avance sur toi, mon vieux », rétorque Dean.

Il fait signe au barman et lève deux doigts.

Dean ne cesse de s'empâter et, avec son visage rond et son double menton, il ressemble désormais à un bébé potelé. Il porte un costume d'été bleu et une chemise infroissable qui bâille un peu au niveau de sa bedaine, même si elle ne révèle rien de plus qu'un maillot de corps blanc et propre. Sa cravate encore nouée dépasse de la poche de sa veste. Depuis douze ans, il travaille comme directeur des ventes pour une compagnie spécialisée dans le plastique, et ça lui plaît assez.

Le barman pose deux pintes devant eux. Todd prend une longue gorgée puis s'essuie la bouche du revers de la main. Éreinté par son passage au club de sport, il n'a qu'une envie : se prélasser sur son siège et absorber docilement l'alcool et l'atmosphère. Dean est un vendeur-né, et Todd n'a qu'à lui parler de retours sur investissement pour le lancer. « La dernière fois que je t'ai vu, tu me parlais d'une baisse drastique », dit-il pour l'appâter. Dean accepte volontiers de s'étendre sur les parts de marché et la présence concurrentielle, des sujets qui permettent à Todd de se détendre en ne l'écoutant que d'une oreille distraite. Il préférerait entendre parler de produits et développements (même le plastique peut s'avérer intéressant), mais ce sont les objectifs, quotas, profits et prévisions qui passionnent Dean.

Todd voit Dean deux, peut-être trois fois par an. C'est toujours Dean qui appelle pour organiser la rencontre, mais Todd prendrait lui-même l'initiative si son ami ne le faisait pas. Ils vivent dans des univers différents, mais leur passé commun renforce le lien qui les unit. Ils ont grandi à Ashburn, au sud-ouest de Chicago, ils ont fait leur scolarité à Bogan High, joué au hockey ensemble, fumé des joints et perdu leur virginité ensemble. C'était lors d'une sortie à quatre, dans le camping-car des parents de Dean. Payez un verre ou deux à Dean et il ne manquera jamais d'aborder le sujet. À ses yeux, cela compte que lui et Todd aient partagé cette expérience séminale, qu'il ait entendu les vocalises de Todd au moment de devenir un homme, et que Todd ait aussi été là pour lui. Cela compte également pour Todd, mais il n'a pas vraiment envie que tous les clients du bar soient au courant. Avant que ça ne dérape, il demande la carte pour détourner l'attention de Dean vers l'idée de dîner.

Après avoir fini leurs burgers, ils délaissent la bière pour des shots, et c'est toujours à ce moment-là que Dean se met à évoquer sa femme, morte depuis dix ans.

« C'était la femme rêvée pour un homme, ne me dis pas le contraire, lance Dean. Le genre de femme que l'on ne rencontre qu'une fois dans sa vie. » Il se redresse pour mettre l'emphase sur ce point et hoche la tête comme une marionnette. « Une seule fois, répète-t-il en tapant du poing sur le comptoir. Et si le mec a du bol.

— C'était une femme bien, acquiesce Todd.

— Cette femme était une putain de *déesse*. Je la vénérais, putain. Tu le sais ça, hein ! »

Il attend la confirmation de Todd, que celui-ci est ravi d'offrir. Dans l'esprit de Todd, il n'y a aucune contradiction entre les sentiments actuels de Dean et le fait qu'il ait eu de multiples aventures du vivant de sa femme.

« Elle savait à quel point tu l'aimais. Tout le monde le savait.

— C'est bien vrai, approuve Dean. Je la vénérais cette femme. Et je la vénère toujours. Tu le sais, hein, que c'est vrai, parce que si c'était faux, je me serais remarié, et je ne l'ai pas fait. »

Ces dernières années, Dean a enchaîné les conquêtes, mais aucune n'était aussi bien que sa défunte femme si parfaite, et aucune n'avait l'intention de la remplacer. Dean s'en sort bien, lui qui aime le jeu de la séduction, et que grise le pouvoir ressenti lorsque, une fois une nana dans la poche, il la tient volontairement à distance. Alors que Dean enchaîne les shots, il passe du sentimental au sanguin. La foule s'est dispersée, le tumulte ambiant est redevenu un bruit de fond et l'esprit de Dean commence à vagabonder. S'agitant sur son siège, il repère une jeune femme à peu près de l'âge de sa fille, aux cheveux courts et noirs et aux lèvres rouge carmin, et se lance d'une voix forte dans un monologue, soi-disant à l'intention de Todd, sur ce qu'il aimerait faire à cette jeune femme et sur ce qu'il aimerait qu'elle lui fasse en retour. Assise non loin d'eux, absorbée dans une conversation, elle n'a pas conscience que c'est elle que Dean vise, mais d'autres, presque tous ceux qui sont à portée de voix, se tournent vers lui pour le dévisager.

Pendant ce temps, Todd s'est évadé dans ses propres pensées. Il a la sensation que son essence même, son aura et son ampleur ont gonflé et se sont étendues jusqu'à contenir toute la salle. Dans sa grandeur d'âme, il ne porte aucun jugement et n'exclut personne, ni Dean ni les ennemis que Dean est en train de se faire.

Tous les présents sont pris sous son aile bienveillante. C'est ce qui arrive quand il boit. Quand Todd boit, il mène alors la vie d'un prêtre, faite de silence, il absout et rachète l'humanité tout entière.

Se désintéressant de la fille aux lèvres rouges, Dean se tourne à présent vers la femme assise au bar, à sa droite. Elle est en surpoids et d'un âge plus proche du sien, et dans les tréfonds de son cerveau imbibé d'alcool il se dit que cela va l'aider à la faire tomber dans ses filets. Qu'elle soit déjà en bonne compagnie et en pleine discussion avec le gars qui l'accompagne ne semble pas préoccuper Dean, qui approche la bouche du sein gauche de la femme et fait semblant de le lécher. Elle avait déjà remarqué Dean et éloigné son siège. À présent, elle lui lance un regard plein de dégoût et lui dit d'aller se faire foutre. Dean relève le mot foutre et revient à la charge en lui faisant une proposition. Sur ce, la femme et son compagnon (un bel homme portant des lunettes de créateur) se lèvent et échangent leurs places. L'homme, qui fait désormais barrière entre Dean et la femme qu'il drague, n'adresse pas un mot à Dean, mais celui-ci s'insurge par principe et lui donne un léger coup dans les côtes.

« Hé, mon pote, lâche-t-il. J'exerçais juste mes droits de mâle appartenant à l'espèce humaine.

— Ouais, eh bien, va les exercer ailleurs », rétorque l'homme.

Dean se tourne vers Todd et répète : « J'exerçais juste mes droits de mâle appartenant à l'espèce humaine. On est en démocratie, oui ou non ? »

Todd assiste aux embrouilles de Dean depuis le lycée. Si Dean était réellement disposé à être agressif,

Todd le prendrait par la main et le ferait sortir. Mais aux yeux de Todd, Dean se comporte de façon inoffensive et il se contente de lui répondre : « Ne cherche pas la merde. »

Ce à quoi Dean répond d'une voix forte : « C'est un thon, de toute façon ! Je peux avoir mieux. »

Todd éclate de rire : « Exactement, mon vieux ! » et Dean ricane, content de lui.

Todd sait bien que Dean agit de la sorte seulement lorsqu'il a un coup dans le nez. Certains individus tiennent l'alcool ; Dean n'en fait pas partie. Sans en avoir l'air, Dean est quelqu'un de sensible, à la larme facile et capable de s'émouvoir devant un bébé. Après le lycée, Dean s'est engagé dans la marine, mais il n'était pas assez costaud pour tenir le coup et il est parti avant d'avoir été affecté. C'est alors qu'il s'est lancé dans la vente. Dans l'ensemble, on pourrait dire que c'est quelqu'un de facile. On l'a déjà vu s'emporter, mais il en faut beaucoup pour le provoquer. Finalement, tout dépendra vraiment de l'effet que lui fera la nouvelle, et Todd peine à prédire sa réaction. Il lui reste à espérer que Natasha lui annoncera en douceur.

Quand minuit approche et que Todd a repris la route, il appelle un de ses numéros secrets et, après une brève conversation, se dirige vers le Four Seasons, à quelques pâtés de maisons de là. La femme avec qui il a rendez-vous fait partie de celles qu'il garde sous le coude : elles ont toutes assez de classe pour ne pas détonner dans un hôtel cinq étoiles, et elles sont toutes disponibles d'un claquement de doigts, surtout pour un homme aussi généreux que lui. Les nuits comme celle-ci, alors qu'il n'a pas vu Natasha, qu'il est en état de grâce, trop plein d'énergie pour rentrer directement à la maison, il aime recourir aux produits et aux services de luxe dont cette ville regorge.

3
ELLE

Le vendredi matin, Jodi n'a toujours rien prévu pour le week-end. Ça ne lui ressemble pas, elle n'a pas anticipé. Cette semaine, son assurance habituelle a laissé place au doute, à l'hésitation et à l'espoir naïf que Todd allait changer d'avis et annuler son départ. Mais tout ça, c'est fini. Il a fait son sac hier soir et l'a emporté avec lui au travail ce matin, pour pouvoir partir directement à la sortie du bureau.

Elle prend le téléphone, s'approche de la fenêtre et reste là à observer la vue. Il fait grand beau, et la lumière blanche aveuglante du soleil se réverbère sur l'eau tout aussi blanche. Des échardes de lumière lui piquent les yeux, la peau sensible de son visage et de son cou. Elle se sent à vif, à fleur de peau, comme une chauve-souris se débattant dans la lumière du jour, mais elle reste quand même là, parcourant la liste de ses amies.

Elle appelle d'abord Corinne, puis June, puis Ellen, et laisse à chacune le même message : « Que fais-tu ce week-end ? Tiens-moi au courant si jamais tu es libre pour le dîner. Ce soir m'irait bien. Ou demain. Je suis disponible aussi pour le déjeuner. Ça me ferait vraiment plaisir de te voir. Rappelle-moi. » Elle s'éloigne de la fenêtre, tourne en rond dans la pièce, inspecte le buffet à la recherche de poussière, promenant son doigt sur la surface en bois verni. Puis elle appelle Shirley et laisse à nouveau un message. À une époque, Shirley a été traitée pour des troubles psychiques. Jodi l'a rencontrée durant un stage et a aimé son intelligence et sa loufoquerie, c'est une poétesse qui a reçu plusieurs prix pour ses œuvres.

Planifier les choses de façon méticuleuse a ses avantages. Quand tout va pour le mieux, la vie se déroule avec majesté, avec des événements programmés et des engagements prévus des semaines, voire des mois, à l'avance. Elle doit rarement organiser un rendez-vous à la hâte, et elle trouve ça dégradant. Elle a l'impression de mendier. Pourquoi ne pas se choisir un coin dans la rue et racoler directement ? Elle pourrait fabriquer des cartes et les distribuer. *Femme abandonnée cherche quelqu'un avec qui dîner. Désespérée, donc pas regardante.* Il y a peu d'espoir que Corinne, June, Ellen ou Shirley soient libres pour la voir. Corinne et Ellen ont des enfants, June voyage beaucoup et Shirley – eh bien, Shirley n'écoute pas toujours ses messages. Mais il y a une limite au nombre de coups de fil qu'elle est prête à passer.

Ce n'est que plus tard dans la journée (quand personne ne l'a rappelée) qu'elle décide d'essayer de joindre Alison, même s'il n'y a quasiment aucune chance que cette dernière réponde au téléphone ou la recontacte avant la semaine prochaine. En fait, Jodi est à ce point certaine qu'Alison ne décrochera pas qu'en entendant sa voix à l'autre bout du fil, elle croit l'espace d'un instant qu'elle a fait un mauvais numéro.

« J'étais sur le point de sortir, dit Alison. Je devrais déjà être au travail, mais il y a des jours comme ça, tu sais ! Tu ne me croirais pas si je te racontais la pluie de catastrophes qui m'est tombée dessus, alors je ne vais pas t'embêter avec les détails. Quand j'ai appelé J.B. pour lui dire que je serais en retard, on aurait dit que c'était la fin du monde ! C'est idiot parce qu'on n'est vraiment occupés qu'à partir de dix-sept heures. Les hommes sont de vrais gamins. Je suppose qu'ils se sentent importants quand ils roulent des mécaniques. C'est une bonne chose que le vrai pouvoir soit entre les mains des femmes, pas vrai ? Enfin bref, j'enchaîne deux services ce week-end, mais j'ai mon lundi de libre. Ça te dit qu'on dîne ensemble ? »

Un dîner lundi ne résout pas le problème immédiat de Jodi, mais elle est heureuse de le noter dans son agenda. Alison est une autre de ses amies excentriques, une outsider comme Shirley, et non quelqu'un qu'elle a rencontré à l'université ou parmi ses collègues. Elle a fait la connaissance d'Alison lors d'un cours de cuisine, celui où elle a appris à nettoyer les calamars et à fendre en deux les crevettes. Alison ne cuisine pas, mais elle traversait une phase où elle se disait qu'elle devrait faire un effort. Jodi ne sait pas vraiment ce qu'Alison fait dans la vie, mais elle présume (même si Alison est vraiment serveuse et rien d'autre) que les rendez-vous très privés avec des clients font partie de son métier. Alison reçoit peut-être de gros pourboires en tant que serveuse, mais elle doit bien faire autre chose en plus, vu qu'elle aime aller au restaurant et commander le vin – souvent des bouteilles millésimées que même Jodi trouve trop chères.

Le jour suivant, samedi, elle n'a aucun patient prévu. Après une nuit blanche, elle s'est endormie à l'aube et s'est éternisée au lit jusque vers le milieu de la matinée. À présent elle traîne en prenant son petit déjeuner et en lisant le journal. C'est à n'y rien comprendre, cette impression qu'elle a d'être aussi désemparée. Il est normal que Todd s'absente pour la journée, même le samedi, où il passe en général la matinée sur le chantier, puis va chez le coiffeur et va faire laver sa voiture. Mais le dimanche, c'est tout autre chose : ils partagent tranquillement un brunch et sortent le chien pour une longue promenade au bord de l'eau, un moment qu'elle attend avec impatience durant la semaine. Mais rien de tout cela n'arrivera le lendemain.

Regrettant qu'aucune de ses amies ne l'ait rappelée, elle allume la télévision et zappe jusqu'à ce qu'elle tombe sur une rediffusion de la série *Seinfeld*. Elle a déjà vu cet épisode, mais elle a quasiment tout oublié de l'histoire. Ces derniers temps, il se passe la même chose avec les films. Une ou deux années s'écoulent et c'est presque comme si elle souffrait d'amnésie. Elle se dit ainsi que si elle devait revivre sa vie (exactement la même, avec les mêmes événements se déroulant dans le même ordre), presque tout la surprendrait. Alors que l'épisode se termine et qu'elle regarde la scène finale comme si c'était la première fois, elle est submergée par un sentiment de perte et de regret.

Elle prend un bain pour se réconforter, un rituel durant lequel elle se glisse jusqu'au cou dans une eau bouillante. Les nuages de vapeur, le cocon de chaleur, la sensation d'immersion, légère et pesante à la fois (le corps suspendu, la pression de l'eau)... tout cela lui est un tonifiant qui guérit de toutes les maladies possibles. Pourtant, même si elle s'éternise jusqu'à ce que le bout de ses doigts soit fripé et blanc, elle en ressort agacée, esseulée et fatiguée. Elle s'endort sur le canapé et se réveille une heure plus tard, frissonnant dans son peignoir humide.

Désorientée, les restes d'un rêve oublié lui parasitant l'esprit, Jodi s'habille, met le chien en laisse et marche en direction du lac, se joignant à la foule du samedi sur la jetée. L'eau est iridescente sous les rayons du soleil de midi, et les gens sont sortis en masse, attirés par la chaleur croissante, pour courir, faire du vélo ou du roller, ou pour une simple promenade. La plupart sont en couple ou en famille, bronzés, leurs voix résonnent dans l'air pur. Freud flâne à ses côtés et agite la queue quand des enfants demandent la permission de le caresser. Elle lui fait traverser la pelouse pour rejoindre la rive sablonneuse du lac, lui lance un bâton et le regarde s'élancer dans l'eau à sa poursuite. Le chien, lui au moins, profite de la journée. Il s'adapte facilement, un rien le distrait et le satisfait. Il sait que Todd n'était pas à la maison la veille au soir, mais en nageant dans le lac, le museau relevé et les oreilles traînant sur l'eau, il se moque complètement de Todd.

Une fois rentrée, Jodi avale un Advil et écoute ses messages. Ellen l'a rappelée et lui propose un déjeuner la semaine prochaine. Jodi se change et enfile un jogging, tire les rideaux de la chambre et s'enfouit dans le lit défait, se replongeant dans le livre qu'elle a commencé, celui qui parle de trois générations de femmes qui doivent endurer des maris violents, des enfants ingrats et les privations sociales et culturelles de la vie dans une petite communauté rurale. Le récit de leurs vies effroyables la distrait un moment, mais une fois le livre fini et refermé, le retour à la réalité est brutal. Le ciel derrière la fenêtre est d'un gris plat, la pièce est plongée dans la pénombre et la température a baissé. Il est évident qu'aucune de ses amies ne la rappellera maintenant ; leurs projets pour le dîner sont à présent bien arrêtés, leurs soirées déjà lancées. Elle se débarrasse de ses vêtements froissés et enfile un jean et une chemise en flanelle, capitulant devant l'idée de passer sa soirée à la maison.

Dans le frigo, elle trouve une moitié de tarte aux pommes et la mange à même le plat : d'abord les pommes, à la cuillère, puis la pâte, avec les doigts. Todd ne l'appellera pas. Il ne lui fera pas signe pour lui dire qu'elle lui manque, il ne lui demandera pas comment elle va. Elle le sait sans trop savoir comment, et cette certitude lui donne l'impression que quelque chose d'irrépressible s'est mis en route, comme une nuée d'oiseaux s'envolant avant une tempête. Il y a vingt ans de ça, leur amour était une éruption de passion qui les projetait dans les étoiles. Cet élan, depuis peu, s'essouffle, c'est la triste réalité qu'elle n'a pas le courage d'affronter. Souvent, il lui semble que les années écoulées depuis leur rencontre se sont repliées sur elles-mêmes, écroulées les unes sur les autres tel le soufflet d'un accordéon, ravivant de lointains souvenirs.

Lors de leur second rendez-vous, ils étaient allés voir *The Crying Game* et, après la séance, ils étaient restés devant le cinéma pour discuter du film, traînant les pieds, partageant rires et chamailleries. Le second rendez-vous forme un territoire à part, un champ de force aux règles et aux conditions bien particulières. Au troisième rendez-vous, on a compris certaines choses, alors que le premier rendez-vous est une expérience nettement plus brute. Mais le second rendez-vous, ce rendez-vous intermédiaire, est un champ de mines fait de caresses et de tâtonnements, un combat entre grands espoirs et scepticisme effréné. Un second rendez-vous, c'est l'admission, franche et mutuelle, que l'on se plaît, mais il est également impossible d'ignorer que ça peut vous exploser au visage à n'importe quel moment, que tout ce qui relève de l'autre est hésitant, à peine conjectural. Un second rendez-vous, c'est un océan d'ambiguïtés : on nage ou on coule.

Il ne faisait pas chaud ce soir-là ; le printemps n'était pas encore vraiment arrivé. Et pourtant, c'était une saison où les gens se montraient optimistes sur la météo et ne se couvraient jamais assez. Jodi et Todd ne faisaient pas exception (elle en gilet, lui en sweat-shirt), mais ils avaient quand même commencé à marcher, avec la vague idée de trouver un endroit où manger, mais sans véritable destination. Ils étaient pris par l'inertie du mouvement, par une transe ambulatoire dont ils n'arrivaient pas à s'extraire. Ils avaient marché vers le sud, dans Michigan Avenue, avaient erré dans le parc avant d'en ressortir et de refaire le tour du Loop. Ils ne se tenaient pas la main, ne se donnaient même pas le bras. Ils se concentraient sur la tâche du moment, celle du second rendez-vous, en enchaînant les révélations personnelles et les confessions sincères.

« Quand j'étais petit, j'étais gros, avait-il annoncé alors qu'ils traversaient le pont de Michigan Avenue.

— Mais pas obèse tout de même ? avait-elle répondu, ayant du mal à visualiser la chose.

— À l'école, tout le monde me surnommait Gros Lard.

— Ouah ! Pendant combien de temps ? »

Ça n'avait pas pu durer longtemps.

« Oh, jusqu'à l'âge de douze ou treize ans. C'est à ce moment-là que j'ai commencé à voler des bagnoles.

— Tu volais des voitures ?

— Peut-être que j'aurais mieux fait de me taire.

— Non mais tu ne les volais pas *vraiment* ?

— Qu'est-ce que tu veux dire ?

— Tu les ramenais après t'en être servi.

— Pas vraiment.

— Mais tu ne les démontais pas, par exemple, pour revendre les pièces détachées, ou quelque chose du même genre.

— Non, non, rien de tout ça. Je mettais juste la musique à fond et je me baladais. Je passais prendre un ami, je passais prendre des filles. Je faisais semblant d'être un salaud de riche à qui tout avait réussi.

— Tu ne t'es jamais fait arrêter ?

— Jamais. On peut dire que j'ai eu de la chance. »

Ce n'était pas du tout comme ça qu'elle l'avait perçu. Il y avait quelque chose chez lui, quelque chose – eh bien, « distingué » était le mot qui lui venait à l'esprit – qui allait à l'encontre de ce tableau inattendu qu'il venait de brosser de sa jeunesse. La façon dont elle le percevait avait alors changé.

« En grandissant, avait-elle repris, j'ai vu mes parents passer par des périodes durant lesquelles ils ne se parlaient pas. C'était cyclique. Une fois, ça a duré presque un an.

— Comment est-ce possible ?

— Oh, ils parlaient. C'est juste qu'ils ne s'adressaient pas la parole directement. Et s'il n'y avait personne dans les parages, s'il n'y avait que nous, les enfants, alors tôt ou tard ça faisait du genre : "Jodi, pourrais-tu dire à ton père qu'il a besoin d'aller chez le coiffeur." Et il se trouvait bien entendu dans la même pièce.

— Et tu lui répétais le message ?

— C'est idiot mais oui, le plus souvent, je le lui répétais. Je crois que j'étais trop jeune pour comprendre que je pouvais rester en dehors de ça.

— Ils devaient vraiment se détester.

— Parfois, c'était l'impression qu'ils donnaient. Mais à d'autres moments, tout allait bien.

— Mes vieux étaient constants, eux au moins, avait-il confié. Il la maltraitait, et elle se recroquevillait sur elle-même. C'était toujours le même refrain.

— Je ne l'aurais jamais deviné. » Cette révélation l'avait choquée, et pendant qu'elle cherchait son baume à lèvres dans son sac à main, l'image qu'elle se faisait de lui évoluait à nouveau.

« Est-ce qu'il te maltraitait toi aussi ?

— Pas vraiment. La plupart du temps il ne faisait pas attention à moi.

— Qu'est-ce qu'il faisait dans la vie, ton père ?

— Il travaillait dans les parcs, mais c'était saisonnier. En hiver il restait surtout à la maison. Il traînait au sous-sol, il y avait descendu son fauteuil et sa réserve personnelle. Y avait qu'à l'entendre marmonner, et on savait qu'au dîner il serait ivre mort, et on rasait les murs en priant pour qu'il s'endorme et reste là où il était.

— Ça devait être dur à vivre. »

Elle tentait toujours de s'habituer à cette nouvelle image de lui.

« C'était il y a très longtemps. Il est mort maintenant. Ils sont morts tous les deux. »

Il s'était arrêté pour refaire ses lacets, se baissant avec raideur dans le froid.

« Dans ma famille, je crois que ce qui était le plus dur à vivre, c'était les faux-semblants, avait-elle lâché. Je veux dire, la plupart du temps tout allait très bien, mais même quand ça n'allait pas, mon père partait au travail, ma mère préparait le repas, on s'asseyait pour manger en famille, ils discutaient avec nous de ce qu'on faisait à l'école, et tous les soirs ils partageaient le même lit. On ne disait jamais rien. On se contentait tous de faire comme si rien de tout ça ne se passait.

— C'était quoi leur problème, au juste ?

— Oh, tu sais, le truc habituel. Il n'était pas très doué pour la monogamie.

— La monogamie, c'est pas fait pour les hommes. Ou les hommes ne sont pas faits pour la monogamie. Peu importe la formule. Les deux sont vrais.

— C'est ce que tu penses ?

— C'est ce que je sais.

— Est-ce que tes parents avaient le même problème ?

— Mon vieux n'avait qu'un véritable amour : le whisky.

— Alors, pourquoi dis-tu ça à propos de la monogamie ?

— Tous les hommes sont infidèles, tôt ou tard, d'une façon ou d'une autre. Mon père trompait ma mère avec la bouteille. »

Se remémorant cet échange après coup, Jodi se dit que ça aurait dû attirer son attention, lui faire marquer une pause et l'inciter à réfléchir. Mais les alarmes qui auraient dû résonner dans sa tête s'étaient montrées étrangement silencieuses.

Alors qu'ils remontaient LaSalle Street vers le nord, passant devant la chambre de commerce, les banques, les magasins et l'Hôtel de Ville, ils avaient éprouvé la sensation écrasante de marcher dans un tunnel, avec la perspective des tours de bureaux semblables à des falaises de part et d'autre, et à l'autre bout le coin de ciel qui les attirait vers l'avant tel un aimant. Il avait parlé de son père mourant, de la façon dont sa mère avait consacré tout son temps à s'occuper de lui. Sorti de son repaire du sous-sol, il s'était laissé mourir sur le canapé du salon, et parce qu'il n'en avait de toute façon plus pour longtemps, elle l'avait laissé continuer à boire.

« Il avait le teint jaune et il puait l'alcool et l'urine, avait dit Todd. Ses mains tremblaient et il n'arrivait pas à contrôler sa vessie. Le jour où ils sont venus le chercher pour l'embarquer, j'ai dû jeter le canapé.

— Ta mère devait être une sainte, avait-elle avancé.

— Elle aurait dû le quitter des années auparavant.

— Pourquoi ne l'a-t-elle pas fait ?

— Parce qu'elle éprouvait une forme perverse de loyauté ? Qui sait ? C'est impossible de savoir ce qui se passe vraiment dans le mariage des autres.

— Je vois. Peu importe le regard des autres, les liens du mariage sont souvent indestructibles.

— Je suppose que ton père était docteur ou professeur, quelqu'un d'important.

— Pas exactement. Il est à la retraite maintenant, mais il était pharmacien. Il avait une pharmacie au coin de Park Avenue et de Main Street. J'y travaillais après les cours. Comme le reste de la famille. Enfin, mes frères et moi. Pas ma mère.

— Pourquoi pas ?

— Je crois qu'elle avait déjà trop à faire à la maison. Je ne sais pas. Peut-être que c'était lié aux déceptions qu'elle avait connues dans sa vie. Ma mère avait une formation de chanteuse, mais elle n'est jamais allée plus loin que la chorale de sa paroisse. Son rêve, c'était de jouer dans une comédie musicale à Broadway. Elle connaissait toutes les chansons par cœur, et elle les chantait à la maison. Ma mère est un peu excentrique. Un peu fantasque, dirons-nous.

— Je croyais que les filles étaient supposées ressembler à leurs mères ?

— C'est ce qu'on dit. Mais je pense que je tiens plus de mon père.

— Alors, lequel de tes parents conduit comme un pied ? »

Plus tard, elle a élaboré toute une théorie pour expliquer pourquoi ils étaient restés dehors dans le froid aussi longtemps, mais elle n'arrive plus à s'en souvenir. Tout ce qu'elle se rappelle, c'est que c'était lié à une question d'endurance et au fait de se rapprocher l'un de l'autre. Ce qu'elle sait par contre, c'est que le temps qu'ils trouvent un endroit où manger et se réchauffent les mains sur une tasse de café en attendant leurs commandes, il y avait eu cette sensation que quelque chose se dénouait, comme si des barrières étaient tombées. Et qu'à minuit, ils étaient de retour dans la demeure de Bucktown, allumaient des bougies et s'agitaient dans le sac de couchage.

4
LUI

Il dépose Natasha devant sa porte et retourne chez lui en voiture. Il fait une chaleur étouffante sous le soleil brûlant, sans la moindre petite brise à l'horizon. Un retour provisoire de l'été. La Porsche est jonchée de détritus (des serviettes en papier froissées, des emballages qui traînent, des gobelets en carton vides, les preuves de leur voyage retour) et il a mal aux yeux, n'ayant pas beaucoup vu la lumière du jour ce week-end, mais l'odeur de Natasha s'accroche à ses vêtements et à sa peau, un effluve lourd et enivrant qui mêle ses sécrétions, son parfum, sa lotion et son gel capillaire. Certaines parties du corps de Todd lui font encore mal, et il redoute déjà les heures qui vont devoir passer avant qu'il ne la revoie. Passer autant de temps à ses côtés a altéré la chimie de son cerveau, et ses synapses brûlent de douleur en l'absence de Natasha.

Las, il s'imagine l'épreuve qui l'attend, cette soirée chez lui avec Jodi. Il y aura d'abord le dîner accompagné d'une conversation mesurée et d'une consommation modérée d'alcool. Suivra ensuite le rituel du coucher, l'extinction des feux et lui qui se glisse sous les draps après avoir enfilé son pyjama fraîchement lavé. Quand au juste sa vie conjugale est-elle devenue une pénitence ? Il est incapable de mettre le doigt sur ce moment où tout a basculé, où il s'est lassé de cette forme de confort que Jodi sait si bien offrir.

Mais une fois rentré chez lui, son humeur change. Il est accueilli avec un tel entrain et une affection si débordante qu'il éclate de rire. Comment a-t-il pu oublier le chien ? Il fait frais dans l'appartement et il y règne un doux parfum de roses, qui s'épanouissent à profusion dans des vases disposés ici et là. Dans la cuisine, il trouve une bouteille de vin blanc ouverte, fraîche, et à côté un plat de crackers recouverts d'huîtres fumées. Ces délices lui font l'effet d'une révélation.

Jodi n'est pas visible, mais la porte du balcon est ouverte. Il se déshabille et entre dans la douche, ouvrant les robinets au maximum pour que l'eau lui martèle la peau, créant une sensation agréablement anesthésiante et nettoyant les odeurs équivoques de son week-end. Après s'être séché et avoir enfilé un pantalon chino et une chemise propre, il mange les huîtres et se sert un verre de vin.

Sur le balcon, Jodi est allongée, à demi nue, dans la chaise longue. Le bas de son bikini est une merveille de Lycra rouge qui moule comme une seconde peau ses hanches bien dessinées et son vallon bombé. Ses jambes forment un V étiré qui attire le regard de Todd sur son entrejambe et plus haut, jusqu'à sa poitrine. Sa position, allongée sur le dos, étale et aplatit ses seins, déjà naturellement petits, ses tétons semblent inertes sous la chaleur, exposés telles des pièces porte-bonheur en argent. Elle prend rarement des bains de soleil, il le sait bien, parce qu'elle ne bronze pas. Sa peau a légèrement rougi, ce qui la démangera plus tard, mais elle ne court aucun danger maintenant que le soleil a changé de position et laissé le balcon dans l'ombre.

« Je pensais bien t'avoir entendu rentrer », dit-elle en soulevant ses lunettes de soleil pour le regarder, plissant les yeux.

Il y a une retenue chez elle (physique, émotionnelle) que Todd a toujours trouvée attirante. Son sang-froid lui fait rarement défaut ; c'est une femme qui prend toujours le dessus, dans n'importe quelle situation. Et même après toutes ces années, il a l'impression qu'il la connaît à peine, qu'il ne peut pas vraiment saisir ce qui se trouve sous la surface. Jodi est une force raffinée dans la vie de Todd, une virtuose qui le travaille avec habileté, alors que Natasha se connecte directement à la partie primitive du cerveau de Todd. Si Jodi parle à la partie supérieure, Natasha loge dans la partie inférieure. Si Jodi est une douce ascension, Natasha est une chute de dix étages.

Quand Todd et Natasha se sont présentés pour prendre leur chambre, le propriétaire de l'établissement n'a rien fait pour cacher sa désapprobation. Il leur a demandé de répéter leurs noms, a cherché d'un air sombre dans ses réservations avant de dire en secouant la tête : « On vous a réservé la suite *nuptiale* », comme pour les inciter à changer d'avis. « Celle avec le lit *king size* et le jacuzzi », a confirmé Natasha. Au vu des regards mauvais qui les ont poursuivis tout le week-end, on aurait dit que Todd s'envoyait en l'air avec sa propre fille. Quand Natasha et lui ont émergé de leur suite le samedi midi et fait leur apparition dans la salle à manger pour déjeuner, Todd aurait tout aussi bien pu être nu, à exhiber des lèvres à vif et une érection gigantesque. À la façon dont les gens continuaient de les fixer, on aurait cru que Natasha était une gamine de douze ans.

Le premier jour, en sueur et assoiffés après une balade dans les bois, ils se sont avancés au salon, une pièce spacieuse aux stores en bambou et aux meubles en érable rustique. Le barman bedonnant, après avoir pris leur commande, a fait un clin d'œil à Todd alors qu'il posait le manhattan de Natasha devant elle, et ce clin d'œil disait, dans le langage des machos arrogants : « Si tu la soûles bien comme il faut, même un vieux comme toi peut toucher le gros lot » ou « J'ai mis la dose parce que tu vas avoir besoin d'un sacré coup de main pour l'attraper » ou « Peut-être que je pourrais tenter le coup quand tu as fini avec elle, hein, qu'est-ce que t'en dis ? ».

Il en arrivait presque à penser que tout était la faute de Natasha, qui ne cachait rien (ses flotteurs qui dépassaient de leurs amarres, son piercing au nombril qui faisait de l'œil, sa chevelure qui descendait en cascade) et qui se tenait, cambrant les reins jusqu'à faire ressortir sa poitrine comme si elle se prenait pour Nadia Comaneci sur sa poutre de gymnastique.

Se déhanchant sur son tabouret de bar, elle a passé ses doigts dans la ceinture de Todd et s'est penchée contre lui comme s'il était un petit veau à peine mis au monde. « Si on se marie en juin, et tu me l'as promis, alors il faut qu'on commence à prévoir la cérémonie, a-t-elle annoncé. Et il faut qu'on cherche un endroit où vivre. » Tirant sur sa ceinture, approchant ses lèvres de l'oreille de Todd, elle a ajouté que cette nuit ensemble (une nuit entière dans le grand lit de leur suite nuptiale) avait changé les choses, qu'à présent ils ne pouvaient plus revenir en arrière. Ils avaient franchi une étape, d'après elle, et ils ne pouvaient plus continuer à se voir en douce et à vivre leur amour en cachette.

Est-ce qu'il lui avait vraiment promis de l'épouser au mois de juin ? Il ne s'en souvenait pas en tout cas. Pour gagner du temps, il lui a répondu qu'il fallait d'abord qu'il parle avec son avocat avant de songer à des projets en commun.

Jodi se lève de sa chaise longue et passe devant Todd pour retourner à l'intérieur. Il perçoit l'odeur de sa peau chaude recouverte d'huile solaire et la regarde se diriger vers la salle de bains. Son corps est petit et léger, un contraste saisissant avec celui de Natasha, au dos large et aux courbes sensuelles. Elle réapparaît vêtue d'un court paréo en soie noué autour de la taille. Lorsqu'elle s'assoit, il s'entrouvre, révélant ses cuisses et le renflement de ses seins.

« Comment s'est passé ton week-end ? demande-t-elle.

— Ça fait du bien d'être de retour à la maison, dit-il évasivement. Qu'est-ce que tu as fait pendant que je n'étais pas là ?

— Pas grand-chose. La pêche a été bonne ? »

Quand elle mentionne la pêche, ses yeux se plissent d'amusement. Si elle sait la vérité ou si elle l'a devinée, en tout cas elle ne va pas le lui faire payer.

« J'aimerais pouvoir te dire que j'ai rempli le congélateur de friture, répond-il. Mais je peux t'emmener dîner, si ça te dit. »

Ils se rendent chez Spiaggia et se régalent de trois plats délicieux, les arrosant d'un amarone puissant. Il a mis une veste de smoking et elle porte une robe de cocktail aux épaules dénudées assortie de deux rangs de perles. Ce soir-là, ils font l'amour pour la première fois depuis un mois.

Le lendemain s'ouvre sur une suite de mésaventures. Il arrive au bureau très tôt, comme d'habitude, tout ça pour découvrir qu'il manque une de ses clés (celle qui ouvre la porte d'entrée) à son porte-clés. Debout sur le trottoir, son téléphone à la main, il s'énerve quand il n'arrive pas à joindre le gardien. Il ne comprend pas comment ça a pu se produire : les clés ne se détachent pas toutes seules d'un anneau en acier. Il refait néanmoins en sens inverse les trois pâtés de maisons qui le séparent de sa Porsche, histoire de fouiller les sièges et le plancher, puis il appelle Jodi, la réveillant au passage, pour lui demander si elle pourrait jeter un coup d'œil dans l'appartement. Après quoi il attend devant son immeuble en se disant que tôt ou tard quelqu'un finira bien par arriver et lui ouvrir la porte, mais il est encore tôt, et il finit rapidement par abandonner pour aller prendre son petit déjeuner.

Normalement, le gardien est censé commencer à huit heures. À huit heures moins cinq, Todd est à nouveau posté devant l'immeuble, un café à la main, mais il doit encore attendre douze minutes avant que le gardien ne pointe le bout de son nez. Cette attente de douze minutes est la goutte d'eau qui fait déborder le vase, et l'entière responsabilité de l'heure et demie qu'il vient de gaspiller retombe sur les épaules du gardien. Cet homme tranquille, habituellement fiable, travaillant là depuis plusieurs années, démissionne sur-le-champ et part sans laisser la moindre clé. Les minutes s'écoulent à nouveau, dix-neuf pour être exact, avant qu'un locataire arrive et lui ouvre la porte. Le temps qu'il entre par effraction dans le bureau du gardien pour récupérer un jeu de clés de rechange, il reçoit un message de Stephanie l'informant qu'un de ses enfants est malade et qu'elle ne pourra pas venir travailler. Il passe le reste de la matinée à s'occuper de choses qui dépendent habituellement de Stephanie, et lorsque Natasha l'appelle à midi pour lui demander s'il a parlé à son avocat, il lui dit que le monde ne tourne pas autour d'elle.

La rapidité avec laquelle Natasha s'offusque, sa propension à pleurer, à bouder, à se dérober – tout cela est nouveau pour lui, et il trouve ça éreintant. Jodi ne se comporte pas comme ça. Mais quel est son problème, à Natasha ? Il aimerait bien lui en toucher deux mots, mais il préfère prendre des précautions et tenir sa langue, et même si le temps lui file entre les doigts aujourd'hui, il la persuade de le retrouver pour déjeuner au restaurant.

Lorsqu'il arrive chez Francesca's, dans Little Italy (un des endroits qu'ils fréquentent le plus car ce n'est pas loin de l'université), Natasha est assise près d'un pilier, le nez dans le menu. Quand il s'installe sur la chaise en face d'elle, elle refuse de relever la tête ou de lui prêter la moindre attention, restant concentrée sur le menu. Comme si elle ne le connaissait pas déjà sur le bout des doigts. Pourquoi ne peut-elle pas se comporter comme l'adulte qu'elle est et lui parler, l'insulter un peu, histoire de se défouler ? D'un autre côté, elle a sans aucun doute pris sur elle en acceptant de le retrouver ici, vu la façon dont il lui a parlé. D'un geste très doux, il lui prend le menu des mains et le met de côté.

« Allez, ne nous disputons pas, dit-il. Je suis désolé. »

Vu le regard qu'elle lui lance – sérieux, nerveux –, il comprend qu'elle a l'intention de rompre avec lui. Mais c'était juste une petite dispute ! Il a dû se passer quelque chose d'autre. Mais oui, c'est ça. Ce quelque chose qu'il a toujours craint. C'est finalement arrivé, et comment aurait-il pu en être autrement quand on voit le nombre de jeunes candidats potentiels qui la côtoient tous les jours à la fac ? Il n'a jamais cru qu'elle resterait avec lui pour toujours, même si elle prétend le contraire. Parler de mariage, c'était juste un divertissement, quelque chose à tester. Elle est comme ça, Natasha. Elle aime spéculer et présumer, juste pour voir ce qui va se passer. Et quel mal y a-t-il à ça ? Elle a toute la vie devant elle et il faut qu'elle découvre ce qu'elle veut faire et avec qui elle veut le faire. Alors qu'il a déjà la moitié de sa vie derrière lui. Quarante-six ans. Déjà sur le déclin. Encore quelques années et il carburera au Viagra. Il ne peut pas rivaliser avec un adversaire moitié plus jeune que lui. Il doit regarder les choses en face et la laisser partir.

« Je ne peux pas te laisser partir, dit-il. Je t'aime. »

Elle écarquille les yeux et laisse échapper un petit rire.

« Ne sois pas bête, réplique-t-elle.

— Tu n'es pas en train de rompre avec moi alors ?

— Non. Même si c'est tout ce que tu mérites. »

Le serveur fait son apparition et Natasha commande un sandwich aux boulettes de viande, Todd en commande un aussi, même s'il n'a aucun appétit. Puis il enfreint ses propres règles en matière de déjeuner et commande une bière. Elle n'est pas en train de le quitter et il devrait se sentir soulagé, mais il y a quelque chose qui cloche.

« Qu'est-ce qui se passe alors ? » demande-t-il.

Ignorant sa question, elle se met à parler de la fac : son cours à neuf heures du matin, la tenue de son professeur, ce qu'il a raconté sur les Fauves. Au moins, elle a décidé de lui adresser la parole, mais quand la nourriture arrive elle s'y attelle et redevient silencieuse. Il parle de sa matinée à lui, de la série d'incidents qui a commencé avec cette clé égarée. Il essaie de l'amuser, de la faire rire, mais elle est préoccupée. Il descend sa bière et en commande une autre. Natasha ne dévoile rien avant d'avoir mangé chaque miette de son déjeuner et commandé une tasse de thé. Quand elle lui annonce la nouvelle, c'est comme s'il recevait un coup de pied dans la tête.

« Comment est-ce techniquement possible ? hurle-t-il. Tu n'étais pas censée prendre la pilule ? »

Elle lui fait signe de baisser le ton. Elle est devenue pâle et semble perdue.

« Je croyais que tu voulais des enfants, dit-elle.

— Bien sûr que je veux des enfants ! » s'écrie-t-il.

Bien sûr qu'il veut des enfants, même si *enfants* n'est peut-être pas le terme qu'il emploierait. Natasha veut des *enfants*, c'est-à-dire des sales mioches dépendants qui réclament constamment son attention et lui donnent l'impression d'avoir une famille, de faire partie de quelque chose. Ce qu'il veut n'a rien à voir. Ce qu'il veut, ce sont des descendants, des héritiers, voire un seul héritier, de préférence un garçon, quelqu'un qui partage son ADN, une variante de lui-même qui le remplacera une fois qu'il sera parti. Plus jeune, il n'y avait jamais réfléchi sérieusement, et rien n'aurait changé s'il ne s'était pas réveillé un matin avec ce désir de progéniture qui l'avait assailli tel un virus. Quand il a rencontré Natasha, ce désir s'est mué en une envie irrépressible, qui ne l'a pas quitté depuis. Il avait l'impression que sa vie, telle qu'elle était, n'était qu'un immense désert. Ce désir d'enfant donnait à son histoire avec Natasha un caractère d'urgence qui ne faiblissait pas. Si elle pouvait l'aimer, cela voulait dire qu'il n'était pas trop tard pour lui.

« Bien sûr que je veux des enfants, répète-t-il. Mais pas comme ça.

— Pas comme quoi ?

— Comme ça. Toi qui me balances ça au déjeuner.

— Quand est-ce que j'aurais dû te balancer ça, alors ?

— On n'en a encore jamais discuté ensemble.

— Si, on l'a fait. Tu veux des enfants.

— Ça n'a rien à voir ! »

Il hurle à nouveau, et il voit bien à la tête qu'elle fait qu'il l'a perdue. Elle se lève, récupère son sac à dos accroché à sa chaise et quitte le restaurant. Il sort son portefeuille, glisse quelques billets sous une assiette et se lance à sa poursuite, de peur qu'elle ne soit partie en courant et qu'elle n'ait disparu, mais elle est plantée là, dehors.

« J'ai cours, je dois y aller », dit-elle.

Il passe un bras autour de ses épaules et reste comme ça alors qu'ils remontent Loomis Street à pied, en direction de Harrison Street.

« Je peux avorter, lâche-t-elle.
— Tu ferais ça ?
— Si c'est ce que tu veux. »

Ces mots sont comme un rayon de soleil, et avec l'espoir qu'ils transportent, la panique que Todd ressent se calme un peu. Il s'immobilise et la fait se tourner vers lui.

« Tu es enceinte de combien ? demande-t-il. Je veux dire, c'est encore jouable ? »

Elle lui lance un regard d'une haine si intense qu'il recule.

« C'est toi qui l'as proposé », se défend-il.

Alors que la dispute se poursuit, il en oublie d'insister sur le point qui le tracasse : comment cela a pu arriver. Ça ne lui vient pas à l'esprit qu'elle ait pu faire ça intentionnellement. Il n'est pas de nature suspicieuse ou vindicative, et sans s'en rendre compte, il cesse de lui en vouloir et se met à réfléchir à des solutions, comme il le ferait avec une fuite de tuyauterie ou une créance douteuse. À présent, il prononce des phrases telles que : « Ne t'inquiète pas… on va arranger ça… tout va bien se passer. » Mais ce genre de discours ne suffit pas.

« Tu continues d'en parler comme si c'était un problème, dit-elle.

— OK, très bien. Mais je n'ai plus vingt ans. J'ai une vie et ça complique les choses. Pour le moment, je ne suis pas libre.

— La faute à qui ? Ça fait des lustres que tu es censé lui dire pour nous. »

Il se demande s'il y a du vrai là-dedans. Il ne se rappelle pas avoir eu de discussion avec Natasha durant laquelle il acceptait de parler à Jodi. Tout ce qu'il sait, c'est que Natasha lui mettait une pression folle pour qu'il le fasse.

« Je ne crois pas que j'étais censé lui parler, dit-il. Mais je vais devoir le faire, maintenant. »

Il commence à prendre conscience de cette réalité. Si Natasha refuse d'envisager l'avortement, les gens vont forcément le savoir. Peut-être pas tout de suite, mais au bout d'un moment. Il faudra mettre Jodi au courant. Et Dean.

« Je ne crois pas que tu devrais le dire à ton père, dit-il. Pas tout de suite. »

Natasha s'est remise à marcher. Elle a un temps d'avance sur lui.

« Je l'ai déjà dit à mon père », annonce-t-elle par-dessus son épaule.

Il allonge sa foulée et la rattrape.

« Tu l'as dit à Dean ? Mais quand ça ?

— Après t'avoir eu *toi* au téléphone.

— Mais comment as-tu pu faire ça ! »

Elle hausse les épaules, et il comprend qu'elle l'a fait pour se venger de lui, parce qu'il a été brusque au téléphone quand elle lui a demandé s'il avait appelé son avocat.

« Qu'est-ce que tu lui as dit exactement ? Tu ne lui as quand même pas dit pour moi – pour nous.

— Qu'est-ce que tu crois ? Que je vais lui annoncer ça et ne pas lui dire qui est le père ?

— Tu n'avais absolument pas besoin de lui dire. »

Elle hausse à nouveau les épaules, et ce simple geste insolent exprime tout son dépit, toute sa fierté et son agressivité. Alors qu'elle continue d'avancer délibérément d'un pas régulier, il doit faire un effort pour rester à sa hauteur. Il a l'impression d'être un cafard trottinant à ses côtés.

« Ralentis, dit-il. Parle-moi.

— Qu'est-ce que tu veux que j'ajoute ?

— Plein de choses. Il reste plein de choses à dire. Tu es enceinte de combien ? Quand est-ce que tu l'as appris ?

— Je ne sais pas à combien de semaines je suis. Je l'ai découvert ce matin.

— Tu l'as découvert ce matin ? Je croyais que tu avais cours ce matin.

— J'ai fait le test tout de suite, dès que je me suis levée. C'est comme ça qu'on est censé faire. »

Todd, qui n'y connaît rien en test de grossesse, lui sort :

« Tu as fait *quoi* quand tu t'es levée ?

— J'ai fait pipi sur un bâtonnet en plastique. Tu l'achètes en pharmacie. Si c'est positif, une ligne rose apparaît.

— Un bâtonnet en plastique ?

— Il n'y a pas que ça. Je n'ai toujours pas mes règles.

— Il faut absolument que tu voies un médecin alors pour être sûre du résultat.

— Mais tu crèves d'envie que ce soit négatif ou quoi ! »

Ils sont maintenant dans Harrison Street, et se dirigent vers l'est. Le trottoir est bondé d'étudiants qui vont dans les deux sens. L'embouteillage oblige Todd et Natasha à se rapprocher.

« Comment ton père a réagi quand tu lui as annoncé ? demande-t-il.

— D'après toi ?

— Il n'était pas ravi.

— Non.

— Qu'est-ce qu'il a dit ?

— Il a dit qu'il allait t'étrangler.

— C'est tout ?

— Ça ne te suffit pas ?

— Il a bien dû dire autre chose.

— Oh, ouais, j'ai failli oublier. Il a dit qu'il allait en parler à Jodi. »

Il attend qu'elle disparaisse dans le bâtiment Henry Hall puis retourne à sa voiture, regrettant déjà d'avoir tout foutu en l'air. Clairement, la situation est sensible, elle va le poursuivre et il aurait dû avoir plus de tact. Non que ça aurait changé grand-chose. Les femmes font des gamins ou non au gré de leurs envies – et ce qu'un mec veut, même si c'est lui le responsable de la situation, est totalement hors sujet. Il n'y a pas de répit pour les hommes dans ce monde. Les hommes sont des crétins qui ne se rendent pas compte que s'envoyer en l'air est le plus grand des risques qu'ils puissent prendre. Tout son univers bascule à partir de maintenant, il ne peut absolument rien y faire. Il devrait avoir son mot à dire dans cette situation, mais les choses ne fonctionnent pas comme ça. En dépit de ce qu'on dit, ce sont les femmes qui établissent les règles. Dans ce cas-là, c'est Natasha qui les établit. Et maintenant elle lui en veut, et il lui reste encore à affronter Dean et Jodi. Sans prendre en considération ce qu'il ressent à l'idée d'avoir engendré un enfant ou un héritier ou peu importe le terme employé, toute cette situation est pour l'instant trop compliquée, trop désarmante, et tout va trop vite. C'est comme s'il se trouvait dans une voiture qui roule sur la mauvaise voie, à contresens du trafic. Ça ne fait aucune différence qu'il ne sache pas comment il en est arrivé là. C'est lui qu'on va tenir pour responsable.

Alors qu'il passe devant l'UIC Pavilion, il prend son téléphone et appelle Dean sur son portable. Il devrait prendre le temps de réorganiser ses pensées et de trouver ce qu'il va lui dire, mais le temps file justement et il doit parler à Dean avant que ce dernier ne joigne Jodi, si ce n'est pas déjà fait. Il se dit qu'il a ses chances parce que Dean n'est au courant que depuis quelques heures. Le principal, c'est qu'il est prêt à se montrer humble, il est prêt à laisser plein d'espace à Dean et à se prendre un bon tir de barrage. Dean peut se montrer caractériel et incontrôlable parfois, et il peut être têtu, mais il n'est pas idiot. Ce qui se passe ne lui plaît peut-être pas, mais avec du temps il va s'adapter parce que s'il y a bien quelque chose qui définit Dean, c'est la loyauté, et Todd est son plus vieil ami.

Mais Todd se trompe s'il croit que Dean a eu assez de temps pour reprendre ses esprits et avoir une conversation rationnelle avec lui. Avant que Todd ait pu lâcher le moindre mot, Dean ne lui laisse aucun répit.

« Je croyais que tu étais mon ami, sale fils de pute ! Mais putain, qu'est-ce que tu fous avec ma fille ? »

Todd veut lui dire qu'il est désolé, qu'il n'avait pas prévu que les choses prennent cette tournure, qu'il ne voulait pas blesser Dean ou briser leur amitié, que Dean a tout à fait le droit d'être en colère. Il veut vraiment lui dire ces choses et être pardonné, mais plus que tout, à cet instant précis, il veut demander à Dean d'accepter de ne pas en parler à Jodi, de lui laisser une chance de lui parler d'abord. Dean, cependant, n'est pas d'humeur à l'écouter.

« Je vais t'arracher la tête, espèce de sale merde ! lui lance son ami. Je vais te faire arrêter pour agression sexuelle ! »

Et sur ces mots, il met fin à la conversation.

Todd est en rogne maintenant. Ce salaud a réussi à l'énerver. Il faut qu'il se calme, et ça l'aide de marcher d'un bon pas. Marcher est un remède bien connu pour se ressaisir. Va prendre l'air, comme on dit. Sors et évacue tout ça. C'est le genre de journée où le soleil fait son apparition entre des nuages bas et des gouttes de pluie sporadiques s'écrasent sur le trottoir en sifflant. Des pluies éparses. Elles lui mouillent la tête et les épaules et font ressortir l'odeur des pelouses immaculées qui dominent le campus universitaire. Il faut qu'il se concentre sur l'avenir. Pas l'avenir lointain (même s'il est, aussi, en jeu), mais les heures à venir. Où va-t-il dîner ? Jodi avait prévu de faire à manger.

Et où va-t-il dormir ? Il faut qu'il fasse quelque chose, mais quoi ?

Ses pensées forment un méli-mélo de notes discordantes qui résonnent douloureusement dans son esprit à bout de nerfs, cognant contre ses tempes. Mais il y a autre chose qui le travaille. Malgré l'inquiétude, le mécontentement et la nervosité dans lesquels il se trouve, il a conscience d'une certaine ambivalence. Ses pensées vont essentiellement dans une direction, mais pas uniquement, pas de façon convaincante. Ramenant sa fraise discrètement dans la mêlée, il y a ce petit truc sain, amusant, presque comique, une petite chansonnette pêchue qui émerge de la cacophonie de l'orchestre, qui est liée à Natasha et tout ce qu'il éprouve pour elle.

Il la connaît depuis toute petite – depuis qu'elle est née, en fait –, et une partie obsolète, dépassée, de lui-même la voit toujours comme la gamine malchanceuse qui a perdu sa mère, la petite teigne à la langue bien pendue dans son uniforme d'écolière, l'adolescente boutonneuse portant un appareil dentaire, toutes ces images regroupées finalement en une seule. S'il avait su à l'époque qu'elle serait la mère de son futur enfant, il aurait éclaté de rire. Ça aurait été à mourir de rire.

Il se rappelle le moment où il l'a vue pour la première fois sous ses traits d'adulte, dans cette interprétation nouvelle et toujours surprenante qu'il a appris à connaître et à aimer. Il était assis au bar du Drake, attendant Dean, et il a balayé la pièce du regard juste au moment où elle faisait son entrée, une belle étrangère qui lui a tapé dans l'œil et flotté vers lui dans toute sa délicieuse splendeur, dans toute son ostentation scandaleuse, ondulant des hanches, les seins rebondissant, ses boucles d'oreilles se balançant – il était fichu d'entrée de jeu. Quand elle a planté un baiser sur ses lèvres, un jardin d'espérances et de rêves a éclos dans son esprit fertile.

« Natasha, a-t-elle annoncé. Je dois retrouver papa ici. Il doit me donner de l'argent. »

Ça faisait des années qu'il ne l'avait pas vue. Elle a commandé un manhattan, et le temps que Dean débarque, vingt minutes plus tard, ils avaient passé le point de non-retour.

Il se remémore tout ça et sourit alors qu'il continue de marcher. Mais une fois de retour à son bureau, ses ennuis le rattrapent et il se met à arpenter la pièce. Stephanie absente, il est obligé de tout gérer et ses pas l'entraînent hors de son bureau, lui font traverser celui de Stephanie pour aller à l'accueil et revenir à la case départ. Il a les mains moites et un goût de rouille dans la bouche. Il se retient d'appeler Jodi, il n'a aucune idée de ce qu'il va lui dire, de la façon dont il va aborder le sujet de sa vie clandestine, de la manière dont il va évoquer ce qu'aucun d'eux n'a encore ouvertement reconnu. Dans son esprit, rien n'a changé en fait. Ce qui se passe avec Natasha n'a rien à voir avec Jodi – et vice-versa. Mais il n'arrive pas à imaginer une collision de ses deux univers, de ses deux mondes aux orbites radicalement différentes. Envisager la fin de sa vie telle qu'il la connaît lui est insupportable.

Il patiente en écoutant les sonneries retentir jusqu'à ce que le répondeur se mette en route, sa propre voix lui indiquant qu'il n'y a personne à la maison pour lui répondre. Il devrait se sentir soulagé. Il sort la boîte métallique de son tiroir, tâtonne à l'intérieur à la recherche d'un reste de pétard, allume son joint et se poste près de la fenêtre. Il a juste besoin de quelques bouffées, juste de quoi lui éclaircir l'esprit. À cette heure-ci, ce salaud de Dean a bien dû appeler Jodi. Même s'il reste la possibilité qu'il n'ait pas réussi à la joindre. Pour l'instant, c'est tout ce qu'il peut espérer.

Il ferme le bureau et marche jusqu'à sa voiture. Il lui semble que l'heure de pointe de fin de journée commence plus tôt qu'à une certaine époque. Avant, les gens travaillaient de neuf heures à dix-sept heures, mais maintenant il y a tous ces emplois à temps partiel, et plus personne ne fait des journées de huit heures. Rester bloqué dans le trafic le rend impatient, agressif, hostile. Il klaxonne, change de voie, serre la voiture devant lui. Ses pensées bataillent pour se faire une place dans une arène mentale trop bondée.

La place de parking de Jodi, à côté de la sienne, est vide. Dans l'ascenseur il est incapable de se rappeler la dernière fois qu'il est rentré chez lui dans l'après-midi, un jour de semaine. Pour ce qu'il en sait, ça fait peut-être des années que Jodi a un amant, et ils pourraient très bien être en train de s'envoyer en l'air dans son lit à cet instant précis. Il pense alors à l'adolescent qui habite à deux portes de chez eux, le grand garçon à la casquette de base-ball. Jodi affirme qu'il est doué pour les mathématiques et qu'il joue du violon. Comment se fait-il qu'elle sache autant de choses sur lui ?

Quand il ouvre la porte, le chien déboule dans le vestibule et s'agite dans tous les sens. Sa voisine d'à côté, en route vers l'ascenseur, s'arrête pour saluer Todd et rire avec lui du numéro que fait le chien. La soixantaine, elle est bien conservée, et elle a toujours de jolies jambes dans son collant ultra-fin et ses talons hauts. Quand elle se remet en route, il emmène le chien à l'intérieur et avance dans le salon. L'atmosphère immobile et les stores à demi fermés démontrent l'absence de Jodi, mais il vérifie néanmoins toutes les pièces les unes après les autres. Ne trouvant rien d'autre qu'un lit parfaitement fait, des serviettes propres rangées de façon symétrique, des coussins qui se tiennent bien droits et des magazines alignés sur la table, il part à la recherche du combiné du téléphone sans fil, le repère sur le bureau de Jodi, le récupère et parcourt la liste d'appels entrants. Le nom de Dean apparaît trois fois, à intervalles d'une demi-heure, avec un premier appel passé à midi. Il n'y a pas de nouveau message. Si Dean en a laissé un, Jodi l'a déjà écouté et l'a peut-être rappelé. En sueur à présent, il se sent désemparé. Si seulement Dean n'était pas aussi sanguin ! Dean devrait apprendre à se contrôler, à attendre de se calmer au lieu de prendre le téléphone pour détruire la vie de quelqu'un juste parce qu'il est un peu de mauvais poil.

Il retourne au parking souterrain et reprend la route, direction le Drake. Il est encore tôt, mais c'est ce qui est génial avec les bars d'hôtel : ils ne sont jamais vides, alors on n'est jamais obligé de boire en solitaire. Dans n'importe quel établissement, à n'importe quelle heure du jour ou de la nuit, il y a des clients en train de consommer, parce que des gens du monde entier débarquent en permanence dans les hôtels et qu'ils ont tous leur propre horloge interne. Todd commande un double whisky et le descend cul sec avant d'attaquer sa pinte. Alors que l'alcool se diffuse dans son corps, le nœud de panique qui le taraude depuis le déjeuner commence à se défaire. Ses muscles se détendent ; la main de fer qui emprisonnait ses nerfs relâche son emprise. Une brèche s'ouvre dans ses défenses et fait pénétrer en lui le concept même qu'il ne pouvait – ou ne voulait – pas assimiler jusqu'à présent. La paternité. Cette sensation déferle en lui et se mue progressivement (alors qu'il termine sa pinte et en attaque une autre) en une réalité simple et primitive, pareille à une accumulation de vapeur se condensant en gouttes.

Balayant la pièce du regard, il voit des hommes de toutes sortes, des hommes qui ont sans aucun doute engendré des enfants parce que c'est ce que font les hommes. Il ressent de l'affection pour eux, pour chacun d'entre eux individuellement et pour eux tous en tant que groupe. C'est sa tribu à présent, sa fraternité, et ces hommes vont devoir l'accepter dans les rangs des procréateurs, il va être membre de droit de l'assemblée des géniteurs, candidat à la virilité avérée, bâtisseur de dynastie. En dépit de la façon dont les choses se sont déroulées, il ne peut nier que c'est ce qu'il voulait – ce qu'il veut depuis qu'il l'a rencontrée et ce qu'il a toujours voulu, en réalité, même s'il n'en était pas conscient parce qu'il était trop occupé à faire ses preuves autrement. Ceci. La grande entreprise charnelle. Le bouillon primitif de la genèse et de la propagation. La paternité certifiée et vérifiable. L'accomplissement ultime. Et il lui faut partager ça, maintenant, avec elle. Il faut qu'il lui dise tout ce qu'il pense et ressent, qu'il célèbre la fertilité de Natasha, s'attribue le mérite de la sienne, qu'ils s'engagent dans un dialogue de vénération mutuelle. Il sort son téléphone, ne comprend pas pourquoi elle refuse de répondre, comment elle peut encore lui en vouloir. Leur dispute était triviale et insignifiante. Si seulement elle voulait bien décrocher, il pourrait lui faire ses excuses et obtenir son pardon, et ils seraient alors libres de se tourner vers l'avenir, vers leur nouvelle façon de s'inscrire dans le monde.

Il revient à sa pinte et à ses considérations, la rappelant à intervalles réguliers, et il se souvient enfin que c'était Jodi qu'il était supposé appeler. Il y a une raison à ça. Il va lui annoncer la nouvelle avant que Dean ne le devance. Mais il faut qu'il garde son humeur festive, et dans cet esprit, au lieu de passer cet appel, il paie une tournée à tous ceux présents dans le bar, qui se remplit au fur et à mesure que dix-sept heures approchent. Les gens dans la salle lèvent leurs verres à sa santé, saluant sa générosité. Il fait passer le mot qu'il va être papa et on le félicite. Lorsqu'un groupe attablé non loin de lui lève leur verre en son honneur, il déclare avec une vraie candeur :

« J'espère simplement que ma femme n'est pas au courant. »

Il laisse ainsi à tous ces gens bienveillants le soin de résoudre cette énigme.

5
ELLE

Les pensées sinistres qui l'ont assaillie tout le week-end ont quasiment déserté son esprit. Ce qu'il a fait et avec qui, peu importe – c'est fini à présent, et elle n'a jamais été du genre à vivre dans le passé. Si elle avait tendance à s'éterniser sur les choses qui tournent mal, elle l'aurait quitté ou étranglé depuis belle lurette. Et puis elle a eu sa petite revanche avec la clé, et sur ce point au moins elle se sent satisfaite.

Une fois le petit déjeuner terminé, elle parcourt son dossier sur Triste Sire, qui est sur le point d'arriver pour sa séance du lundi matin. Une fois qu'elle l'a fait entrer et qu'il a posé sa silhouette osseuse et son costume trop large dans le fauteuil réservé aux patients, elle le mesure du regard comme s'il était un sanglier qu'elle est censée, pour une raison ou une autre, capturer et dresser, et il lui retourne son regard d'un air morose. Triste Sire croit dur comme fer que la vie ne lui fait pas de cadeaux. Il est persuadé que le destin s'acharne contre lui et qu'il ne peut rien faire pour changer les choses. C'est la litanie de Triste Sire, le biais cognitif dominant qui le définit et assure que son passage dans la vie demeurera triste. Ce n'est pas un homme particulièrement complexe, mais vu son obstination, il est difficile d'avoir la moindre prise sur lui.

La plupart des patients de Jodi gagneraient beaucoup à se prendre moins au sérieux, et son approche thérapeutique implique une certaine dose de cajoleries et de flatteries, ce qui n'est pas vraiment dans les règles de l'art, mais la façon dont elle traite les problèmes de ses patients ressemble à celle qu'elle utilise pour elle-même. Triste Sire, en particulier, réagit bien à un peu de provocation bon enfant, et après l'avoir écouté se plaindre un moment, elle lui dit :

« Je vais vous faire payer un supplément pour toutes ces jérémiades. Je sais que si vous êtes ici, c'est uniquement parce que votre famille n'en peut plus. Pourquoi ne pas partager avec moi une chose positive qui vous est arrivée cette semaine, juste une seule. Je suis certaine que vous pouvez en trouver une si vous y mettez du vôtre. »

Le défi, aussi petit qu'il soit, l'arrête net. Il la contemple d'un regard vide, la bouche ouverte, et puis sans prévenir il sourit machinalement, lui révélant une belle rangée de dents blanches et régulières. C'est une véritable transformation.

« Bon, sérieusement, reprend-elle, saisissant l'occasion. Repensez à votre semaine. Juste une expérience positive. »

Il n'est pas vraiment prêt à cet exercice et, à la place, il lui fait part des problèmes qu'il a eus avec sa voiture.

Mais Jodi est néanmoins satisfaite. C'est la première fois qu'elle le voit sourire.

Après Triste Sire, elle fait la connaissance d'une nouvelle patiente, une femme qui est si effacée que quelques minutes à peine après avoir commencé la séance, Jodi la surnomme mentalement la Femme Invisible. Le problème qu'elle présente est son incapacité à tenir tête à son mari, un homme jaloux qui surveille férocement ses moindres faits et gestes. Jodi passe la séance à assembler des informations – en suivant le questionnaire sur le milieu familial et l'enfance du patient qui permet de mettre en marche le processus thérapeutique. Le problème, c'est que la Femme Invisible ne se rappelle pas grand-chose des premières années de sa vie. Sa mémoire est quasi vierge jusqu'à l'âge de huit ans.

Après ça, Jodi se sent revigorée et elle va se défouler à la salle de sport. Elle déjeune d'un sandwich au fromage et à la roquette et d'un verre d'eau. Une fois douchée et habillée, elle retourne à son bureau pour ranger les dossiers de ses patients et consulter ses messages. Alison a appelé pour confirmer leur dîner, et il y a un message de Dean Kovacs, qui dit qu'il doit lui parler de toute urgence. Elle ne voit pas pourquoi. Elle connaît assez bien Dean – les deux années qui ont suivi la mort de sa femme, il est souvent venu dîner chez eux avec sa fille, et elle le voit toujours de temps en temps, à telle ou telle occasion –, mais Todd joue normalement le rôle d'intermédiaire. Dean et Jodi n'ont pas développé de relation amicale indépendante de Todd. Elle le rappelle et lui laisse à son tour un message.

L'événement principal de l'après-midi noté dans son agenda est un séminaire sur les troubles de l'alimentation financé par l'association professionnelle à laquelle elle appartient. Même si elle ne soigne pas les troubles de l'alimentation, elle aime rester informée et échanger avec ses collègues. Elle s'est laissé un peu de marge pour faire quelques courses en chemin et alors qu'elle se prépare à partir, elle rassemble les chèques de ses patients et regroupe les vêtements qui doivent partir au pressing.

Elle s'arrête d'abord à la banque. Todd a beau dire que ses consultations ne sont qu'un hobby, elle gagne probablement autant que la caissière qui récupère son dépôt et plus que le serveur du Starbucks voisin qui lui prépare son *latte* à emporter. Bien assez en tout cas pour financer les besoins domestiques de base et quelques extras. Au pressing, elle attend qu'Amy finisse de discuter avec un client des taches de sang sur la chemise qu'il lui a amenée. L'homme a l'air guindé, chaussures à pompons et ongles longs et manucurés. Il semble tourmenté, et même gêné par l'état de sa chemise, mais Amy est une pro et ne montre pas la moindre lueur de curiosité.

Jodi s'avance à son tour, place ses habits sur le comptoir et attend qu'Amy les examine – elle les secoue, cherche les boutons manquants et autres accrocs, vérifie les poches et fait plusieurs piles. Quand elle en arrive au pantalon chino usé de Todd, elle ressort un objet de la poche et le tend à Jodi, qui y jette un coup d'œil avant de le laisser tomber au fond de son sac.

Elle est garée en double file et se dépêche de retourner à sa voiture. Son prochain arrêt est chez l'encadreur, dans Near West Side, où elle récupère la peinture du Rajasthan qu'elle a déposée la semaine précédente. Elle est en retard à présent mais grâce à une succession de feux verts, elle arrive à la bibliothèque pour son séminaire avec quelques minutes d'avance. Les conversations ronronnent dans la salle de conférences, certains sont assis mais la majorité des gens se tiennent debout, par deux ou en groupes. Examinant les visages présents, elle en reconnaît quelques-uns, mais avant qu'elle n'aille les saluer, un présentateur prend le micro et demande à tous de rejoindre leurs sièges.

La première intervenante est une femme vêtue de tweed à chevrons, avec des chaussures orthopédiques. Elle est petite et fait une plaisanterie sur sa taille, alors qu'elle scrute la salle par-dessus le pupitre et ajuste le micro pour le baisser. De légers gloussements de connivence parcourent l'audience. Maintenant que la glace est brisée, elle répète son CV, que le présentateur a déjà détaillé dans son introduction. Elle est docteur en psychologie sociale et dirige un programme dans une clinique spécialisée dans les troubles de l'alimentation, sur la côte Ouest. Jodi a entendu dire qu'on alimente de force les anorexiques dans ce genre de cliniques, ce qui les fait parfois devenir boulimiques, et que beaucoup d'entre eux s'enfuient. La directrice du programme ne mentionne rien de tout ça. Elle parle du personnel de la clinique, du processus d'évaluation, du programme thérapeutique et des cours de nutrition. Les troubles de l'alimentation, selon elle, sont difficiles à traiter, et les patients nécessitent des soins spécialisés qu'ils ne peuvent obtenir que dans un établissement spécialisé. Apprenez à reconnaître les symptômes, conseille-t-elle, et elle ajoute que l'aide d'un thérapeute formé pour ces troubles peut être utile dans le cadre d'un programme de suivi postcure. Elle renvoie l'audience à un tas de brochures sur la table d'information.

Le deuxième et dernier intervenant est l'auteur d'un livre intitulé : *Troubles du comportement alimentaire : comment accompagner votre enfant.* Il s'agit d'un médecin, la petite quarantaine, aux traits tirés mais à l'air bienveillant. Il a commencé à enquêter sur ce sujet, explique-t-il, pour surmonter l'anorexie que ses trois filles ont développée, chacune à leur tour, à l'adolescence. Il parle des normes de beauté et de l'obsession américaine pour la nourriture et les régimes. Il parle d'image de soi et de haine de soi. Il parle de ce qu'il a ressenti quand ses filles ont enchaîné les séjours dans des établissements spécialisés, tout ça pour retomber dans leurs habitudes autodestructrices. Non qu'il ait lui-même des réponses. Il a écrit ce livre pour offrir un soutien moral aux parents qui se trouvent dans des situations similaires, pour leur dire que ce n'est pas leur faute et que toutes les afflictions, qu'elles soient physiques ou psychologiques, ne peuvent pas être traitées. En tant que médecin, c'est une chose qu'il peut affirmer avec conviction. Il nous faut parfois vivre avec des réalités déplaisantes.

La période de discussion avive la contradiction apparente qui découle des deux interventions. Le médecin répète que les établissements spécialisés l'ont déçu. La directrice du programme se réfugie dans les statistiques : le taux de succès de sa clinique (élevé) et le taux de récidive (faible). Les filles du médecin, dit-elle, font peut-être partie du petit pourcentage de cas qui résistent au traitement. Le médecin remet en question les chiffres avancés par la directrice, pose des questions sur les études de suivi et la façon dont les données sont collectées. La tension monte entre les deux intervenants, et l'assemblée de thérapeutes et de psychothérapeutes est suspendue à leurs lèvres jusqu'au bout.

Jodi reste pour le café, qu'elle boit debout au sein d'un cercle de collègues qui dissèquent avec entrain la joute verbale qui vient d'avoir lieu. Son esprit s'égare un instant et elle repense à sa visite au pressing et à l'objet qu'elle a mis dans son sac. Elle l'en sort et le montre à sa voisine, qui se trouve être psychiatre.

« Ce sont bien des somnifères ? »

La psychiatre prend le flacon et lit l'étiquette.

« Tout à fait, confirme-t-elle. De l'Eszopiclone. »

Elle lui rend d'un air distrait, toujours impliquée dans la discussion générale.

Alors que Jodi sort du bâtiment, elle essaie de comprendre ce que Todd fait avec un flacon de somnifères prescrits au nom de Natasha Kovacs. Elle n'a pas vu Natasha depuis des années, et Todd non plus, pour ce qu'elle en sait. Il a bien dîné avec Dean la semaine d'avant, mais elle ne voit pas le rapport entre les deux. À moins que Natasha ne se soit jointe à eux. Mais il l'aurait mentionné.

Sur le chemin du retour, elle se remémore Natasha adolescente (telle qu'elle l'a vue pour la dernière fois) : une fille imposante et impertinente. Un peu hystérique sur les bords, ce qui pourrait expliquer les somnifères. Ça et le fait qu'elle est à présent à l'université. Jodi le sait très bien, les études supérieures peuvent apporter leur lot de stress. Il est important de travailler et d'avoir de bonnes notes, mais il existe aussi des distractions auxquelles il est difficile de résister. On veille tard le soir avec ses amis, on boit trop de café et d'alcool, on prend des remontants, et on finit par être tellement sur les nerfs qu'on ne parvient plus à dormir. Ce n'est que lorsqu'elle gare sa voiture qu'elle se rappelle Dean et le fait qu'il l'a appelée une première fois, qu'elle l'a rappelé à son tour, et que c'est à nouveau à lui de la joindre. Lorsqu'elle rentre, elle vérifie ses messages, mais il n'y a rien.

Elle déballe la peinture et la pose sur le manteau de la cheminée. La dorure du cadre fait ressortir des touches d'or qu'elle n'avait pas remarquées dans les plumes des paons. La femme parée de bijoux est ravissante, mais aujourd'hui elle a l'air mélancolique, et même délaissée. Elle donne l'impression d'être cloîtrée et recluse, prisonnière peut-être, dans son beau jardin. Peut-être que le cadre est trop ornementé, trop vif pour cette petite peinture délicate et son sujet central si vulnérable.

Jodi sait que l'on peut retrouver le chemin de la raison en un éclair, parce qu'elle l'a vu se produire chez ses patients, mais il en va différemment pour elle. Dans son cas, la révélation s'est faite par paliers. On pourrait presque dire que tout a commencé avec les prémices de la dépression de Todd (c'est à ce moment-là que les choses ont mal tourné), puis ensuite, quand sa dépression s'est évaporée, comme si soudainement

Todd avait trouvé un sens à sa vie. C'était au printemps dernier, ou au début de l'été, et elle était heureuse de le retrouver, même s'il semblait distrait la plupart du temps. Mais à présent les choses s'accélèrent et prennent une tournure écœurante, et elle sait pourquoi Dean cherche à la joindre.

Elle se change et enfile une simple robe noire. Debout devant le miroir de son armoire, elle est vaguement surprise de voir à quel point elle donne le change. Elle a le teint pâle, mais elle est naturellement pâle. Les gens lui font des remarques là-dessus, lui disent qu'elle devrait consulter un médecin. De temps en temps elle utilise du blush pour donner un peu de couleur à ses joues, mais le contraste que cela produit avec sa peau laiteuse peut lui donner un air vulgaire, alors la plupart du temps elle préfère laisser les choses telles quelles.

Le téléphone sonne au moment où elle transfère son portefeuille et ses clés dans une pochette. Elle prend le combiné et vérifie le numéro entrant. Elle ne peut pas parler à Dean maintenant. C'est le moment de partir pour le restaurant. Elle est déjà en retard, et Alison va l'attendre. Elle parlera plus tard à Dean, voilà ce qu'elle décide, mais elle emporte néanmoins le téléphone jusqu'au vestibule et le pose sur la console le temps de mettre sa veste, et à la sixième sonnerie, malgré sa résolution, elle l'attrape et décroche.

« Dean, dit-elle. Tu as essayé de me joindre. »

Alison est une blonde trapue aux joues rebondies et aux yeux bleus pétillants. Avoir à peu près l'âge de Jodi (plus tout à fait jeune) est une bonne raison aux yeux d'Alison pour porter des talons un peu plus hauts et des décolletés un peu plus plongeants. Deux fois divorcée, elle mène depuis sa barque en toute indépendance et considère ses mariages éphémères comme de simples perturbations mineures dans sa vie, des choses temporaires et inévitables, comme une mauvaise météo à laquelle elle ne peut rien, comme des bourrasques inattendues dans les eaux autrement tranquilles de son existence.

Le Garnet Club constitue le port d'attache d'Alison ainsi que sa sphère sociale. Elle passe souvent ses jours de repos assise au bar, à siroter un soda. Le personnel et les habitués forment sa famille étendue, et c'est une vraie mère poule pour les filles, qui se chamaillent pour tout : plannings, costumes, musique, territoire. Le patron d'Alison, le gérant du club, voit bien que sans elle tout s'écroulerait, et lui autorise ainsi certaines libertés. C'est ce qu'en a déduit Jodi en écoutant parler Alison.

Ce soir, elles dînent à Cité, un restaurant au sommet de Lake Point Tower, d'où elles aiment observer le coucher de soleil sur la ville. Repérant Alison, déjà installée avec un verre de vin à l'autre bout de la salle, Jodi sourit franchement. Comme toujours, Alison lui renvoie l'image d'une personnalité hors du commun, d'une présence vive à l'énergie débordante. Au cours de cuisine dans lequel elles ont fait connaissance, Alison s'est révélée être une meneuse-née, aidant les gens à parfaire leurs techniques de coupe alors qu'elle ne s'était jamais enthousiasmée pour la cuisine. De son côté, Alison était impressionnée par le fait que Jodi soit payée pour donner des conseils, quelque chose qu'elle-même avait toujours fait gratuitement.

« C'est du Duckhorn ? demande Jodi en s'asseyant.
— Comment as-tu deviné ?
— Tu prends toujours du Duckhorn. »

Elle fait signe au serveur d'approcher et commande la même chose.

« Alors, comment vas-tu, ma chérie ? » demande Alison, mais elle n'attend pas de réponse. La question sert simplement de prélude à son propre bulletin d'informations.

« Tu seras ravie d'apprendre que Crystal a quitté son copain, annonce-t-elle. Elle en aura mis du temps ! Et la femme de Ray est enfin décédée, la pauvre. C'est dur pour Ray, mais au moins, maintenant, il peut tourner la page. »

Jodi sait que Crystal est une strip-teaseuse qui manque de confiance en elle. Elle a beaucoup entendu parler de l'argent durement gagné par Crystal et de la façon dont son petit ami le dépensait. Quant à Ray, c'est un des habitués de l'établissement, un homme âgé que les filles traitent comme leur animal de compagnie.

« Je suis tellement soulagée pour eux deux, dit Alison. C'est un poids en moins. Vraiment ! »

Le vin de Jodi arrive et elle lève son verre.

« À des moments plus heureux pour Crystal et Ray. »

Alison trinque avec elle et continue sur sa lancée, pressée de partager un luxe de détails sur la maladie incurable de la femme de Ray et sur la réaction du copain de Crystal quand elle l'a largué. Jodi comprend que Ray et Crystal sont comme des frère et sœur pour Alison – ce qui leur arrive fait partie intégrante de la vie d'Alison. Elle a vraiment le cœur sur la main et, même si elle s'en veut de se retrouver mêlée à la vie des autres, c'est bien tout ce qui l'intéresse.

Le restaurant est plus tranquille qu'à l'accoutumée, et toute l'action se passe dans le ciel enflammé de l'autre côté des fenêtres, où le soleil poursuit sa descente fiévreuse. Plus il se rapproche de l'horizon, plus ses effets sont saisissants. Alison continue de babiller et ne s'interrompt que lorsque le serveur vient prendre leur commande. Sa voix est apaisante et distrayante, un bruit sûr et régulier, comme la pluie tombant sur un toit. Ce n'est qu'une fois leurs verres de vin à nouveau pleins et leur nourriture posée devant elles qu'Alison s'arrête pour reprendre ses marques et envisager un autre sujet de conversation.

« Tu es bien silencieuse ce soir », dit-elle.

Il est vrai qu'en temps normal, Jodi l'aurait interrompue pour lui poser des questions et faire quelques commentaires. Elle acquiesce et lâche :

« Je dois être fatiguée. »

Elle ne ment pas consciemment, elle n'essaie pas de cacher quoi que ce soit. À vrai dire, elle a l'impression que toutes ces années passées à s'occuper de Todd l'ont bel et bien épuisée. En fait, elle partagerait volontiers avec Alison tout ce que Dean lui a révélé, mais la nouvelle s'agite en elle tel un oiseau pris au piège, et lui donne une sorte de vertige mental. « Je ne comprends pas », dit-elle en faisant référence, quoique de façon elliptique, à la stupéfiante révélation (le bébé et le mariage en route, l'ampleur de la trahison, la portée de la liaison de Todd et Natasha), mais au moment de s'exprimer, ses mots et les pensées qui les accompagnent semblent se dissiper et perdre tout leur sens. Si quelqu'un doit parler, il va falloir que ce soit Alison.

« Comment ça se passe, avec Renny ? » demande Jodi en sachant très bien qu'une fois qu'Alison est lancée sur son premier mari, c'est comme si elle se trouvait à bord d'un train dont elle ne peut pas descendre. Si minable qu'il soit, Renny a réussi à se faire une place dans le cœur d'Alison, et les lamentations de cette dernière ressemblent à un disque rayé : « Je suis dingue de ce type. Je l'épouserais à nouveau s'il se décidait à mûrir un peu. »

Sylvestre Armand René Dulong, dit Renny, vient d'une petite ville du Québec et a été élevé par un père francophone et une mère anglophone. Il a fait de la prison pour trafic de drogue. Alison l'a rencontré dans une boîte de nuit à Montréal où elle a été serveuse pendant un été. Il débarquait avec ses amis motards et ils s'asseyaient près de la scène pour pouvoir glisser des billets de cent dollars dans les strings des filles. Renny donnait le même pourboire à Alison, alors qu'elle n'était que serveuse.

Son idylle avec Renny a été un des grands moments de la vie d'Alison. Au programme : montagnes de cocaïne, parties de jambes en l'air toute la nuit et balades sur les routes de montagne en Harley. Le mariage en lui-même n'a pas duré un mois. Il ne lui a pas dit qu'il voyait quelqu'un d'autre – il s'est contenté de ne plus rentrer à la maison et de la laisser en tirer toute seule les conclusions qui s'imposaient. Mais il fait encore le trajet depuis Montréal pour la surprendre, et il aime toujours lui faire faire un tour en moto.

« Il essaie toujours de me piquer de l'argent, explique Alison. Il sait que je travaille presque tous les soirs, alors il appelle vers quatre ou cinq heures du matin juste quand j'essaie de dormir. Évidemment, il ne me le demande jamais directement. C'est pas son genre, à Renny. Il préfère me proposer l'opportunité fantastique d'investir dans une affaire qu'il a en cours. J'ai juste à mettre dix briques et j'en récupère cinquante. S'il fait du business à ce niveau, alors pourquoi est-ce qu'il est fauché ? »

Jodi fait de son mieux pour rester attentive et suivre ce qu'Alison raconte. Elle a l'impression d'être perchée en haut d'un arbre par grand vent.

« Ce dont j'ai besoin, poursuit Alison, c'est d'un mec gentil, tranquille et posé, qui gagne bien sa vie. Les types qui viennent au club me draguent sans arrêt. Des types mariés. Non mais ils me prennent pour qui ? »

Alison avale une gorgée de vin et fronce les sourcils en observant sa manucure. Le serveur emporte leurs assiettes vides et leur laisse la carte des desserts.

« L'homme tranquille et posé n'est qu'un mythe à mon avis, avance Jodi. Biologiquement parlant, les hommes sont des prédateurs.

— Ne m'en parle pas, approuve Alison.

— Les femmes aiment croire que leurs compagnons sont plus gentils qu'ils ne le sont en réalité, ajoute Jodi. Elles leur trouvent des excuses. Elles ne voient pas le tableau dans son ensemble, seulement des détails, alors il n'a jamais l'air aussi sombre qu'il ne l'est vraiment. »

Jodi regarde la carte des desserts, que le serveur a placée devant elle. Ses paroles flottent encore dans l'air, petits bateaux à la dérive dans un espace blanc.

« Je n'arrive pas à me décider, dit-elle.

— Tu aimes bien la crème caramel ici, réplique Alison.

— Pourquoi pas ?

— Mais on n'est pas obligées de rester pour le dessert. Si tu te sens trop fatiguée.

— On prend toujours un dessert toutes les deux.

— Mais on n'est pas obligées. Comment te sens-tu ?

— En fait, j'ai la tête qui tourne un peu », répond Jodi. Elle n'a pas vraiment la tête qui tourne, mais c'est un raccourci qui convient bien à cette volée de symptômes qu'elle n'arrive pas à détailler ou à dépeindre.

L'inquiétude d'Alison est immédiate et sincère. Elle fait signe au serveur, lui tend sa carte de crédit et lui demande de faire vite, puis elle prend Jodi par le bras et insiste pour la ramener chez elle.

« Ne sois pas bête, réplique Jodi. C'est à dix minutes à pied. »

Alison n'en démord pas. Alors qu'elles sortent du restaurant, elle maintient un bras protecteur autour de son amie, et lorsque le voiturier lui avance sa voiture, elle installe Jodi à l'avant et lui boucle sa ceinture comme s'il s'agissait d'une enfant. Une fois Jodi de retour chez elle, Alison l'aide à s'allonger sur le canapé et lui apporte une tasse de thé.

« Où est Todd ? » demande-t-elle.

Jodi secoue la tête.

« Il est encore tôt.

— Je devrais peut-être l'appeler.

— Oh, mon Dieu, non.

— Pourquoi pas ?

— J'aimerais mieux pas.

— Bon, lâche Alison en s'installant dans un fauteuil. Qu'est-ce qu'il a fait ? »

Jodi ne répond pas tout de suite. Alison attend. Le temps s'écoule, tendu, ponctué par le son lointain de tuyaux qui se vident et par le tic-tac de la pendule Kieninger posée sur la cheminée. Jodi ne veut rien révéler car pour l'instant, ce ne sont que des mots dans sa tête, une histoire qu'on lui a racontée et qu'elle peut encore essayer d'oublier.

« Est-ce que je t'ai déjà parlé d'une certaine Natasha Kovacs ? finit-elle par dire.

— Je ne crois pas, non, répond Alison. Pas que je m'en souvienne.

— Elle est enceinte de Todd.

— Oh, mon Dieu ! » lâche Alison.

Maintenant qu'elle a commencé, Jodi a moins de peine à poursuivre.

« Natasha n'a pas plus de vingt ou vingt et un ans. C'est la fille de Dean Kovacs, un vieil ami de lycée de Todd.

— C'est dégueulasse, commente Alison. Comment a-t-il pu te faire ça ?

— Il a l'intention de l'épouser. C'est ce que Dean m'a raconté.

— Il n'est pas obligé de *l'épouser*. C'est vraiment ridicule ! Elle peut avorter. »

Jodi réagit à l'indignation d'Alison.

« Mais il *veut* l'épouser. Selon Dean, il *meurt d'envie* de l'épouser.

— Eh bien, peut-être que Dean ne sait pas de quoi il parle. Ou peut-être que c'est une idée de Dean, ce mariage. Peut-être que Dean est du genre vieux jeu et qu'il est persuadé que l'on doit épouser la fille que l'on a mise en cloque.

— Je ne crois pas que Dean ait envie que Todd épouse sa fille. Je crois que c'est bien la dernière chose dont il ait envie.

— Bon, d'accord. Ne nous emballons pas trop vite. Il vaut mieux qu'on ait d'abord le fin mot de l'histoire. »

Jodi hausse les épaules. Dean n'a aucune raison de lui mentir. Sa version des faits est probablement celle qui se rapproche le plus de la vérité.

Après le départ d'Alison, Jodi se lève du canapé, se passe une main dans les cheveux, lisse sa robe et se rend dans la chambre. Les vêtements qu'elle a mis pour aller au séminaire sont étendus sur le lit : un pantalon beige, une chemise blanche, un soutien-gorge et un string couleur chair, des collants transparents. Son sac à main en cuir Fendi est posé sur une chaise, et sous la chaise traînent ses hauts talons léopard Jimmy Choo. Inspecter ses beaux vêtements la réconforte un peu. Ce n'est pas qu'elle n'a pas confiance en elle, mais il se pourrait qu'elle ne soit plus tout à fait dans la fleur de l'âge, et qu'une femme plus jeune puisse profiter de certains avantages auxquels elle-même ne peut plus prétendre. Avant, elle pouvait se contenter d'enfiler un Levi's et un t-shirt, et elle peut encore le faire maintenant, sans aucun doute, mais c'est réconfortant aussi de bien s'habiller.

Elle récupère la chemise et les sous-vêtements et les jette un à un dans le panier à linge. Elle accroche le pantalon à un cintre dans l'armoire et les chaussures retournent dans leur boîte d'origine, qu'elle remet sur l'étagère, à côté de ses autres boîtes à chaussures. Elle a partiellement vidé son sac à main avant de sortir dîner, mais il contient encore quelques objets. Elle l'ouvre, le retourne et vide le contenu sur le lit : un stylo bille, un petit bloc-notes, divers reçus, de la petite monnaie – et les somnifères. Le flacon, en plastique transparent avec un grand bouchon que l'on dévisse, produit le son d'un hochet de bébé en roulant dans le petit creux formé par la couette. Elle le récupère et lit l'étiquette : *Kovacs, Natasha. Prendre 1 (un) comprimé le soir si nécessaire.*

Elle se sent mieux maintenant. « Presque revenue à la normale » sont les mots qu'elle a utilisés pour rassurer Alison, et c'était quasiment la vérité. Elle a au moins retrouvé la sensation de subir à nouveau la gravité, et les objets qui l'entourent ne changent plus de forme. Méthodiquement, parce qu'elle trouve ça apaisant, elle se lance dans son rituel du soir : défaire le lit, regonfler les coussins, ranger tel et tel objet qui traîne. Elle se change, se démaquille et se passe la brosse dans les cheveux. Quand elle entend la clé de Todd dans la serrure, elle est assise sur le canapé dans sa robe de chambre, chaussons aux pieds, et elle lit un magazine de voyages. Elle attend pendant qu'il s'agite dans le vestibule, retirant sa veste, déposant ses clés et sa monnaie dans le vide-poches. Elle l'entend s'éclaircir la gorge et murmurer un mot ou deux dans sa barbe. Elle entend même le bruit traînant que font ses chaussures sur le tapis alors qu'il approche.

« Tu n'es pas encore couchée ? » dit-il.

Il fait le tour du canapé pour se poster devant elle et l'embrasse sur le sommet du crâne. Elle referme son magazine, le pose et se lève. Il y a quelque chose dans la façon dont Todd se tient. Il a eu vent de l'appel de Dean et se dit qu'elle est peut-être restée debout pour lui demander des comptes. Il pose une main sur l'épaule de Jodi, essayant de déchiffrer son expression.

« Alison est passée, dit-elle. On a dîné à Cité et elle m'a ramenée à la maison. Comment s'est déroulée ta journée ? Qu'est-ce que tu as mangé ce soir ?

— J'ai commandé un hamburger au Drake », répond-il.

Il sent l'alcool et la friture. Il a le nez rouge et parle d'une voix aiguë. Elle récupère son magazine et l'ajoute à la pile située sur la table basse. Quand elle se retourne, il est toujours là, à l'observer.

« Quoi ? demande-t-elle.

— Rien. C'est bon de te voir.

— Tu devrais sortir le chien. Je t'attends. »

Quand il revient, elle est dans la cuisine en train de préparer un peu d'Ovomaltine, la mélangeant à l'aide d'une cuillère en bois. Todd se montre maintenant plus causant. Il veut lui raconter diverses choses qui sont arrivées au bar dans la soirée – un couple qui se pelotait, qui y allait franchement, et une bande de prêtres qui s'est pris une biture. Il y avait une sorte de convention religieuse qui se tenait dans l'hôtel. Il parle de la mésaventure de ce matin (la clé égarée) et tourne en dérision son caractère de cochon. « Le pauvre gars, dit-il en parlant du gardien. Mais il a carrément pris ses jambes à son cou. On aurait presque dit qu'il attendait une excuse pour partir ! »

Elle place quatre tranches de pains à toaster et met le grille-pain en route. Alors qu'il continue de parler, elle répond mécaniquement, acquiesçant et murmurant. Il ne semble pas remarquer qu'elle ne l'écoute pas vraiment. Quand les toasts sont prêts, elle les tartine de beurre et de confiture de fraise et les coupe en triangles. Elle les place sur un plat, qu'elle pose sur le comptoir. Il enfourne l'un des triangles et fait le tour de la pièce. Il revient, récupère le plat et recommence à arpenter la pièce.

« Tu n'as pas parlé à Dean aujourd'hui ? Par hasard, demande-t-il.

— Dean ? Pourquoi aurais-je parlé à Dean ?

— Pour rien.

— Je peux refaire des toasts, propose-t-elle.

— Dean est un connard. J'espère que tu le sais, ça. »

Il est vraiment à deux doigts de tout lui avouer. Elle est donc soulagée quand il se dirige vers la cheminée et porte son attention sur la peinture nouvellement encadrée qui trône sur le manteau.

« C'est une sacrée peinture, lâche-t-il. Le détail dans ces trucs est phénoménal.

— Qu'est-ce que tu penses du cadre ?

— Le cadre. Je ne l'avais même pas remarqué, dit-il en éclatant de rire. Beau travail ! Je l'aime bien. »

Quand il revient avec le plat vide, sa tasse d'Ovomaltine l'attend bien sagement. Elle n'est pas trop chaude et il en descend la moitié d'une traite.

« Je t'aime, tu sais », lance-t-il d'un ton combatif.

Elle se tient au-dessus de l'évier, occupée à laver la casserole et la cuillère en bois.

« C'est gentil, répond-elle en le regardant par-dessus son épaule. Ça va, ton Ovomaltine ?

— Très bien. »

Il porte la tasse à ses lèvres et la vide d'un seul coup.

« Donne-moi ça », dit-elle en tendant la main.

Il fait le tour du comptoir et lui donne la tasse. Alors qu'elle la rince sous le robinet, il se presse contre son dos et encercle sa taille.

« Tu es trop gentille avec moi », dit-il.

Quand elle se réveille sur le canapé, elle met un moment à se rappeler pourquoi elle se trouve là, et puis une panique croissante fait son apparition. La nuit dernière, elle a déshabillé Todd, l'a assis sur le bord du lit, l'a poussé et regardé s'écrouler en arrière comme un poids mort, la bouche entrouverte et les yeux qui se fermaient déjà, puis elle lui a soulevé les jambes et a tenté sans succès de le faire rouler pour qu'il s'allonge correctement, elle l'a recouvert de la couette et l'a laissé là, étalé en travers du matelas.

Onze comprimés. C'était le contenu entier du flacon, des comprimés ronds et bleus comme des boutons sur une layette de bébé. Elle les a versés dans sa main et les a comptés au fur et à mesure qu'elle les faisait tomber dans le mortier. Une femme qui broie des somnifères dans le mortier de sa cuisine et mélange la poudre grossière qui en résulte dans le breuvage du soir de son mari pourrait potentiellement attirer beaucoup d'attention négative, pourrait même se faire un nom, mais ce n'est pas comme ça qu'elle a vu les choses quand elle est passée à l'action. C'était plus une question de faire la chose juste et appropriée. Les comprimés se trouvaient dans la poche de Todd ; il a été assez négligent pour les y laisser ; rien de plus normal alors que ce soit lui qui les ingère. S'il avale les comprimés, ils disparaissent et, par la même occasion, effacent l'ardoise entre eux deux.

Malheureusement, elle n'a pas pris en compte le dosage des somnifères, et il est à présent trop tard pour le vérifier car l'information a disparu – l'étiquette a été arrachée et jetée aux toilettes, le flacon lui-même est parti avec le reste des poubelles de la veille dans le vide-ordures. Le savoir maintenant ne changerait de toute façon rien, car elle n'a aucune idée de la dose susceptible de le tuer, du nombre de verres d'alcool qu'il a bus la veille ou de l'effet exponentiel que l'alcool pourrait avoir. En y repensant, elle se rend compte qu'elle n'était vraiment pas dans son état normal, à courir un risque pareil sans même prendre le temps d'y réfléchir.

Elle est consciente qu'elle a tendance à tenir le livre des comptes, une expression utilisée par les conseillers conjugaux pour réprimander les clients qui enregistrent qui a fait quoi à qui, ce qui n'est pas dans l'esprit de générosité qui est censé nourrir une relation saine. Mais aux yeux de Jodi, la générosité est un sentiment admirable, mais pas toujours pratique. Sans quelques représailles discrètes pour rééquilibrer les choses, une petite mise en pratique de la loi du talion pour préserver des doléances, la plupart des relations (y compris la sienne) brûleraient certainement au bûcher du ressentiment.

Pour être honnête, onze somnifères ne lui ont pas paru, et ne lui paraissent toujours pas, être un nombre excessif. L'alcool pourrait être la goutte d'eau qui fait déborder le vase, mais Todd est un grand garçon qui peut encaisser beaucoup de choses. Le résultat le plus probable, le résultat voulu (et n'oublions pas qu'elle a un père pharmacien) est que tôt ou tard il va se réveiller.

Évitant la chambre et sa salle de bains attenante, elle utilise la salle d'eau près du vestibule. Toujours pieds nus et en nuisette, elle s'occupe en ouvrant les rideaux et les stores, en repliant sa couverture et tapant sur les coussins du canapé jusqu'à ce qu'ils retrouvent leur forme naturelle. Une fois qu'elle a nourri le chien, elle s'assoit à son bureau pour vérifier son agenda et ses e-mails. Bergman a annulé sa séance, ce qui lui laisse seulement Mary Mary, sa première patiente de la journée. C'est un petit coup de chance, car elle ne peut pas se permettre une quelconque scène quand des patients sont présents, et si Todd doit se réveiller et tituber dans l'appartement, il ne le fera probablement pas avant onze heures, heure à laquelle Mary Mary sera partie.

Quand il ne lui est plus possible d'éviter la chambre, elle entre tel un animal sur ses gardes, le nez et les oreilles en alerte alors qu'elle s'aventure dans l'obscurité menaçante. L'air stagnant a une note aigre qui lui chatouille la gorge et lui impose l'idée effroyable que Todd ait pu survivre aux cachets et à l'alcool, mais qu'il soit mort étouffé dans son propre vomi. Elle a entendu que ça pouvait arriver. S'il respire, il le fait en silence. S'arrêtant au pied du lit, elle observe le gonflement des couvertures dessinant une crête menaçante. De ce qu'elle peut en dire, sa forme n'a pas changé depuis qu'elle y a jeté un coup d'œil, environ huit heures auparavant.

Elle s'habille rapidement et va dans la salle de bains pour se brosser les dents, s'attacher les cheveux et appliquer son maquillage de jour – du mascara et une légère touche de poudre compacte. Son visage dans le miroir est incongru, si jeune et joli que ça paraît suspect. Traversant à nouveau la chambre, elle regarde et attend un indice ou un présage lui indiquant la nature de la journée à venir, mais elle ne reçoit aucun signe.

Le placard du couloir contient une laisse pour le chien, et elle y trouve aussi ses Nike et un coupe-vent. Freud et elle prennent l'ascenseur pour descendre dans le hall, où elle salue le portier et un voisin qui entre dans l'immeuble au moment où elle en sort. Ce n'est que maintenant, alors qu'il s'envole, qu'elle remarque le poids qui pesait sur sa poitrine, rôdant en elle tel un criminel. Au moins, la nausée de la veille, ou le vertige, ou peu importe ce que c'était, n'a pas refait surface. C'était un sentiment nouveau pour elle, et elle s'en serait bien passée.

Elle suit son trajet matinal habituel, marchant le long de l'eau vers la jetée avant de revenir en coupant à travers Gateway Park. Le ciel est gris et le lac d'un vert bouteille terne, mais l'air vivifiant et ses jambes en mouvement lui redonnent vie. Une fois de retour chez elle avec un *latte* à emporter, elle ouvre prudemment la porte de la chambre et, sans passer le seuil, elle scrute l'obscurité. À vue de nez, rien n'a changé.

Mary Mary est une fille de douze ans que ses parents ont envoyée chez Jodi parce qu'elle est capricieuse et rebelle. Elle adore ses séances de thérapie, qui lui permettent de sauter des cours et la font se sentir spéciale, mais elle met un point d'honneur à se montrer autoritaire et intrusive. Cette enfant a des problèmes avec les limites. S'il y a des soucis avec Todd, Mary Mary voudra certainement s'en mêler. Jodi se considère ainsi chanceuse lorsque Todd ne fait aucune apparition et que la gamine entre et repart sans anicroche.

Debout sur le balcon histoire de se remettre les idées en place, Jodi évalue la situation dans laquelle elle se trouve. Alors qu'elle était en rendez-vous avec Mary Mary, le téléphone de Todd a sonné depuis la commode, derrière la porte fermée de la chambre, là où elle l'a laissé la nuit dernière quand elle vidait ses poches et l'aidait à se déshabiller. Todd garde son téléphone en mode vibreur, et vu le bruit qu'il a fait sur la surface en bois, on aurait dit des ouvriers avec leurs perceuses électriques dans la chambre. Assez fort pour le réveiller, d'après elle, surtout que Todd est totalement synchrone avec son téléphone. Quand son portable sonne, Todd réagit comme une mère le ferait face aux pleurs de son bébé qui réclame son attention, affectueuse et immédiate. Et il n'est pas du genre à faire comme s'il ne l'avait pas entendu, se tourner de l'autre côté et se rendormir. Todd jaillit hors du lit à la seconde où il ouvre les yeux.

Elle regarde un couple de mouettes fondre et plonger dans le lac. Bien loin d'hésiter ou de tergiverser lorsqu'elles repèrent ce qu'elles veulent sous la surface de l'eau, elles attaquent à toute vitesse, la tête la première, impétueuses. Leurs cris bruyants (à mi-chemin du gloussement et de l'exultation) ne semblent pas avertir leurs proies, qui se font dévorer toutes crues avant d'avoir pu comprendre ce qui leur arrivait.

Elle est à présent tentée de continuer sa journée comme si de rien n'était. Fermer les yeux, c'est quelque chose qu'elle sait faire. Elle prend toujours le parti de ne se mêler de rien, d'attendre pour voir ce qui va se passer. C'est l'heure pour elle d'aller faire du sport, et après ça, normalement, elle déjeunerait. Elle a hâte de pouvoir cuisiner le filet de bœuf qu'elle a mis à décongeler dans le frigo. Mais quand Todd va se réveiller, il va poser des questions. « Pourquoi m'as-tu laissé dormir aussi tard ? Tu ne t'es pas dit que quelque chose n'allait pas ? » Et dans l'éventualité où il ne se réveillerait pas, les questions viendront de quelqu'un d'autre. Des ambulanciers. De la police. Elle devrait se décider sur ce qu'elle va dire si on la met sur la sellette – ce que sera sa version, comment elle peut justifier son comportement, le fait qu'elle n'ait absolument pas réagi alors que son autre moitié ne s'était pas levée ce matin-là. Elle entend déjà un policier zélé lui dire : madame Gilbert, cela faisait six heures que votre mari était décédé (ou huit, ou douze) quand vous avez appelé les secours. Et tout partirait de là. Vous n'avez pas envisagé un instant d'aller voir comment il allait ? Vous ne vous en êtes pas rendu compte ? Vous n'y avez pas pensé ? Ça ne vous a pas traversé l'esprit ?

Que votre mari pouvait être malade. Qu'il pouvait être en détresse. Qu'il pouvait être inconscient. Qu'il pouvait être *mort*, madame Gilbert.

Inconscient, pense-t-elle. Il pourrait être inconscient. Et une autre pensée suit immédiatement celle-ci, plus inquiétante – il pourrait être dans le coma, une possibilité qui a réussi à lui échapper jusqu'à maintenant. Tel un intrus clignotant, le terme *lésions cérébrales* se glisse dans son paysage mental, ainsi que l'image de Todd en légume, incapable de vivre ou de mourir, n'appartenant à personne, pas même à lui-même, mais tirant néanmoins les ficelles alors que des gens s'affairent pour le nourrir, le laver, le masser, l'asseoir et l'allonger, alors que les jours et les nuits deviennent des mois puis des années, et ses allégeances, ainsi que son patrimoine, restent sous séquestre. Et quand bien même, il y aura encore des questions. Elle commence à avoir l'impression d'être observée et jugée, le moindre de ses gestes enregistré dans un coin pour être utilisé contre elle. Ça ne la réconforte pas que Freud traîne depuis ce matin devant la porte close de la chambre. Madame Gilbert, même votre chien savait que quelque chose n'allait pas.

6
LUI

Il s'assoit sur la cuvette des toilettes, les coudes sur les genoux, le visage dans les mains, et il urine un jet fétide. C'est le seul moyen qu'il a trouvé pour se tenir un tant soit peu à la verticale. Il pense à du café, à l'odeur et au goût, et ça le propulse des toilettes à la douche, où il ouvre le robinet d'eau froide. Les salves glacées sont une véritable douleur, mais ne sont rien en comparaison du marteau-piqueur qui s'active sous son crâne. Il lève le visage vers le jet, laisse entrer de l'eau dans sa bouche, se gargarise et recrache. Il fait remonter un peu de glaire qu'il crache également.

Quand il a fini de se sécher, il va au lavabo et s'étale de la mousse sur le menton. Ses doigts sur le rasoir sont engourdis et maladroits. Il a l'impression d'avoir eu une panne d'oreiller, et ça se confirme lorsqu'il retourne dans la chambre pour se préparer. Jodi est déjà levée. Il doit être plus tard qu'il ne le croyait. Pourtant, ce n'est qu'une fois habillé, quand il met sa montre, qu'il vérifie l'heure.

Il retrouve Jodi dans la cuisine, en train de battre des œufs avec un fouet.

« Ma montre retarde, dit-il en se balançant sur place. La pile doit être morte.

— Le café est prêt », répond-elle.

Elle remplit une tasse, ajoute du lait et du sucre avant de la lui tendre.

« Quelle heure est-il ? demande-t-il. Ma montre indique treize heures trente.

— Il est treize heures trente.

— Tu plaisantes !

— C'est pourtant l'heure qu'il est.

— C'est pas possible ! J'ai rendez-vous avec Cliff à dix heures ! »

Jodi hausse les épaules.

« Alors, tu vas devoir l'appeler et lui dire que tu ne t'es pas levé. »

Elle verse les œufs dans une poêle chaude et les remue à l'aide d'une fourchette.

« Mais c'est dingue ! s'exclame-t-il. Pourquoi ne m'as-tu pas réveillé ?

— Tu avais besoin de cuver.

— Nom de Dieu », lâche-t-il. Il avale un peu de café et presse une main contre sa tempe. « J'y suis vraiment pas allé de main morte hier soir. Je ne me rappelle même pas être allé au lit. »

Une vague de fatigue le submerge, il se dirige vers la table avec son café. Jodi y place un set de table, un couteau et une fourchette, ainsi qu'une serviette.

« Il a fallu que je t'aide à te déshabiller, dit-elle. Tu n'arrivais même pas à retirer tes chaussures. »

Elle verse les œufs dans une assiette, ajoute du bacon et des pommes de terre qu'elle avait gardés au chaud dans une poêle sur la cuisinière. Elle apporte l'assiette à table et la pose devant Todd.

« Merci, dit-il en prenant sa fourchette. Je meurs de faim. »

Pendant qu'il mange, sa langue l'encombre, tel un corps étranger dans sa bouche. Il enfourne néanmoins la nourriture, luttant contre sa faiblesse et sa fatigue. Il aimerait s'écrouler – retourner se coucher, se rouler en boule par terre – et compense en s'asseyant bien droit et en ancrant ses pieds au sol.

« Je ne pensais pas avoir autant bu, commente-t-il. Enfin pas plus que d'habitude. »

Il essaie de se rappeler ce qui s'est passé au bar – à quelle heure il est arrivé, combien de temps il est resté, combien de tournées il a commandées – mais il n'arrive pas à faire le calcul. Ce dont il se souvient, c'est qu'il était d'humeur festive. Et dans cet esprit de célébration, il est possible qu'il ait eu la main lourde.

« Bon… d'accord, j'ai peut-être bu un peu plus que d'habitude, concède-t-il.

— Tu avais probablement besoin de récupérer.

— Va dire ça à Cliff. Et Stephanie. »

Elle lui amène le café et remplit à nouveau sa tasse.

« Nom de Dieu, Jodi. Je ne comprends pas pourquoi tu ne m'as pas réveillé.

— Est-ce que tu as prévu de dîner ici ce soir ? demande-t-elle.

— Vu comment je me sens…

— Je vais te faire un bon cassoulet. Le porc, c'est plein de fer. »

Le téléphone de Todd se met à sonner alors qu'il s'attarde à table, et le son le guide jusque dans la chambre. Le numéro de Natasha qui s'affiche lui donne un petit coup de fouet. S'il y a bien une chose qu'il se rappelle de la veille, c'est qu'elle refusait de lui parler.

« Où es-tu ? demande-t-elle. J'ai passé la matinée à essayer de te joindre !

— J'essaye de me remettre d'une gueule de bois.

— Tu es toujours chez toi ?

— Je suis sur le point de sortir.

— Qu'est-ce qu'elle a dit ? »

Il a du mal à comprendre le sens de sa question. Son cerveau semble bloqué, comme un moteur grillé ou pris dans une gangue de boue.

Elle le presse : « Peut-être que tu ne peux pas parler là tout de suite. »

Il jette un coup d'œil à la porte ouverte. Il entend le robinet qui coule dans la cuisine.

« Juste une minute.

— Alors ? Qu'est-ce qu'elle a dit ?

— Qui est-ce qui a dit quoi ? »

Elle soupire bruyamment.

« À quel point est-ce qu'elle est chamboulée ? Est-ce qu'elle va finir par bien le prendre ? »

Le bébé, pense-t-il. Est-ce qu'il avait promis d'en parler à Jodi ?

« Je suis rentré tard, explique-t-il. Je n'ai pas eu l'occasion de lui annoncer la nouvelle. »

Il pose l'avant-bras sur la commode. Sa surface blanche est marbrée et craquelée, une fausse patine qui lui a coûté plus cher qu'une commode ancienne authentique.

« Tu sais que je t'aime, dit-il.

— Mais bon sang, Todd ! Qu'est-ce qu'il s'est passé après sa conversation avec mon père ?

— Jodi n'a pas parlé à ton père.

— Si. Hier. Il lui a tout raconté.

— C'est impossible.

— Pourquoi impossible ? Ils ont discuté. Qu'est-ce qui se passe, là ? Tu vas bien ? »

Il se laisse tomber lourdement sur le lit. Il se demande s'il n'a pas attrapé une sorte de virus.

« Je vais bien, lâche-t-il. Pas besoin de t'inquiéter. Je vais devoir te rappeler. »

Il raccroche et se rend compte que c'est typique de la vie qu'il partage avec Jodi : cette volonté de maintenir à tout prix les apparences, ces abîmes de silence, cette fuite en avant aveugle. Il aurait dû le voir plus tôt, mais l'étrangeté de ce comportement, ce côté aberrant ne l'avait encore jamais frappé. Les autres couples s'expliquent et se disputent, par cycles, résolvant ainsi leurs conflits, mais entre Jodi et lui tout n'est que dissimulation. Fais bonne figure, fais ce qu'on attend de toi, ne dis rien. Fais comme si tout allait bien et tout *ira* bien. Le don essentiel de Jodi, c'est son mutisme, et c'est ce qu'il a toujours aimé chez elle : qu'elle ne mette pas son nez dans les affaires des autres, qu'elle garde ses opinions pour elle. Mais le silence est également sa meilleure arme. La femme qui refuse de protester, qui ne crie pas, ne hurle pas – il y a une force dans cette attitude, une puissance. La façon qu'elle a de passer outre les sentiments, de refuser de lui faire des reproches ou de se disputer avec lui, ne laisse jamais la moindre ouverture à Todd, ne lui permet pas de retourner la situation à son avantage. Elle sait que ce refus qu'elle manifeste le laisse seul face à ses choix. Et pourtant il voit bien qu'elle en souffre.

Il sait ce qu'est la souffrance : il a reçu une éducation catholique. Ce qu'il sait, c'est que dans la vie on en bave, qu'il est impossible d'avoir une vie exempte de souffrance, car au sein de la vie il y a de tout. C'est une mosaïque aux mille facettes, dont même les bords sont flous. Dans la mosaïque de la vie, tout se chevauche car il n'y a pas qu'une seule manière de voir les choses. Prenez son père, par exemple. Todd en est venu à le mépriser, c'est un fait, mais il se souvient de moments avec son père auxquels il peut repenser avec une certaine forme de plaisir. Comme cet après-midi à l'aéroport, passé à regarder les avions atterrir et décoller. Il devait avoir sept ou huit ans à l'époque. Il adorait voir le fuselage rond des jumbo-jets rouler lentement sur le tarmac puis s'envoler avec une grâce naturelle, le soleil scintillant sur le bout de leurs ailes. Ensuite, pendant des années, il a voulu être pilote, et son père l'y encourageait, lui disait qu'il pouvait devenir ce qu'il voulait. Il y avait entre eux quelque chose qui ressemblait à de l'amour, de l'amour mêlé d'autres choses bien sûr, on en revient au principe que rien dans la vie n'est tout noir ou tout blanc. Le vieux avait du bon en lui, de la joie et des rires même, mais la noirceur en lui grandissait, encore et toujours. Quand on a un père qui au fond est un alcoolique et un tyran, on finit par attendre son heure, le jour où on sera assez grand et assez costaud pour intervenir, et on se dit que ce jour sera celui de la libération ultime, et ça l'est d'une certaine manière, mais ça n'est pas que cela, et voilà à nouveau la preuve qu'il y a du bon comme du mauvais dans la vie.

Ce fameux jour est arrivé quand Todd avait seize ans. À ce moment-là il était en pleine croissance et se musclait à vue d'œil. Il avait gagné en force et en assurance en travaillant sur des chantiers tout l'été, soulevant des sacs de ciment et des seaux de goudron. C'était un samedi d'automne, froid et pluvieux, le genre de journée que l'on passe à traîner à la maison, à faire ses devoirs et à regarder la télé. Le vieux s'était montré agité, une mine prête à exploser, et il émergeait régulièrement du sous-sol pour harceler et critiquer sa femme. N'importe qui aurait pu deviner qu'une tempête se préparait. La question était quand ça allait éclater. Mais il y avait toujours un optimisme latent, un refus entêté de croire que les choses pourraient vraiment mal tourner. Il savait que sa mère partageait ce sentiment, elle aussi, parce qu'elle lui avait dit en épluchant des pommes de terre : « Il va se calmer une fois qu'il aura dîné. » Mais quand ils s'étaient assis, leurs assiettes sur les genoux, pour regarder quelque chose à la télé (un épisode de *Ma sorcière bien-aimée*, d'après ses souvenirs), sa mère, avec sa douceur habituelle, avait tendu sa serviette pour essuyer un peu de sauce qui traînait sur le menton de son mari, et tout à coup ils s'étaient retrouvés debout tous les trois, leur repas par terre, avec le vieux qui tenait sa femme par les cheveux. Todd avait senti ses oreilles bourdonner, des points noirs assombrir sa vision, et il avait alors balancé son poing, assenant le coup le plus brutal et maladroit que l'on ait jamais vu, sans trop savoir à quel endroit il avait atterri, et son père s'était écroulé au sol sans cérémonie telle une chaise pliante, restant allongé, le nez en sang. Les jours qui avaient suivi, le garçon, un homme maintenant, avait été submergé de chagrin, haïssant l'exposition sans fard de la situation, il n'y avait plus de père ni de fils, seulement deux hommes adultes cohabitant dans une proximité haineuse et misérable.

À présent, alors que Todd se trouve chez lui un après-midi en pleine semaine au lieu d'être au travail, assis sur le lit, le téléphone à la main, désorienté face aux révélations de Natasha, son regard parcourt la pièce d'un air absent, enregistrant la hauteur et la largeur du lieu, les proportions importantes, les fenêtres hautes, le bleu glacier des murs qui s'estompe. Il n'y a aucun bruit dans l'appartement et aucun bruit extérieur. Quand on habite aussi haut, on n'entend même plus les oiseaux. L'endroit ne pourrait pas être plus paisible, et pourtant il a l'impression que son poids le tire vers le bas, et que des démons, des chiens sauvages assaillent son esprit.

Comme il comprend la souffrance, il comprend également la dévotion, et ses offrandes étaient sincères, ses offrandes à sa bien-aimée, à Jodi. Il lui a procuré une vie confortable, oui, mais pas seulement. Il est attentif, dévoué ; il lui masse les pieds pendant des heures lorsqu'ils sont tous les deux à la maison à regarder un film, et il passe ses week-ends dans la cuisine à l'aider à faire ses gelées et ses confitures, remuant sans fin le contenu de la casserole, une mixture liquide qui semble ne jamais épaissir. Jodi adore quand il met un tablier et se transforme en homme d'intérieur. Dans ces moments-là, elle se sent proche de lui. C'est cette forme d'intimité qu'elle recherche avidement, une camaraderie qui la rend heureuse. Et il a endossé ce rôle volontiers et même religieusement, avec ferveur, et il en ferait encore plus pour elle si elle le lui demandait. Mais Jodi demande rarement quoi que ce soit. Si elle lui en demandait plus, peut-être que les choses iraient mieux. La mère de Todd était comme ça elle aussi (elle ne demandait rien), mais il valait mieux parce que son père n'aurait pas bien réagi. Pour ce qui était d'aller voir ailleurs, le vieux jouait dans une autre catégorie. Tromper quelqu'un avec la bouteille n'est pas une simple distraction, un divertissement d'un soir, c'est un engagement total, un contrat, une allégeance, et ça l'avait poussé à se détourner de sa femme complètement et pour de bon. La mère de Todd était une femme délaissée, et sa solitude avait enveloppé Todd telle une brume pendant toute son enfance.

Il se redresse et s'arme de courage en s'appuyant au montant de la porte. Ce n'est pas une gueule de bois ordinaire. Peut-être une intoxication alimentaire, le burger qu'il a mangé au bar. Mais dans ce cas, il serait plutôt en train de vomir, ou camperait aux toilettes. Au lieu de ça, il a envie de pleurer, de tout abandonner, de s'abandonner. Avec un effort conscient, il met un pied devant l'autre et trouve Jodi assise sur le canapé, les jambes repliées. Elle ne lit pas de magazine ou de livre de cuisine, elle ne discute pas au téléphone, elle ne fait rien. Il s'assoit à côté d'elle et pose sa tête sur son épaule.

« Je te gâche ton après-midi, lâche-t-il.
— Pas vraiment. »
Elle a l'air distrait, un peu distant.

« J'irai faire quelques courses et puis je vais commencer à préparer le dîner. Peut-être qu'un bouillon de poule serait une bonne idée.

— Tu dois bien avoir autre chose de prévu.

— Rien d'important. Tout ce qui compte pour moi, là, c'est de prendre bien soin de toi.

— J'irais bien me recoucher.

— Pourquoi pas ? Va te reposer. Tu repartiras du bon pied demain.

— Il me fait rêver ton bouillon de poule. Tu le feras avec des nouilles ?

— Tout ce que tu veux.

— Qu'est-ce que je ferais sans toi... Je suis désolé de ne pas être un meilleur mari.

— Ne sois pas bête, dit-elle. Tu n'es pas dans ton assiette, c'est tout. Je vais te préparer le lit. Tu n'as qu'à t'allonger ici le temps que je finisse. »

7
ELLE

Lorsque sa diablerie culinaire, sa petite malice domestique, conserve un statut d'incident secret, entre eux seuls, au lieu de faire date, Jodi considère qu'elle a eu sa revanche. La vitesse avec laquelle il a récupéré (en l'espace de vingt-quatre heures, il était de nouveau frais comme un gardon) confirme avec éloquence son intuition. Elle savait bien que onze comprimés n'allaient pas le tuer et ça n'était pas arrivé.

Le désastre évité, elle retrouve un terrain familier et arrive à rire de ses peurs. On ne peut pas se fier à la version des faits avancée par Dean, c'est presque certain ; c'est ce qu'elle a décidé. Elle en a conclu que l'on ne peut pas faire confiance à Dean. Pour le moment du moins, il n'est plus lui-même : du jour au lendemain, le voilà obligé de réévaluer sa vision du monde et ses certitudes. Son plus vieil ami se révèle être un prédateur, et sa fille n'est pas la jeune femme raisonnable qu'il croyait. C'est évident, il a temporairement perdu l'esprit. D'autant que Dean s'emballe trop vite. Il a tendance à toujours exagérer – son petit côté diva. C'est elle, Jodi, qui connaît le mieux Todd, et elle est certaine d'une chose : son foyer est important pour lui. Pour Todd, comme pour la plupart des hommes, le foyer fait office de contrepoint qui donne tout son éclat à une aventure. Une aventure, par définition, est quelque chose de secret, temporaire, sans attache, qui ne mène pas aux complications d'un arrangement à long terme – d'où son attrait. Todd n'a aucune intention d'épouser cette fille.

Enfant, Natasha était tout à fait quelconque, et après la mort de sa mère, elle est devenue une vraie rebelle. Jodi se souvient d'elle avec les lèvres peintes en noir et les cheveux hérissés, une petite brioche à la place du ventre et des ongles rongés. Il est difficile d'imaginer qu'elle ait pu devenir quelqu'un d'un tant soit peu désirable. Ce qui attire Todd chez elle, c'est sa jeunesse, le fait qu'une fille qui a la moitié de son âge s'intéresse à lui. Les hommes sont comme ça : ils cherchent avidement à être rassurés. Natasha Kovacs ne fait pas le poids, c'est certain. Elle ne constitue aucune menace réelle. Ce n'est qu'une passade pour Todd. C'est comme ça qu'il fonctionne, et tout le monde sait que le meilleur moyen de prédire un comportement futur, c'est de regarder les comportements passés.

C'est une bonne chose qu'elle, au moins, soit stable, mature et fidèle, qu'elle soit le ciment de ce mariage. Le monde est peuplé d'accidentés de la vie, et si les gens sains d'esprit n'étaient pas là pour prendre le relais, tous les couples seraient condamnés. Elle le fait volontiers, avec plaisir, satisfaite d'être le membre pleinement fonctionnel de leur union, celle qui est en parfaite santé mentale, celle qui a eu une enfance heureuse et qui en est sortie sans aucune blessure psychologique. Elle est claire là-dessus, sur le fait qu'elle est quelqu'un de sain et de capable. Durant ses études, elle a suivi une psychothérapie. Sa médaille de connaissance de soi-même est plus que méritée.

Cette psychothérapie lui avait été proposée par l'un de ses professeurs à l'Adler School, qui pensait que ça pourrait lui être bénéfique de découvrir de première main ce que c'était qu'être assis à la place du patient. Il lui avait dit que plonger dans sa propre psyché lui montrerait comment aider les autres à faire de même. Elle savait qu'il ne recommandait pas cela à tous ses étudiants, et s'était demandé pourquoi il l'avait choisie elle en particulier, mais elle n'avait jamais eu l'occasion de lui poser la question. Ce qu'elle savait, c'était que certaines écoles rendent obligatoire une psychothérapie personnelle pour pouvoir obtenir son diplôme. Les étudiants jungiens, par exemple, sont soumis à une analyse personnelle rigoureuse durant toute leur formation.

Après l'université, alors qu'elle se décidait à suivre des cours supplémentaires, et avant qu'elle n'arrête son choix sur l'Adler School, elle avait considéré le Jung Institute. Elle aimait l'idée jungienne d'individuation, le processus d'accomplissement de soi sans prendre en considération l'ethnie ou l'héritage culturel. En termes jungiens, c'était une façon d'atteindre la totalité. Les gens doivent arriver à leur propre compréhension de la vie et de son sens, sans prendre en compte ce que leurs aînés ont pu leur enseigner. Mais dans l'ensemble, elle avait trouvé l'approche jungienne trop ésotérique, quoique attirante par son mystère même, qui provenait du penchant de Jung pour le mysticisme et le symbolisme. Un disciple de Jung lui avait dit une fois que pour vivre une vie pleine de sens, il fallait qu'elle se perçoive comme un acteur dans une représentation symbolique – et donc passe outre ses *a priori*, ce dont elle ne pensait pas capable. Adler l'attirait plus, avec ses visions pragmatiques sur l'intérêt social et l'élaboration d'objectifs.

L'analyste qu'elle avait choisi, Gerard Hartmann, était un adlérien et, comme elle, psychothérapeute. Mais Gerard était plus âgé, plus qualifié et avait davantage d'expérience. Elle avait la vingtaine à cette époque, et lui la quarantaine. Les mardis matin, elle se présentait au vieux gratte-ciel de Washington Street, près du parc, toujours ponctuelle pour son rendez-vous de dix heures, et elle s'asseyait avec lui dans une pièce qui, sans raison particulière, était tour à tour chauffée ou climatisée. Elle avait pris l'habitude d'apporter avec elle un ou deux pulls, quelle que soit la température extérieure, qu'elle pouvait mettre ou enlever au besoin. Durant ses séances, elle amenait également autre chose d'important, sa compréhension du postulat sous-jacent de la psychothérapie, qui recoupe toutes les écoles de pensée : qui que l'on soit, d'où que l'on vienne, c'est dans le jardin de la petite enfance qu'a grandi la personne que l'on est à présent. Autrement dit, notre perception de la vie et du monde qui nous entoure (notre structure psychogène) était déjà en place avant que l'on ne soit assez grand pour quitter la maison sans supervision parentale. Nos préjugés et nos préférences, nos points faibles et nos points forts, la façon dont nous circonscrivons notre bonheur et la nature de nos douleurs, tout cela nous précède avant l'âge adulte. Tout jeune, dans notre moi naïf, impressionnable et en plein développement, nous évaluons nos expériences et prenons des décisions en conséquence qui sont liées à notre place dans le monde, et ces décisions prennent racine et engendrent de nouvelles décisions qui se solidifient en attitudes, états d'esprit, façons de s'exprimer – pour devenir cette personne avec laquelle nous nous identifions profondément et résolument. Jodi avait compris cela en théorie durant ses études, et elle était prête à en faire l'expérience pratique durant sa thérapie. La facilité et le sang-froid avec lesquels elle avait affronté cette perspective venaient du fait qu'elle était convaincue que, dans son cas, le processus serait indolore, grâce à ses bons débuts dans la vie et son point de vue positif.

Gerard lui avait tout de suite plu : il avait une stature imposante, et le genre de virilité qui émane de la pure masse physique – une tête, un buste et des épaules larges, de grands pieds, une taille impressionnante. Très poilu par-dessus le marché, avec une chevelure abondante et sombre et des poignets velus, il sentait la cigarette et l'intérieur de voiture, des odeurs qu'elle associait aux hommes et à la masculinité – son père, ses oncles. Gerard avait aussi un léger strabisme. Avec son allure, il aurait pu passer pour un cow-boy, mais il luttait contre cette image en portant toujours costume et cravate, et ne retirait jamais sa veste, apparemment insensible aux fluctuations de température dans sa salle de consultation.

Assise en face de lui le premier jour, remarquant le stylo et le bloc-notes qu'il gardait posés sur le bras de son fauteuil mais qu'il utilisait rarement et l'habitude qu'il avait de lui laisser tout son temps pour répondre aux questions, elle s'est dit qu'il avait l'air fatigué, épuisé même, comme s'il avait traversé trop de batailles difficiles avec ses patients. Mais son air triste habituel indiquait qu'il était désolé de les voir en souffrance (Jodi y compris), et qu'il était bienveillant, compatissant et rassurant.

« Parlez-moi de votre tout premier souvenir. »

Il avait commencé ainsi, et elle lui avait raconté celui qui lui venait à l'esprit.

« J'étais à l'hôpital pour me faire retirer les amygdales, mais ce détail c'est ma mère qui me l'a raconté plus tard. Ce dont je me souviens, c'est de m'être mise debout dans mon lit pour regarder tout autour de moi les autres bébés dans leurs berceaux, et d'avoir été bouleversée quand l'un d'eux s'est mis à pleurer. »

Il avait attendu, alors elle avait continué.

« Je ne comprenais pas pourquoi ce bébé pleurait. Et je voulais chercher une explication. »

Il était resté silencieux, et elle avait fini par ajouter :

« On peut dire que ma vocation pour la psychothérapie s'est révélée très tôt. »

Ça l'avait fait rire. Elle était heureuse de voir qu'il avait le sens de l'humour.

Il lui avait demandé de partager d'autres souvenirs d'enfance, elle en avait énuméré une demi-douzaine, puis il lui en avait demandé davantage. Bien entendu, elle connaissait l'approche adlérienne des souvenirs précoces, et savait que Gerard se moquait de savoir si ce qu'elle racontait était précis, ou même seulement vrai. Pour un adlérien, vos souvenirs sont simplement vos histoires ; ils sont intéressants parce qu'ils reflètent vos attitudes. Un terrain fertile pour le thérapeute, mais elle n'avait jamais appliqué ce filtre à elle-même.

N'étant pas du genre sentimental, elle ne conservait rien en souvenir, pas même un album photo, et elle pensait rarement à son passé. Ce qui la surprenait à présent, c'était la vague d'émotions que chaque réminiscence faisait déferler en elle. Les vestiges des jours passés n'étaient pas ces antiquités, ces fossiles qu'elle croyait être, mais des choses fraîches, encore vivaces et mouvantes.

Elle se souvenait d'une robe de fête à motif écossais, avec un ourlet de velours, de sa mère qui utilisait un fer à boucler pour lui faire des anglaises, de la fois où sa langue était restée collée à une rampe gelée, de s'être foulé le poignet en tombant d'un arbre, des cookies qu'elle préparait avec mamie Brett, de son père qui lui lisait des histoires, de son frère aîné qui la poussait sur la balançoire, de jouer à la dînette et à la marelle et de chanter des comptines en tapant des mains avec les autres enfants, du jour où elle avait donné à une amie un bracelet qu'elle aurait préféré garder pour elle, et comme elle avait regretté son geste généreux quand son amie avait perdu le bracelet. De l'école, elle se rappelait une jolie fille appelée Darlene, qu'elle voulait imiter, et une autre appelée Penny, qui avait mal répondu à la question : Combien y a-t-il de personnes dans un trio ? Penny avait dit deux. Chaque événement s'accompagnait de l'évaluation de Jodi, de ce qu'elle avait décidé à l'époque : elle aimait être une fille, ça ne lui servirait à rien de jouer les m'as-tu-vu ou les casse-cou, les hommes se montraient gentils avec elle, jouer avec les autres était amusant, ce n'était pas grave d'être un peu égoïste parfois, elle pouvait copier les choses qu'elle aimait chez Darlene (son excellent maintien, par exemple), elle était plus intelligente que Penny, et pouvait faire quelque chose de sa vie avec tout ce potentiel.

Les révélations avaient continué durant les quelques séances suivantes. Elle avait parlé à Gerard de ses premiers pas en psychologie, qu'elle avait perçue comme une vocation – mais elle avait pu se tromper, c'était possible. Dès l'âge de sept ou huit ans, elle était connue dans sa famille pour être la psy maison, celle qui pouvait calmer son plus jeune frère, Ryan, qui était sujet à des cauchemars, des colères et des morsures qu'il s'infligeait tout seul. « Va chercher Jodi », disait-on quand il saignait ou se débattait dans son lit.

Elle adorait Ryan. Elle le serrait contre elle et le berçait pour l'endormir, ou le distrayait avec des plaisanteries et des jeux. En retour, ses parents la couvraient de louanges, qu'elle prenait à cœur. Mais réconforter son petit frère ne ressemblait en rien au travail à faire avec des patients sur leurs incompréhensions, et au fait de devoir affronter leur colère, leur jalousie, leur solitude et leur cupidité.

« Nous faisons de notre mieux, avait avancé Gerard.

— Et si notre mieux ne suffit pas ?

— Si vos patients savent que vous vous préoccupez d'eux, la bataille est à moitié gagnée. Le soutien émotionnel en lui-même peut faire des miracles. Après ça, on s'appuie sur sa formation et sur son bon sens.

— Et l'aptitude dans tout ça ? Ça doit bien avoir son importance.

— C'est comme pour n'importe quel job. On travaille dessus. On s'améliore avec la pratique. »

Gerard avait grandi dans son estime, était devenu un point d'ancrage qui la stabilisait en terrain inconnu, et il était devenu également, d'une certaine façon, une source d'inspiration. Un hochement de tête, un mot, un geste de Gerard pouvaient être un repère et une invitation à continuer. Son strabisme rassurant, sa façon douce de prononcer les voyelles concouraient à l'encourager à parler. La pièce même, ses couleurs neutres, sa lumière uniforme et sa quiétude (seulement troublée de temps en temps par des éclats de voix dans le couloir ou le bruit distant d'une porte que l'on ferme, mais tout cela assourdi, comme sous l'eau) pouvaient actionner la manivelle de sa mémoire, la ramener sur le territoire de son enfance, réactiver ces toutes premières années.

En dépit de tout ça, elle n'avait pas de grands espoirs, ne prévoyait pas que quoi que ce soit ne découle vraiment de son travail avec Gerard. Instinctivement, elle considérait l'expérience pour ce qu'elle était, en un mot : une partie de son enseignement, un autre pan de sa formation. Puisque, après tout, ce n'était pas comme si elle était venue ici avec des problèmes. Il faut dire qu'à l'époque, tout se passait exceptionnellement bien dans sa vie. Le souvenir de ce patient qui avait fait voler en éclat sa confiance en se suicidant, le jeune Sebastian, commençait doucement mais sûrement à s'éloigner, et cette distance lui permettait d'avoir une vue plus complète, de prendre en compte d'autres facteurs que sa propre négligence. Pendant ce temps, Todd et elle nageaient dans le bonheur de leur troisième année ensemble, encore dans la phase impétueuse et obstinée où l'on va partout ensemble, où l'on sort juste pour montrer au monde sa gloire teintée de désir. Elle n'avait jamais été aussi amoureuse et ne s'était encore jamais donnée aussi pleinement aux plaisirs de la chair, pas même durant sa première année à l'université, lorsqu'elle avait traversé une période qu'elle ne pouvait décrire, même à l'époque, que comme une promiscuité sexuelle permanente.

Inévitablement, Gerard et elle avaient abordé le mariage de ses parents, et notamment leurs silences, qu'apparemment Gerard considérait comme un terrain propice à la discussion, puisqu'il ne cessait d'y revenir. Mais c'était un terrain connu pour elle, qui ne contenait aucune surprise.

Gerard : Comment viviez-vous les moments où ils ne se parlaient pas ?
Jodi : Je dirais que ça rendait les choses tendues pour nous, les enfants.
Gerard : Est-ce que ça vous rendait nerveuse ?
Jodi : Parfois ça me faisait rire. Quand il y avait des invités pour le dîner et que mes parents ne cessaient de les flatter – vous savez, le genre occupe-toi des invités pour ne pas avoir à parler à ton autre moitié –, je regardais du côté de Ryan et il louchait et se prenait la gorge et je me mettais à rire et lui aussi et on se retrouvait assis là, pris de fous rires, à essayer de ne pas recracher notre nourriture. C'est arrivé plusieurs fois, en fait. Ce genre de choses.
Gerard : Le rire est très libérateur.
Jodi : Je ne sais pas si c'était si grave que ça, le fait qu'ils ne se parlent pas. Enfin, ça l'était pour eux, évidemment. Mais je ne l'ai compris que plus tard.
Gerard : Qu'est-ce que vous avez compris ?

Jodi : Tout ce qu'il lui a fait subir. Ce qu'elle a dû supporter. C'était une petite ville et tout le monde savait ce qui se passait. Je crois que c'est l'humiliation qui la blessait plus que tout le reste. L'idée que les gens éprouvaient de la pitié pour elle. Cela la démoralisait beaucoup.
Gerard : Donc votre père était infidèle et votre mère se sentait démoralisée. Quel a été l'effet sur vous ?
Jodi : C'est amusant, je viens juste de me rappeler ça. Je l'ai suivi jusque chez sa maîtresse une fois.
Gerard : Racontez-moi.
Jodi : C'était une cliente. Elle venait à la pharmacie. Et j'étais toujours attentive à ce qu'elle portait et la façon dont elle se comportait et ce qu'elle achetait. Des sirops pour la toux, en général. Et du Valium. Il lui délivrait toujours son Valium. Elle se pomponnait – rouge à lèvres, jupe, talons hauts –, c'était gros comme une maison. Elle ne manifestait aucune honte, et je trouvais ça assez choquant.
Gerard : Continuez.
Jodi : Elle est venue un samedi où j'aidais, et dès qu'elle est partie avec ses achats, il a enlevé sa blouse et m'a demandé de tenir la boutique, mais je l'ai fermée et je l'ai suivi. Je crois qu'avant ça, il y avait toujours eu la place pour le doute. Mais c'était très cru, très définitif, de le voir monter les marches de la véranda de cette femme, appuyer sur la sonnette, et de la voir ouvrir la porte et de le faire entrer.
Gerard : Est-ce que vous en avez parlé à votre mère ?
Jodi : À quoi cela aurait servi ?
Gerard : Est-ce que vous lui en avez parlé à *lui* ?

Jodi : Non. Je crois même qu'à cette époque j'avais déjà compris. Cette femme était veuve. C'était l'une de ces histoires de la guerre du Vietnam – le mari revient au pays en chaise roulante et meurt quelques mois plus tard d'overdose. Mon père s'est lancé dans quelque chose qu'il a peut-être regretté, mais il ne pouvait pas l'abandonner comme ça.
Gerard : Et votre mère ne l'a pas quitté.
Jodi : Elle aurait brisé la famille dans ce cas.
Gerard : Qu'auriez-vous fait à sa place ?
Jodi : Si j'avais trois enfants ? Je crois que j'aurais fait pareil. J'aurais tenu bon. Mais on apprend de leurs erreurs, non ? Je ne me mettrai pas dans cette position.
Gerard : Qu'entendez-vous par là ?
Jodi : Je ne vais pas me marier. Je n'aurai pas de famille.
Gerard : Vous dites ça de façon très emphatique.
Jodi : C'est comme ça que je le ressens.
Gerard : D'une certaine manière, ça vous met dans la position de payer pour leurs erreurs.
Jodi : Je veux être aux commandes de ma vie. Je veux être heureuse.
Gerard : Le bonheur n'est pas quelque chose que l'on peut prescrire.
Jodi : Si je finis comme ma mère, je ne pourrai m'en prendre qu'à moi-même.

Mais les problèmes de ses parents étaient des problèmes d'adultes et n'avaient pas vraiment affecté sa vie d'enfant. Il aurait été difficile de faire mieux que sa famille prospère, bourgeoise, et ses valeurs fondamentales solides : travailler dur, acquérir du pouvoir, avoir l'esprit de communauté, et encourager l'éducation. De trouver mieux que son enfance stable et équilibrée remplie de vacances d'été, de leçons de piano, d'entraînements de natation, de services religieux dominicaux et de dîners familiaux partagés autour d'une table. Elle avait grandi aimée, encensée, disciplinée et encouragée. Elle était bonne élève, s'était fait des amis et les avait gardés, elle était sortie avec des garçons et elle avait totalement oublié de passer par une phase ingrate. Seule fille d'une famille de trois enfants, elle était prise en sandwich entre un frère plus âgé et un plus jeune, et durant ses discussions avec Gerard il s'était avéré que cela aussi avait joué à son avantage. Elle avait été gâtée, mais ni plus ni moins que le bébé de la famille, son plus jeune frère, Ryan. Et son frère aîné, Darrell, était suffisamment âgé pour se comporter en mentor et non en rival.

Par moments, pendant son travail avec Gerard, ses avantages indéniables pouvaient la faire se sentir mal à l'aise, comme si elle devait s'en excuser. La façon dont il la regardait (perplexe, avec espoir), l'habitude qu'il avait d'attendre qu'elle en dise plus, qu'elle mette autre chose sur la table, tout ça pouvait la déstabiliser et la faire douter d'elle-même. Parfois elle avait l'impression d'être un imposteur – ou Gerard pensait certainement qu'elle l'était. C'était devenu une source d'inquiétude : qu'il puisse la suspecter de dissimuler, de cacher une vérité plus profonde sur elle-même, qu'elle n'arrive pas à dévoiler un côté plus sombre et lugubre de son histoire, qu'elle lui résiste, qu'elle résiste à la thérapie. Mais il n'avait jamais rien dit de la sorte, et elle en avait donc conclu que tout cela était dans sa tête, une trace de paranoïa, un léger inconfort face au processus psychothérapeutique.

8
LUI

Les semaines qui suivent, Todd est pris en main par Natasha, qui insiste pour qu'il l'accompagne partout en ville pour diverses courses et sorties. Tous les jours il quitte le travail à des heures bizarres. Ils vont chez l'obstétricien, cherchent un appartement à louer et achètent des choses pour le bébé (des jouets, une poussette, un berceau et une commode assortis) que Todd est obligé de stocker dans le sous-sol humide de l'immeuble où se trouvent ses bureaux, faute d'endroit où les mettre. Raison supplémentaire, d'après Natasha, pour se dépêcher de trouver un endroit où vivre tous les deux.

La troisième semaine de septembre, il signe le bail d'un trois-pièces à River North. Natasha l'aime bien parce qu'il a été refait récemment, avec un jacuzzi et une cuisine en teck et granite. Elle aime aussi le fait qu'ils peuvent emménager le premier octobre, c'est-à-dire très bientôt.

Ils signent le bail en milieu de matinée, un jour de semaine, et Natasha déclare qu'il leur faut faire l'amour pour fêter ça, ils prennent donc leur chambre habituelle au Crowne Plaza et Todd essaie de se comporter au mieux, malgré les nouvelles qu'il a reçues de Cliff un peu plus tôt dans la journée, concernant les fuites au sous-sol de l'immeuble résidentiel de Jefferson Park. Ils savaient que la moisissure s'installait, mais Cliff lui a dit que c'était pire que ce qu'ils croyaient, que l'averse de la veille est une piqûre de rappel. Dès qu'il peut s'échapper, il se rend sur le site pour constater lui-même que la fuite le long du mur ouest (là où il a l'intention de mettre la buanderie) ne fait que s'aggraver. Ça va sérieusement entamer sa marge de profit, ce qui, après la signature du bail le jour même, ne le met pas de bonne humeur. Payer pour deux résidences dans la même ville relève de l'imprudence, mais quel autre choix a-t-il ? Natasha le tient par les bourses et la situation avec Jodi n'est toujours pas réglée. Même si Natasha martèle que Jodi est au courant, lui n'est pas totalement certain de la croire. Il a envisagé une discussion avec Jodi, mais lorsqu'il déroule cette conversation dans sa tête, elle se termine en impasse, puisqu'il n'a pris aucune décision finale quant à son avenir et que quitter Jodi n'est absolument pas d'actualité pour lui. Natasha peut l'enquiquiner et lui mettre la pression autant qu'elle veut, il arrivera à ses propres conclusions à son propre rythme.

Sa patience est également mise à rude épreuve par la jalousie démesurée que Natasha manifeste envers Jodi. Natasha veut qu'il quitte Jodi et s'installe à l'hôtel. Ce n'est pas correct de sa part, dit-elle, d'aller retrouver Jodi tous les soirs alors qu'elle, Natasha, porte sa progéniture. Pire encore, elle a développé une curiosité morbide concernant sa vie avec Jodi. Elle veut savoir de quoi ils discutent, ce qu'ils mangent le soir, comment ils s'habillent pour la nuit. Il lui dit que Jodi et lui sont amis, qu'ils n'ont pas fait l'amour depuis des années. Il lui a même raconté une fois que Jodi leur souhaitait tout le bonheur du monde. Mais rien ne semble pouvoir l'apaiser. Si seulement elle se reprenait et se calmait. Il est avec Jodi depuis très longtemps. Natasha est jeune : elle ne comprend pas le poids des années passées. Elle est impatiente et manque de recul, elle réagit au quart de tour et a tendance à se montrer têtue et obstinée, comme son père.

C'est aussi une mère-née, elle est du genre nourricière et veut une grande famille, et cela plaît à Todd. Il peut tout à fait s'imaginer en patriarche bienveillant à la tête d'une armada de garçons et de filles classés par ordre croissant. Il les imagine alignés comme sur une photo de famille, propres et bien habillés, calmes et bien élevés. Par-dessus tout, les enfants doivent faire attention à leurs manières ; on ne peut pas se permettre de les laisser faire tout ce qu'ils veulent et tout diriger. Quand ses garçons seront assez grands, il leur apprendra le métier, leur fera découvrir la ville, leur expliquera comment les quartiers se sont développés au fil des années, comment l'immobilier a changé, comment repérer une bonne affaire quand ils en voient une. Il leur transmettra tout ce savoir accumulé et ainsi préservé. C'est une vie différente de celle qu'il a vécue, et de bien des façons elle l'attire, mais pour l'instant ce n'est qu'une idée, une projection, une possibilité. Natasha doit se montrer patiente et prendre les choses comme elles viennent, car rien n'est fixé. Rien n'est décidé. Il ne bougera pas tant qu'un chemin ne s'ouvrira pas clairement devant lui. Il ne va pas commettre l'imprudence d'abandonner le foyer qu'il a construit avec Jodi et tout ce qu'ils ont partagé au fil des années. Jodi est sa pierre de touche, son univers, sa terre promise. Quand elle avait fait irruption dans sa vie – quand elle était apparue, belle à couper le souffle, sous l'averse, à un carrefour encombré, quand elle aussi s'était investie dans la demeure de Bucktown, quand elle avait décidé de croire en lui, était revenue un autre jour pour l'aider à peindre, en équilibre sur l'échelle avec une grâce suprême, à cette époque-là, tous les jours il n'avait qu'un désir, c'était de la posséder – sa peau parfaite, sa silhouette souple, son cœur généreux. Et puis, au fil du temps, alors que leur liaison se renforçait, quelque chose avait changé en lui, le sol s'était solidifié sous ses pieds et il avait perdu cette impression qu'il était toujours au bord du faux pas, que chaque pas en avant le dirigeait dans la mauvaise direction.

Dans la maison de son enfance, il n'y avait jamais de sensation de stabilité. C'était toujours une question d'alliances incertaines : sa mère le protégeait de son père, son père le montait contre sa mère, lui se sentait déboussolé par sa fidélité fluctuante. Il avait passé beaucoup de temps avec les Kovacs, dînait avec Dean et sa famille, et restait parfois dormir. Il trouvait étrange et impressionnant que M. Kovacs soit toujours présent à table, qu'il complimente sa femme pour le repas, qu'on le voie rarement avec un verre d'alcool à la main. Mme Kovacs invitait Todd à se joindre à eux pour Thanksgiving, et lui avait proposé un été de partir avec eux en vacances, pour tenir compagnie à Dean, avait-elle dit. Elle était gentille ainsi, présentant les choses comme si c'était lui qui leur faisait une faveur alors que c'était l'inverse.

Lorsqu'il avait rencontré les parents de Jodi, ils lui avaient rappelé M. et Mme Kovacs. Ils avaient ce même air décontracté de bonhomie cordiale, et leur maison dégageait le même sentiment de confort bourgeois rassurant. En s'asseyant avec eux autour d'un rôti et d'un verre de jus de pomme, il avait eu une vive sensation de déjà-vu. Il était impressionné par la bonne entente entre Jodi et sa mère alors qu'elles apportaient le repas à table, et par la camaraderie entre Jodi et son père, qui la taquinait sur la rapidité avec laquelle elle avançait dans ses études, l'appelant « Frau Doktor Jodi », ce qui l'avait fait rougir. Todd avait eu l'impression d'être un intrus d'une classe sociale inférieure, lui, le petit ami qui avait quitté les bancs de l'école pour se lancer dans la vie périlleuse et pratiquement condamnée à l'échec d'un aspirant entrepreneur en pleine galère. Il était fauché, inexpérimenté, n'avait encore rien prouvé, et il allait sans dire que les parents de Jodi ne l'accepteraient pas.

Mais M. Brett – un homme trapu avec des lunettes à monture noire, un homme qui ne souriait jamais, même quand il racontait une histoire drôle, et qui, d'après Jodi, avait imposé une discipline stricte à ses enfants – s'était révélé charmant et attentif. Mme Brett était tout aussi bienveillante, c'était une jolie femme à l'air raffiné qui avait accueilli Todd de façon très chaleureuse.

Une fois tout le monde assis, une serviette sur les genoux, Jodi avait déclaré :

« Todd est en train de restaurer une superbe vieille demeure à Bucktown. Le précédent propriétaire l'avait transformée en pension puis l'a laissée à l'abandon. Todd rend un sacré service à la ville, si seulement ils étaient au courant.

— C'est vrai, Todd ? avait demandé Mme Brett.

— Ça m'a l'air d'être un projet ambitieux, avait commenté M. Brett.

— Il fait tout le travail lui-même, avait ajouté Jodi. Il maîtrise tous les aspects du métier et a vraiment du talent.

— Quel délai vous êtes-vous donné ? avait demandé M. Brett.

— Eh bien, monsieur, je crois que je vais simplement aussi vite que je peux, avait dit Todd.

— Il excelle aussi sur la partie business de son travail », avait renchéri Jodi.

Todd ne lui avait pas vraiment menti mais il ne lui avait pas non plus dit la vérité – la demeure de Bucktown était un véritable gouffre financier, il croulait sous les dettes, il allait finir par devoir travailler comme maçon, un job qu'il avait déjà fait l'été, au lycée, et quelques années encore par la suite – et à cet instant critique, ce moment où il était censé fanfaronner devant les parents de Jodi, son assurance l'avait entièrement déserté.

« Il faut du cran pour avoir un tel projet, avait affirmé M. Brett. Mais c'est le bon moment pour se lancer, pendant que vous êtes encore jeune et que vous avez l'énergie nécessaire.

— Tu as acheté la pharmacie quand tu étais jeune, papa.

— Ta mère et moi devions avoir à peu près votre âge.

— La pire des choses, c'est de laisser vos rêves vous glisser entre les doigts sans vous battre pour les réaliser, avait déclaré Mme Brett.

— Maman voulait être chanteuse. Elle a une voix magnifique.

— J'avais une voix magnifique, avait commenté Mme Brett.

— Diriger sa propre entreprise, c'est ça la solution, avait poursuivi M. Brett. Peu importe ce qu'on fait, tant que l'on est son propre patron.

— Il y a des gens pour qui la sécurité de l'emploi est plus importante, avait répliqué Todd, dubitatif face à tout ce soutien.

— Ça viendra avec le temps, avait répondu M. Brett.

— Il faut bien commencer quelque part, avait affirmé Mme Brett.

— C'est quel genre de maison ? »

Todd avait obligeamment expliqué qu'elle avait été construite en 1880 mais que (contrairement à beaucoup de demeures de Chicago à cette période), elle était plus du style néogothique que victorien, que c'était un peu une monstruosité, à vrai dire.

« Elle ressemble vraiment à l'image qu'on se fait d'une maison hantée, avait-il conclu. Et elle est bien délabrée. Même le terrain est dans un sale état, envahi de gravats et de mauvaises herbes. Je vais avoir besoin de louer un motoculteur pour retourner la terre.

— Il va falloir semer la pelouse très bientôt, avait précisé M. Brett. Pour qu'elle puisse s'enraciner avant que le froid n'arrive. Ou poser du gazon en plaques, si c'est ce que vous avez prévu de faire, mais semer c'est mieux à long terme, et ça revient moins cher.

— Crois-le sur parole, avait dit Jodi. Il s'y connaît sur le sujet.

— J'ai remarqué votre pelouse quand on est arrivés.

— C'est sa plus grande fierté, avait affirmé Mme Brett.

— Ne vous laissez pas intimider par de la pelouse, avait répliqué M. Brett. Faire pousser de l'herbe, c'est juste une question de chimie. »

Plus tard, alors que Jodi et Todd se promenaient dehors, Todd avait déclaré :

« J'adore tes parents. Ils sont vraiment sympas. »

C'était la fin de l'été, la période où les floraisons luxuriantes commencent à passer, où la nuit tombe avec une majesté lente, hiératique. La lumière du soir s'attardait à l'ouest alors qu'ils se baladaient dans les rues silencieuses, passant devant l'ancien lycée de Jodi, l'église méthodiste qu'elle avait fréquentée avec sa famille et les maisons de ses amis qui, comme elle, avaient grandi et étaient partis ailleurs. Jodi était déjà solidement installée dans la vie de Todd, mais elle conservait un parfum de mystère, un éclat dont il n'arrivait pas vraiment à déterminer l'origine. Ce qu'il savait, c'était qu'il n'avait jamais rencontré de fille qu'il tenait autant à impressionner. Il voulait vraiment se montrer digne de sa foi en lui, il voulait être l'homme dont elle avait besoin et qu'elle méritait d'avoir. En marchant à ses côtés dans la lumière radieuse du crépuscule, dans le calme d'un autre monde, sans circulation, de cette petite communauté rurale, environnés de brises parfumées, l'air même comme un bain apaisant,

Todd avait l'impression que sa vie pouvait enfin commencer, que Jodi était la divinité qu'il vénérerait, son talisman contre le mauvais sort.

Le temps qu'ils reviennent de leur promenade, le ciel s'était obscurci et les lampadaires étaient allumés. Ils avaient prévu de passer la nuit ici et de repartir le lendemain après le déjeuner. Il savait que cette visite serait chaste, car Jodi l'avait prévenu que ses parents étaient du genre vieux jeu. Et en effet, Mme Brett avait tenu à lui indiquer la chambre qui avait appartenu autrefois à Ryan, le plus jeune des garçons, alors que Jodi, comprit-il, passerait la nuit dans sa propre chambre à l'autre bout du couloir. Il avait trouvé ça attendrissant, et même louable, cette volonté parentale de dorloter leur fille autant que possible, du moins tant qu'elle était chez eux. Comme la plupart des parents, ils voyaient toujours leur enfant comme une petite fille, si adulte fût-elle, et à un certain niveau, il devait leur apparaître comme l'étranger menaçant qui avait réussi à pénétrer dans la demeure familiale. Il se contentait néanmoins d'accepter leur hospitalité telle qu'elle était, et de ne pas s'inquiéter de ce qu'il pouvait y avoir sous les fondations de cette tribu. Il savait, par exemple, qu'il y avait une sorte de problème entre Jodi et ses frères – qu'elle ne parlait plus à l'aîné et qu'elle s'inquiétait pour le plus jeune, qui était devenu une sorte de mouton noir – mais les frères n'étaient pas venus dans la conversation, et il n'y avait eu pas non plus de signe de conflit entre les parents.

Quelques mois plus tard, durant ces jours d'automne magnifiques où les cimes des arbres s'enflamment de couleurs et où la lumière rasante jette sur la ville une lueur dorée (il a toujours l'impression que l'automne devrait résonner d'éclats de trompette ou de coups de clairon), après avoir vendu la demeure de Bucktown et consolidé son avenir, du moins dans son esprit, Jodi et lui avaient trouvé un petit appartement dans le quartier du Loop et fusionnaient leurs biens et leurs vies.

Il voulait l'épouser, il avait l'intention de l'épouser, et il avait pensé à des façons de la demander en mariage qui puissent venir à bout de ses résistances. Le simple fait d'être ensemble était parfait, disait-elle, alors pourquoi chercher à tout compliquer, mais il croyait pouvoir la convaincre, se flattait de pouvoir lui faire baisser la garde. Todd aimait cette idée d'engagement, de forteresse d'intimité commune, ces vœux qui garantissaient leur avenir. Si le bastion n'est pas sûr dès le début, comment peut-on ensuite s'attendre à ce qu'il survive aux tempêtes qui l'agitent ? Il voulait garantir leur amour, le consacrer à quelque chose de plus grand qu'eux deux.

En fin de compte, il avait décidé que la meilleure tactique était simplement de faire sa demande quand elle ne s'y attendrait pas, en espérant qu'elle plierait face à tant de spontanéité, et il avait essayé de nombreuses fois, mais elle refusait toujours de le prendre au sérieux. Il lui disait : « Marions-nous ! », et elle répondait : « Peut-on faire un saut au supermarché d'abord ? » Ça le blessait un peu, mais la détermination dont elle faisait preuve avait quelque chose d'admirable. De toute façon, les garçons ne grandissent pas en rêvant au jour de leur mariage. Il aurait voulu entendre sa promesse – l'entendre dire ces mots, prononcer ces vœux –, mais l'amour et la dévotion qu'elle lui portait ne faisaient aucun doute. Elle lui appartenait ; ils s'appartenaient l'un l'autre. Et ils étaient heureux. Elle prenait soin de lui de façon surprenante, transformant en art l'organisation de leur foyer, le soulageant du fardeau de la vie quotidienne, et c'était nouveau pour lui, cette gratification domestique – qu'elle soit là pour lui quand il rentrait le soir, à quel point elle était jolie, à quel point le dîner était délicieux, le fait que ses vêtements étaient propres et repassés quand il en avait besoin, qu'elle veuille faire tout ça pour lui. Il trouvait ça si adorable, si exquis qu'il avait peur que ça ne dure pas, mais leur couple avait une stabilité innée surprenante. Avec Jodi, ça n'avait jamais été sexuel – ou en tout cas pas entièrement. Disons que c'était bien plus qu'une question de sexe. Jodi avait des valeurs essentielles tranchées, elle savait ce qu'elle voulait. Avec elle, on pouvait se détendre. Il n'y avait aucune intention cachée, rien ne vous sautait à la gorge. Et pourtant, ce n'était que la partie visible de l'iceberg chez elle. Il y avait des profondeurs qu'il n'arrivait pas à sonder, des feux qui ne lui apportaient aucune chaleur, des endroits hors de sa portée. Elle avait de la substance. Elle était tout ce qu'un homme pouvait vouloir et bien plus encore.

9
ELLE

« Madame Gilbert ?
— Oui ?
— Natasha Kovacs à l'appareil. »

Un silence s'installe alors que Jodi envisage de lui raccrocher au nez. Pour Jodi, rien de bon ne ressortira de cette conversation.

« S'il vous plaît, ne raccrochez pas, madame Gilbert. »

Qu'est-ce qu'elle peut bien vouloir ?

« Vous vous trompez sur mon compte, poursuit Natasha. S'il vous plaît, croyez-moi, je me sens très mal à cause de ce qui s'est passé. On se sent très mal tous les deux, Todd et moi. Je crois que ce coup de fil, c'est ma façon de vous dire que je suis désolée. Que l'on est tous les deux désolés. »

Comment se fait-il que cette scène absurde soit un point culminant de sa vie, alors qu'elle a fait de son mieux durant toutes ces années pour que les choses fonctionnent, pour être serviable et accommodante, une femme et une compagne exemplaire, souvent dans des circonstances difficiles, éprouvantes ? Todd n'est pas un homme facile à vivre, et pourtant elle y est arrivée, elle a porté leur relation à bout de bras, créé et entretenu pour eux deux une vie agréable et paisible.

« Je voulais vous dire que j'apprécie tout ce que vous avez fait pour nous, pour mon père et moi, après la mort de maman, explique Natasha. Je vous en supplie, ne pensez pas que j'ai oublié tout ça. Les cadeaux d'anniversaire. La fois où vous m'avez emmenée acheter un uniforme pour l'école. Vous avez tout fait, madame Gilbert. Vous avez été la seule à vous dévouer pour combler le vide, et ça a beaucoup compté. J'ai toujours beaucoup d'affection pour vous et je n'ai jamais voulu... »

Elle ne peut pas lui permettre de continuer à jacasser. Mais à quoi cette gamine pense-t-elle ?

« Natasha, lâche-t-elle. Tu réalises bien que ça va mal se finir pour toi. Et tu peux arrêter de me considérer comme ton mentor. Je n'ai plus aucune bienveillance envers toi, et il n'y a rien que nous ayons besoin de discuter. »

En dépit de ça, Natasha persiste.

« Je peux comprendre pourquoi vous réagissez comme ça, dit-elle. Peut-être que vous me détestez, et je ne vous en voudrais pas si c'était le cas. Mais vous devez reconnaître qu'au moins, j'essaie. Ça n'a pas été facile pour moi de vous appeler, madame Gilbert. Je ne savais même pas si vous accepteriez de me parler, malgré ce que Todd disait. Il me dit que vous êtes heureuse pour nous deux, mais il prend peut-être ses désirs pour des réalités. Vous avez partagé sa vie très longtemps.

Je sais qu'il va vous manquer. Du moins, le temps que vous vous y habituiez. Il vous l'a bien dit, hein, qu'on a signé un bail pour un appartement à River North ? »

Elle s'arrête, attend une réaction. Confrontée au silence, elle continue de foncer, tête baissée.

« Je suis désolée si c'est un choc pour vous, madame Gilbert. Il faut que l'on prépare la venue du bébé. C'est un bel appartement. Peut-être que vous pourrez venir nous rendre visite une fois que nous serons installés. On adorerait que vous passiez nous voir. En somme, vous serez comme une tata. »

Pendant ce temps Jodi arpente la pièce, traçant un huit tordu. Dans le sens des aiguilles d'une montre autour du canapé et des fauteuils en face de la cheminée, puis devant les fenêtres, dans le sens inverse des aiguilles d'une montre, autour de la table de la salle à manger, et retour. À présent elle s'immobilise. C'est Todd qui est à blâmer ici. C'est Todd qui l'a exposée à tout ça. Il devrait avoir honte de s'en prendre à cette enfant, si naïve et malveillante, si désespérément peu sûre d'elle. Todd peut se montrer insensible, mais comment peut-il mener en bateau cette fille de façon aussi cruelle, la fille de son meilleur ami qui plus est. La pauvre petite ne sait vraiment pas qui est Todd, ni comment il fonctionne.

« Natasha. Je comprends que tu sois dépassée par les événements et que tu ne saches pas vraiment quoi faire. Quel âge as-tu ? Vingt, vingt et un ans ? Ton père me dit que tu fais encore tes études. Il me dit aussi que tu es quelqu'un d'intelligent, mais j'avoue que ce n'est pas l'impression que j'ai, vu les choix que tu es en train de faire. Vu la direction que tu es en train de prendre dans la vie.

» Enfin bref, tout ça pour dire que ce n'est vraiment pas mon problème, et je ne t'apprécie pas ou ne me soucie pas assez de toi pour avoir envie de t'aider, et je suis occupée et je dois te laisser maintenant, et je te déconseille fortement de me rappeler à l'avenir. »

Il y a des moments, et celui-ci en est un, où elle se dit que c'était peut-être une erreur de ne pas avoir épousé Todd. Parfois il lui est difficile de se rappeler pourquoi elle s'est opposée de façon aussi catégorique au mariage. C'était une réaction plus qu'une décision. Aversion, dégoût, quelque chose de viscéral. Il voulait l'épouser et il lui avait même fait sa demande. Elle se rappelle qu'il l'a fait plus d'une fois, mais celle qui est gravée dans sa mémoire, celle qui avait été spéciale, s'est produite un jour d'août, un jour de grand soleil et de chaleur étouffante.

Ils se trouvaient dans le lac, immergés jusqu'à la taille, et ils regardaient un voilier s'éloigner. Ils l'observaient depuis un moment, captivés par sa forme qui rapetissait lentement et, à présent, n'était plus qu'une tache à l'horizon, minuscule, informe et portée par la houle.

« Jamais on ne devinerait que c'était un voilier, avait-il lâché. Ça pourrait être n'importe quoi d'autre.

— C'est si petit, avait-elle commenté. Ça pourrait être un grain de sel.

— Un grain de sel. Oui, c'est bien la taille qu'il fait.

— En équilibre sur le bord du monde.

— Tu vois comme on dirait presque qu'il vibre ?

— Il scintille. Comme s'il bourdonnait.

— Il se prépare à se dématérialiser.
— À disparaître dans l'éternité.
— Ça va être spectaculaire.
— Comme de voir l'impossible se produire.
— Comme de voir les rouages du cosmos. »

Agrippés l'un à l'autre, étourdis par l'anticipation et leur vision fatiguée, ils faisaient de leur mieux pour ne pas cligner des yeux de peur de manquer cet instant précis où les lois de la physique s'écrouleraient et l'impossible se produirait – un voilier disparaîtrait juste sous leurs yeux. Encore trempés de leur baignade, jeunes, amoureux, à l'abri sous l'arche du ciel, ils absorbaient cette expérience comme *un événement*, une exaltation, une avancée et une union, une célébration. Et lorsque ça s'était miraculeusement produit, que le voilier avait disparu, il n'y avait eu aucun écart – pas un seul instant – entre le moment où il l'avait vu et où elle l'avait vu, ils avaient crié à l'unisson, un hourra spontané, c'était à ce moment-là qu'il l'avait dit. « Marions-nous. » Une idée exubérante pour un moment exubérant. Un moment qu'elle aimerait revivre à présent, et reconsidérer.

10
LUI

Le matin du premier octobre, Todd se lève de bonne heure. Il est allongé sur le dos, son pénis dans une main, se raccrochant aux volutes d'un rêve érotique qui s'attarde. Quand ce rêve est définitivement perdu, il se tourne sur le côté et se glisse jusqu'à l'autre bout du lit, où se trouve Jodi. Elle lui tourne le dos, les genoux relevés. Enlaçant sa taille, il se presse contre la courbe de sa colonne vertébrale. Un son sort de sa gorge, mais sa respiration ne change pas de rythme. Empli de son parfum, une odeur de cheveux propres et de peau tiède, il ferme les yeux et plonge dans une torpeur somnolente. Ce n'est que lorsqu'il se réveille pour la seconde fois que le pétrin dans lequel il est le submerge, fait irruption dans ses pensées tel un coup de tonnerre.

Le jour du déménagement.

Il voit les mots écrits en gros sur une marquise clignotante, sur une fine banderole contre un ciel bleu, dessinés avec un bâton sur le sable humide. À aucun moment il n'a fait un choix arrêté, et même maintenant il ne peut pas dire que sa décision soit prise. Mais il ressent un élan, un besoin de tenter le coup, de sortir de son confort, de se secouer. C'est comme de se déraciner et de déménager à l'étranger, ce sentiment que les gens qui s'expatrient doivent avoir, un appétit d'exotisme, l'impulsion de se réinventer. Il sait que son agitation est en partie biologique, mais il préfère cette histoire de renouveau. Il sait également que ce qu'il s'apprête à faire va faire de lui un cliché vivant, mais l'indulgence envers soi-même est un de ses instincts les plus développés.

Natasha a insisté pour qu'il prenne un jour de congé aujourd'hui. Il a accepté de passer chez elle vers dix heures, pour arriver en même temps que les déménageurs. Ses meubles et ustensiles de cuisine – de la camelote – leur permettront au moins de commencer avec quelque chose. S'il y a bien un truc que Todd ne fera pas, c'est se disputer avec Jodi à propos du mobilier. Quoi qu'il arrive, ça ne deviendra pas une querelle mesquine. La séparation va lui coûter cher, il le sait, mais la peur qu'il éprouve quant à son avenir financier est encore floue, tel un spectre sans forme. Il a évité d'y accorder trop d'importance, tout comme il a évité beaucoup de choses. Appeler son avocat, par exemple. Dire à Jodi qu'il s'en va.

Ça va être délicat maintenant ; il le comprend. Avec les situations de ce genre, c'est une mauvaise idée d'attendre jusqu'au tout dernier moment. Dès qu'il s'agit de changements, de perturbations, de quelque nature que ce soit, les femmes sont très attachées au timing. Mais qui sait, peut-être que Jodi se montrera compréhensive. Elle est accommodante, elle n'est ni jalouse ni possessive, et elle est capable d'accepter les choses sans sourciller.

Il sort du lit et s'habille sans la réveiller. Il est difficile de se dire que les choses sont vraiment en route, que ce soir il ne rentrera pas chez eux, qu'il ne dormira plus jamais à ses côtés dans cette pièce familière, que leur vie commune, comme un train qui lui semblait ne jamais devoir s'arrêter, arrive finalement à son terminus. Il essaie sans y arriver de se représenter l'appartement loué à River North. Il y a mis les pieds quinze minutes tout au plus, dont dix passées à trouver un accord avec le propriétaire.

Quand Jodi fait son apparition, il est assis à table et parcourt le journal en buvant sa troisième tasse de café.

« Tu es encore là », fait-elle remarquer.

Une explication est nécessaire, mais même s'il a passé près d'une heure à traînasser, il n'a pas du tout réfléchi à ce qu'il était censé dire.

« Tu sors le chien ? demande-t-il.

— Oui, pourquoi ? »

Elle tient la laisse d'une main et les clés de l'autre.

« Je vais t'accompagner. »

Elle fronce les sourcils.

« Que se passe-t-il ?

— Rien. Juste. Il faut que je te parle.

— Dis-moi.

— Quand on sera dehors. »

Dans l'ascenseur ils se tiennent tous les trois alignés côte à côte, face à la sortie : lui, Jodi, le chien. Quelqu'un devrait les attendre avec un appareil photo dans le hall, prêt à les prendre en photo quand les portes s'ouvrent. Cet instant vaut d'être capturé, la cellule familiale juste avant qu'elle ne se déchire, comme des plaques tectoniques, alignées à une époque, qui se séparent doucement. Tout va changer. Pas de retour en arrière. C'est peut-être le chien qui est le plus à plaindre, lui qui ne comprendra pas ce qui s'est passé et ne dormira que d'un œil, s'attendant à ce que Todd rentre à tout moment. Alors qu'ils se dirigent vers le lac, des larmes lui coulent sur les joues. Jodi ne fait aucun commentaire. Peut-être qu'elle n'a pas remarqué. Elle n'a rien dit depuis qu'ils sont sortis, quand elle a fait remarquer que c'était une journée ensoleillée avant d'enfiler ses lunettes de soleil. Elle doit se douter de ce qui va se passer, surtout si elle a parlé à Dean, comme l'affirme Natasha. Le silence de Jodi lui paraît dense et calculé, une vraie barricade.

Ils traversent la piste cyclable pour rejoindre la pelouse qui borde le lac et lâchent le chien. Les quais sont très fréquentés pour un matin de semaine. Les gens profitent du soleil de ce début d'automne et l'emmagasinent en prévision de l'hiver. Jodi fait face à la ville, encadrée par la toile de fond lumineuse du ciel et de l'eau. Il se voit dans le reflet de ses lunettes, les épaules voûtées, un torrent de larmes luisant sur ses joues. Les yeux de Jodi sont cachés mais il sent que son humeur a changé, que d'une manière ou d'une autre elle sait et comprend.

« Je suis désolé », dit-il.

Il l'attire à lui et sanglote dans ses cheveux. Elle ne fait aucun geste pour résister et se laisse aller dans ses bras. Ils partagent ce chagrin dévastateur, pressés chaleureusement l'un contre l'autre, poitrine contre poitrine, battements de cœur contre battements de cœur, ne faisant plus qu'un dans la lumière matinale. Ce n'est que lorsqu'ils se séparent et qu'elle change de position, effectuant un quart de tour et retirant ses lunettes, qu'il comprend son erreur. Elle a les yeux secs et hargneux, les sourcils froncés, le regard suspicieux.

« Que se passe-t-il ? demande-t-elle. Que voulais-tu me dire ? »

Il regrette maintenant de s'être fourré là-dedans. Ça aurait été mieux de lui laisser un mot, quelque chose de bref et peu concluant pour lui permettre de s'adapter à la nouvelle situation. Quelle est l'utilité d'une confrontation, quand l'absence de confrontation serait plus douce pour tous les deux ? La discussion en face à face est trop brutale, elle va créer quelque chose d'irrévocable. Ça ne sert à rien de construire un mur de mots. Les mots sont comme des outils, facilement convertibles en armes, qui bâtissent des clôtures là où elles ne sont pas essentielles. La vie ne se résume pas aux mots. Les gens, par nature, baignent dans l'ambivalence, entraînés par des vents capricieux et agités.

« Je croyais que tu étais au courant, dit-il. Je croyais que tu avais parlé à Dean. »

L'expression de Jodi ne change pas. Elle a les yeux plissés, le regard intraitable. Il a l'impression de rétrécir, de s'étioler de l'intérieur.

« Ne fais pas ça, lâche-t-il. Ne me rends pas les choses difficiles. Ce n'est pas comme si j'avais prévu tout ça. C'est juste un coup du sort. On ne décide pas de tout ce qui nous arrive. Tu le *sais*, ça. »

Il a l'impression d'être un salaud. Elle n'a pas dit un mot, mais c'est elle qui le fait courir. Il se détourne d'elle, son regard balaie la pelouse et s'arrête sur deux hommes en train de jouer au frisbee.

« Qu'est-ce que tu es en train de me dire, exactement ? demande-t-elle.

— Écoute. Je suis désolé. Je ne rentrerai pas à la maison ce soir.

— Comment ça, tu ne rentreras pas à la maison ? Où seras-tu ?

— Je déménage, dit-il. Tu n'es vraiment pas au courant ?

— Tu déménages ? Où pars-tu ?

— Tu te rappelles Natasha Kovacs. » Il formule ça comme une affirmation plutôt qu'une question. « Ce n'est pas que je ne t'aime pas. »

La dispute bruyante et publique qui s'ensuit les surprend tous les deux. Pendant des années ils ont évité d'exposer leurs différends. Le pire, c'est que le conflit se cristallise sur des choses sans importance. Comme il s'y attendait, Jodi se fixe sur son timing.

« C'est gentil de ta part de m'en informer, dit-elle. Je suis vraiment heureuse que tu n'aies pas attendu plus longtemps. Je ne voudrais pas être la dernière à te féliciter. »

Il déteste quand elle se montre sarcastique.

« Tu as raison, répond-il. J'ai merdé. Je suis coupable. J'ai complètement foiré.

— Eh bien, tant pis pour toi, dit-elle. J'aurais pu organiser une petite fête en ton honneur. T'acheter une montre en or.

— Je suis désolé de ne pas t'avoir prévenue avant.

— Et pourquoi donc ? Pourquoi est-ce que tu ne me l'as pas dit plus tôt ?

— Parce que je ne savais pas moi-même ce que j'allais faire.

— Tu savais que j'allais te foutre à la porte, c'est pour ça que tu ne me l'as pas dit.

— Ce n'est pas vrai !

— Et je l'aurais fait.

— Oui, mais ce n'est pas à ça que je pensais.

— Mais *à quoi* est-ce que tu pensais au juste, Todd ? Dis-le-moi. Qu'est-ce qui t'a traversé l'esprit ? Pourquoi attendre la dernière seconde, au moment de franchir le pas de la porte, pour m'annoncer la nouvelle ?

— Je te l'ai dit. Je ne savais pas ce que je voulais. C'est compliqué. La situation est compliquée.

— Tu as signé le bail pour un appartement il y a plus d'une semaine. Tu as signé le bail ! En quoi est-ce que c'est compliqué au juste ?

— Alors tu le savais. Tu le savais depuis le début !

— Je n'y croyais pas. Je ne pensais pas que tu irais jusqu'au bout. »

Ils crient tous les deux, se balancent les mots à travers l'espace des années. Une partie de lui veut plier, lui dire qu'il s'est trompé sur toute la ligne, qu'il ne sait pas ce qui lui a pris. Il comprend que c'est aussi à ça que pense Jodi – c'est ce qu'elle aimerait, et elle s'y attend peut-être un peu. Que toute cette pagaille monstrueuse n'est qu'une tempête dans un verre d'eau et va se conclure sur une grande scène de réconciliation et, plus tard, une soirée en ville, avec cocktails de champagne et balade le long de la rivière au clair de lune. C'est une vision agréable, et il pourrait presque se laisser séduire.

Sans prévenir, elle laisse échapper un hurlement et se jette sur lui, les poings serrés. Il fait deux fois sa taille et lui agrippe les poignets sans effort. Elle lui balance un coup de genou mais il la maintient à distance respectable et la repousse. Elle finit par se fatiguer toute seule et il la relâche. Elle est échevelée, elle a le visage crispé et elle est à bout de souffle. Les gens les dévisagent. Il cherche Freud du regard et le repère dans un buisson non loin de là, creusant un trou comme le font les chiens – le derrière en l'air, agitant la queue et s'activant comme un beau diable.

« D'accord, dit-elle. Va récupérer tes affaires. Tu as dix minutes. Je ne veux plus te voir à la maison quand je rentre. »

11
ELLE

Alors que l'hémisphère Nord s'éloigne à toute vitesse du soleil, elle prend comme une punition toute personnelle le fait que les nuits rallongent et les jours raccourcissent. Les vents violents fouettent la pluie et le brouillard, sifflent dans les arbres et se cognent aux carreaux des fenêtres. Les feuilles, vertes il y a encore une semaine, prennent des couleurs de pisse et de fumier et s'entassent sur les trottoirs. Pour Jodi, la vitesse imprudente de ces changements météorologiques contraste narquoisement avec le temps qui passe, pesant. Chaque jour est un poids qu'elle traîne derrière elle.

Le matin, quand elle ouvre les yeux, la joue sur l'oreiller, respirant en douces vagues, la première chose qu'elle voit est le fauteuil rembourré dans le coin de la pièce, son assise large et ses bras trapus, sa housse raffinée en coton soyeux dont l'imprimé contrasté représente des vignes. D'un œil d'enfant, elle retrace le motif des feuilles, son esprit suspendu dans une méditation agréable, jusqu'au moment où elle se résout à affronter l'idée que sortir du lit pour commencer sa journée est la chose, violente et vaine, qu'elle a à faire.

Curieusement, ce n'est pas tant l'absence physique de Todd qui lui fait mal. Il arrivait souvent qu'il rentre à la maison alors qu'elle était déjà couchée, et il était en général parti avant qu'elle ne se lève le matin. Ce qui la perturbe le plus, c'est le coup porté à sa routine. Elle regrette les heures qu'elle passait à consulter ses livres de recettes, à composer un menu, à sortir acheter les ingrédients, à apporter une touche de nouveauté aux plats qu'il préférait. Et puis il y a le poids des tâches qui revenaient à Todd – sortir le chien après dîner, porter la voiture de Jodi à l'entretien. Même le simple fait de jeter les poubelles dans le vide-ordures lui semble si triste et pénible qu'elle ne devrait pas avoir à le faire. Le journal pose également un problème. Comme elle a perdu l'habitude de le replier avec soin et de le laisser sur la table basse à l'attention de Todd, elle s'aperçoit que l'absence du journal peut la surprendre. Parfois il lui arrive d'aller dans le dressing de Todd pour réarranger ses vestes. Un jour, elle a sorti tous ses t-shirts des tiroirs, les a secoués, repliés et rangés à nouveau.

Sa routine ayant volé en éclats, elle se retrouve désemparée. Pire encore, la plupart des choses qu'elle appréciait ne lui apportent plus aucune satisfaction. Sortir le matin et évaluer le temps qu'il va faire. Caresser les oreilles duveteuses du chien. Se glisser dans une chemise italienne en batiste de coton et boutonner les petits boutons nacrés. Elle n'a plus le goût à rien et maintenant, lorsqu'elle dit bonjour au portier d'un signe de la main en passant dans le hall, elle ne voit que la pitié et la curiosité qu'il doit ressentir à son égard. Elle est le sujet de ragots et spéculations dans tout l'immeuble, ça ne fait aucun doute. Elle remarque que ses voisins se comportent différemment avec elle, ne serait-ce que leur intonation quand ils la saluent ou la façon dont leur regard s'attarde sur elle.

Pour ne pas aider, Dean lui a laissé des tirades sur sa boîte vocale, ajoutant *sa* détresse à *la sienne*. Elle sait que, tout comme elle, Dean s'est fait surprendre – le coup par-derrière que l'on ne voit jamais venir – et peut-être que ça lui fait du bien de déverser sa colère, mais la douleur de Dean n'est pas de son ressort. Bien sûr, vu sa profession, les gens lui font tout le temps ce genre de choses, comme s'ils croyaient qu'elle était programmée pour s'occuper de leurs lamentations.

Les meilleures heures de la journée sont celles qu'elle passe avec ses patients. Elle adore le défi que constitue la salle de consultation, les complexités que ses patients lui présentent – leurs mystères, comment ils baissent la garde, l'apprentissage de la confiance, les vagues de résistance. Certains sont plus fermés que d'autres, mais la plupart des gens qui prennent la peine de venir la voir ont envie de changer, ils souffrent assez pour faire cet effort. Ses patients font ressortir le meilleur d'elle-même. Elle s'apprécie plus lorsqu'elle est avec eux, surtout maintenant que son monde est sens dessus dessous et que son optimisme lui fait défaut. Avec ses patients elle peut se montrer calme, compatissante, réceptive, et ils la récompensent avec leurs progrès, leurs avancées sporadiques, leurs fêlures qui laissent entrer la lumière. L'autre jour, la Femme Invisible a sorti à propos de son mari : « Quand il me dit ce que je dois faire, ça me sécurise. J'aime cette protection que m'offre la soumission. » Stupéfiant. Une vraie première pour la Femme Invisible qu'elle reconnaisse son problème, purement et simplement : dans son mariage, elle est moins victime que participante. C'est une vraie avancée sur le chemin de la réalisation de soi. Cela a également fourni un indice sur les raisons qui la poussent à rester. Non pas que Jodi trouve cette décision déroutante. Il y a beaucoup de raisons pour lesquelles une femme reste avec un homme, même quand elle a abandonné l'idée de le changer et qu'elle peut prédire avec certitude la forme que le reste de sa vie avec lui va prendre. Sa mère avait une raison. Toutes les femmes ont une raison.

À une époque elle disait, en parlant de Todd : « Il est une de mes faiblesses. J'ai une faiblesse pour lui. » Elle se disait cela à elle-même, et à ses amies, comme pour se justifier. Se plier en quatre pour un homme n'est pas chose très bien vue ces temps-ci, ce n'est certainement pas vivre une relation de façon émancipée. Sacrifier ses valeurs sur l'autel de l'amour n'est plus considéré comme une idéologie. La tolérance, au-delà d'une certaine limite, n'est pas très populaire, même si, inévitablement, lorsque deux personnes se côtoient au quotidien, qu'elles et leurs façons d'être deviennent le socle de leurs vies respectives, des sacrifices sont inévitables. On n'est plus la même personne lorsque l'on ressort d'une relation. Elle ne l'avait pas compris, au début. Quand elle lui tenait tête, quand il s'excusait, quand ils pleuraient, quand ils réaffirmaient leur amour, quand ils faisaient ça encore et toujours, elle ne voyait pas le renoncement qui se produisait en elle, parce que après tout c'était Todd, et qu'elle tenait vraiment à lui. Même ses écarts avaient quelque chose de plaisant, cette façon qu'il avait de rester fidèle à lui-même. Il ne se montrait jamais cruel ou méchant. On ne pouvait jamais dire de lui qu'il était mesquin ou rancunier. C'était plutôt le contraire. Si vous le déceviez, il vous donnait une seconde chance ; même si vous le déceviez cent fois, il vous donnerait cent fois une deuxième chance. Mais Todd était à tout prix déterminé à vivre sa vie, et tout ce qu'elle pouvait faire en définitive, c'était l'accepter, même en sachant qu'elle était devenue une autre version de sa propre mère. Alors qu'elle avait fait des choix différents, vécu à une époque différente, même si ses études en psychologie l'avaient prévenue en lui enseignant qu'on se passe le fardeau d'une génération à l'autre, la situation problématique dans laquelle elle se retrouvait était précisément celle qu'elle avait cherché à éviter.

Elle va mieux les jours où elle a quelque chose d'agréable de prévu : son cours d'arrangements floraux, ou un dîner dehors. Il est difficile d'être maussade dans une pièce remplie de fleurs fraîchement coupées, ou entourée d'étrangers sur leur trente-et-un dans l'espace social festif d'un restaurant. Elle s'efforce d'espacer ses dîners entre amies et fait un roulement méthodique pour ne pas toujours solliciter les mêmes. Lorsqu'elle parle de sa situation, elle le fait avec un air détaché. Parfois elle en rit et trinque au pouvoir de la jeunesse. Elle s'aperçoit que ses amies sont soulagées de la voir prendre les choses aussi bien.

Il n'y a qu'avec Alison qu'elle baisse la garde. Jodi et Alison ont pris l'habitude de se voir régulièrement, plus souvent qu'à l'accoutumée – à l'occasion d'un déjeuner matinal avant le service d'Alison, ou d'un dîner quand c'est son jour de repos. Alison est la seule de ses amies qui renâcle lorsque Jodi prend la situation à la légère. C'est aussi la seule qui remarque que Jodi ne fait qu'attendre le retour de Todd.

« Ma chérie, je sais que tu en baves, mais il ne faut pas que tu sois naïve là-dessus. Le type a évalué les choix possibles et il s'est décidé à partir. Ce dont tu as besoin, c'est d'un avocat pour le divorce. Il faut qu'on te garde un toit au-dessus de la tête, qu'on s'assure que tu aies ta juste part de ce qui te revient. Après vingt ans à lui torcher le cul.

— Je ne crois pas que Todd ait l'intention de me déposséder.

— Dans sa situation ? Je ne compterais pas trop là-dessus. De toute façon, vaut toujours mieux assurer ses arrières. »

Il est réconfortant qu'Alison prenne ses intérêts à cœur, mais Jodi n'est pas réceptive à ses conseils. Ce qui résonne dans sa tête, c'est que les gens agissent de façon impulsive, font des erreurs et les regrettent par la suite. Il a peut-être besoin de savoir qu'il est pardonné. Peut-être qu'il attend un signe. Et puis, franchement, à bien y réfléchir, il n'y a pas eu mort d'homme. Même le bébé n'est pas une grosse complication, il n'y a pas de quoi s'en faire. Todd ne passera pas beaucoup de temps avec lui à sa naissance. Les nourrissons ont besoin de leur mère. Et une fois plus grand... eh bien, ça pourrait être agréable d'avoir un enfant à la maison pour égayer l'atmosphère.

12
LUI

Refusant de regarder en arrière, il se jette tête baissée dans sa nouvelle vie, en commençant par s'acheter de nouveaux vêtements pour remplacer la garde-robe qu'il a laissée derrière lui. Natasha s'invite et il la laisse influencer ses achats, il y gagne une apparence plus chic, dernier cri. La boucle de sa ceinture est plus large ; ses chaussures plus pointues. Il apprend à associer un t-shirt avec un blazer et un jean. Ses nouveaux vêtements ont des marques de créateurs et tombent mieux sur lui. Il aime cette réinvention de lui-même et se prend au jeu, se laisse pousser les cheveux et entretient une barbe de trois jours. En définitive, ça fait de lui un homme plus sexy et plus jeune. Il a l'air d'être toujours dans le coup. Et puis il y a ce bonus qui surpasse tout le reste : lorsqu'il se promène avec Natasha, les gens ne le prennent plus pour son père.

Ils passent leurs soirées à dîner, se balader, faire du shopping, faire l'amour. Si Natasha a du travail, Todd prend le relais pour la vaisselle et la lessive. Si

Todd sort boire un verre, Natasha l'accompagne, même si (puisqu'elle est enceinte et ne boit donc pas) elle le fait rentrer avant qu'il ait pu passer aux choses sérieuses. À cause de ça, il se fait charrier par les gars, surtout Cliff, qui surnomme Natasha « la patronne ». Le week-end, ils emballent leur déjeuner et prennent la voiture pour sortir de la ville, ou alors ils mangent de la pizza et regardent des films, ou font du baby-sitting pour les gens de l'immeuble. Natasha affirme qu'il faut qu'ils sympathisent avec les voisins.

Un samedi, ils passent l'après-midi à se faire faire des tatouages assortis : un feuillage entrelacé autour du biceps, pour elle et pour lui. Les aiguilles lui font monter les larmes aux yeux (la douleur l'a surpris), mais il aime l'idée d'un rite de passage, d'une sorte d'initiation, de quelque chose qui symbolise le début de leur vie à deux. C'était l'idée de Natasha, ces tatouages. Les tatouages, selon elle, engagent à vie et ne peuvent pas être échangés – contrairement à une alliance. Non pas qu'elle veuille renoncer au mariage. Au contraire, elle a avancé la cérémonie à mi-décembre, ce qui est idéal, d'après elle, parce que non seulement ce sera pendant les vacances de Noël, mais on ne verra presque pas qu'elle est enceinte et elle pourra toujours rentrer dans la robe de ses rêves.

Les jours de travail, Todd redouble d'énergie et de volonté. L'acheteur qu'il courtisait pour l'immeuble résidentiel de Jefferson Park a fini par signer, alors maintenant il n'y a plus qu'à finir le travail. Ce qui veut dire dégager le mur de fondation ouest, imperméabiliser l'extérieur et remplacer l'allée en béton qui va être abîmée dans l'opération. La rentrée d'argent sur laquelle il comptait pour le nouvel immeuble de bureaux sera moindre que ce qu'il avait prévu, mais pour l'instant il surfe sur une vague d'optimisme et l'impression qu'il doit toutes ces belles choses à Natasha. Il n'est pas près d'oublier l'épreuve qu'a été sa dépression. Avant Natasha, la vie ne valait pas vraiment la peine d'être vécue. À présent, il déborde de bonne humeur, l'avenir est plein de promesses. Il s'en tient fermement aux choix qu'il a faits et à la voie sur laquelle il s'est engagé. Son conseil aux autres serait : Ne laissez jamais rien ni personne vous empêcher de vivre votre vie.

À un moment donné, il le sait, il faudra bien qu'il règle les choses avec Jodi, et cette perspective est loin de le réjouir. Il a vu suffisamment de ses amis traverser des séparations pour anticiper le coup à venir sur ses revenus et ses biens. Il lui faut appeler son avocat. Ce n'est pas comme si reporter la chose lui rendait le moindre service. Jodi est toujours là dehors en train de dépenser son argent à lui. Les factures des cartes bancaires de Jodi arrivent à son bureau et c'est Stephanie qui les règle – en plus des frais de l'appartement et autres dépenses domestiques.

En dépit de ces inquiétudes, c'est seulement l'insistance de Natasha qui finit par le pousser à agir. Natasha tient absolument à ce qu'il tourne la page avec Jodi une bonne fois pour toutes. Elle lui a arraché le moindre des détails de ses arrangements financiers avec Jodi et elle est furieuse de savoir qu'il laisse les choses continuer de la sorte comme si rien n'avait changé, comme si Jodi et lui étaient toujours ensemble.

L'avocat de Todd, qui s'occupe de ses contrats immobiliers de A à Z, est aussi spécialisé en droit de la famille. Harry LeGroot, la soixantaine, a divorcé trois fois et sait ce que ça veut dire de faire des erreurs et d'en payer le prix. Il a épousé sa première femme quand il faisait encore ses études de droit, et même s'il ne l'a pas revue depuis trente ans, il est toujours obligé de lui envoyer un chèque tous les mois. Ses deuxième et troisième femmes, en plus de l'avoir saigné à blanc au niveau du porte-monnaie, habitent de vrais palaces qu'il a stupidement achetés quand il était marié avec elles. Harry, lui, vit en location et prie tous les jours pour qu'elles disparaissent une bonne fois pour toutes. Mon Dieu : s'il vous plaît, prenez Shoshana ; prenez Becky ; prenez Kate. Mais Shoshana, Becky et Kate ne sont pas pressées de quitter ce bas monde.

Todd retrouve Harry au Blackie's, dans Printers Row, pour le déjeuner, et ils commandent des sandwichs au bœuf et deux pressions. Harry a des cheveux argentés qu'il coiffe en arrière, pour mettre en valeur ses traits proéminents et son front haut. Il porte un costume gris clair en laine peignée et une chemise anthracite, sans cravate. Harry et Todd se connaissent depuis plus de vingt ans, presque depuis les débuts de Todd comme promoteur immobilier. Leur relation s'épanouit dans les affaires, mais ils aiment se retrouver dans des restaurants et des bars, où ils peuvent se sentir à l'aise et s'ouvrir l'un à l'autre sur le plan personnel. Pour Todd, Harry est une figure paternelle et navigue en expert dans le domaine obscur des arrêtés municipaux et de la politique urbaine. Et Harry, dont les mariages ratés ont épuisé son goût du risque, admire l'audace et l'endurance qui alimentent la réussite de Todd.

Une fois qu'ils ont attaqué leurs plats et leurs bières, Todd annonce la nouvelle.

« Ce que je vais te dire ne va pas te plaire, lâche-t-il. J'ai quitté Jodi. »

Harry mord dans son sandwich, mâche, avale sa bouchée, se passe la langue sur les dents, descend un peu de son verre et rote poliment en mettant une main devant sa bouche. Quand il prend la parole, il a une voix de baryton grave et ronronnante.

« Tu es là, avec un appartement magnifique, une femme superbe qui t'aime, et toutes les distractions annexes qu'un homme pourrait vouloir. Sans oublier que ta vie est merveilleusement exempte du genre de pompage financier imposé par des sangsues d'ex-femmes qui te détestent à mort. Et maintenant tu veux foutre tout ça en l'air et rejoindre les rangs des types d'âge moyen dans mon genre qui ne pensent qu'à tirer leur crampe et réfléchissent avec ce qu'ils ont dans le pantalon. Tu me déçois, Todd. Je pensais que tu étais plus intelligent que ça. » Il secoue tristement la tête. Il balaie le restaurant de son regard bleu délavé. « Quel âge a-t-elle ? demande-t-il.

— Quel âge a Jodi ?

— Quel âge a la briseuse de ménage ? Et, s'il te plaît, ne me dis pas que tu as l'intention de l'épouser.

— Arrête, Harry. Tu ne l'as même pas rencontrée.

— Je n'ai pas besoin de la rencontrer. Peu importe qui elle est, elle ne vaut pas ce sacrifice. Et si elle est plus jeune que toi, elle va te rendre la vie impossible.

— Ce n'est pas pour rien que tu es un vrai salaud de cynique. Je te plains, Harry, vraiment, parce que malgré tous tes mariages, tu n'as jamais trouvé le grand amour. C'est ce qu'il y a entre Natasha et moi, quelque chose que tu ne comprendras jamais. C'est comme si j'étais mort et maintenant je suis en vie. Oui, elle est plus jeune que moi, mais ça veut dire qu'on va pouvoir fonder une famille. Je vais être père, Harry. Félicite-moi. Au moins tu as tes enfants. Imagine ce que tu serais sans tes enfants !

— La paternité, c'est vraiment très surfait. Tu ne regardes pas la télé ? Le tribunal accorde la garde à la mère, ton ex-femme, qui se fait un devoir de monter tes gamins contre toi, et tu vois les gens qui te méprisent se gaver de tes profits pendant que tu te démènes comme un beau diable et que tu n'arrives jamais à mettre un sou de côté.

— Tu me brises le cœur.

— Tu crois que tu es à l'abri ? réplique Harry. Quoi qu'il arrive, Jodi récupérera la moitié.

— OK. C'est ce que j'ai besoin de savoir. Jodi récupère la moitié de quoi, au juste ?

— La moitié de tout ton revenu net, abruti. La moitié de tes investissements. La moitié de toutes les propriétés que tu possèdes. Vous êtes ensemble presque depuis le berceau ! Avant même que tu aies acheté ta première maison. Ça veut dire qu'elle possède une part de tout ce que tu as, jusqu'au dernier centime, jusqu'à la monnaie qu'il y a dans ta tirelire. »

Todd ne bouge pas, la bouche entrouverte, essayant de digérer tout ça. Ça ne peut pas être vrai, ce que dit

Harry. Il réfléchit, il fait de son mieux pour se rappeler ce qui s'est vraiment passé.

« J'avais déjà acheté ma première maison quand je l'ai rencontrée, dit-il. Je m'en souviens parce que j'ai emmené Jodi là-bas pour lui faire visiter, et c'était dans un sale état. Donc non, quand j'ai acheté la maison, je ne la connaissais même pas. Et on a emménagé ensemble après la vente.

— Vivre ensemble est une chose. Quand est-ce que vous vous êtes mariés ?

— On n'est pas mariés. Je veux dire, il n'y a pas eu de cérémonie officielle.

— Vous n'êtes pas mariés ?

— On est en concubinage.

— Tu plaisantes.

— C'est pas bon ? demande Todd.

— Pauvre Jodi. Je suis presque désolé pour elle.

— Elle ne voulait pas se marier. Elle ne voyait pas l'intérêt. »

Harry a les yeux écarquillés et il sourit de toutes ses dents. Todd croit qu'il se fout de lui.

« Qu'est-ce que ça veut dire ? demande-t-il.

— Ça veut dire qu'on devrait reprendre un verre, répond Harry. Il faut qu'on fête ça. »

13
ELLE

Un mardi, après être allée à la salle de sport et avant de déjeuner, elle l'appelle sur son portable. Il répond et roucoule les notes de son prénom.

« Surprise ! dit-elle. Où es-tu ?

— Dans ma voiture. Comment vas-tu depuis le temps ? »

À sa voix, il a l'air nerveux, fatigué. Il présume sans doute qu'elle l'appelle pour lui crier dessus.

« Je vais bien. J'ai pensé à toi ces derniers temps. En bien.

— Vraiment ? dit-il. Je ne m'attendais pas à ça.

— Eh bien, tu sais… C'est la vie. On ne peut qu'aller de l'avant.

— Je suis heureux que tu le prennes comme ça. J'ai pensé à toi aussi.

— C'est gentil. Est-ce que je te manque ? »

Elle n'avait pas l'intention de lui demander ça.

« Bien sûr que tu me manques. Tu me manques tous les jours. »

Elle prend une inspiration, expire.

« Je suis là, dit-elle.

— Ouais. Eh bien. Je ne pensais pas…

— Je sais. On ne s'est pas vraiment quittés en très bons termes.

— Même le son de ta voix. Ça fait du bien. »

Ils se comportent tous les deux de façon faussement timide, choisissant leurs mots avec soin. Jodi avait prévu de prendre d'abord la température et, s'il semblait réceptif, d'aller au bout et de l'inviter.

« Écoute, dit-elle. Pourquoi ne viendrais-tu pas dîner ? »

Il ne répond pas tout de suite. Elle attend, écoutant les sons qui lui parviennent à travers le combiné : le trafic, un annonceur à la radio. Quand elle l'imagine au volant, il est vêtu du même pantalon en toile et du même sweat-shirt qu'il portait le matin où il l'a quittée. Elle repense tous les jours au fait qu'il est parti avec seulement ce qu'il avait sur le dos. Il a dû acheter d'autres vêtements, mais elle n'arrive pas à l'imaginer autrement que comme ce jour-là.

« J'adorerais, finit-il par dire. Quand est-ce que tu veux que je passe ?

— Je pensais à demain.

— Demain », répète-t-il, l'air incertain.

À quoi peut-il bien réfléchir ? Est-ce qu'il doit se justifier à chaque fois qu'il sort le soir ? A-t-il même le droit de sortir le soir ?

« OK pour demain, dit-il.

— Est-ce que tu peux venir pour dix-neuf heures ?

— Dix-neuf heures, acquiesce-t-il. J'ai hâte de te revoir. »

La conversation la transforme. Alors qu'elle repose le combiné, le monde a déjà changé, un monde créé par la résurgence de leur amour tel qu'il était autrefois, plus jeune, sans tache et intact, qui n'a pas été démembré – en écartelant l'autre et en triant les différents morceaux, les bons d'un côté, les mauvais de l'autre. À cette époque, même ses excentricités plaisaient à Todd : son addiction à la dépense, son aversion pour le désordre qui frôlait l'obsession, son habitude de garder les bouchons de vin et les croûtes des fromages, son amour pour les collants qu'elle porte même sous ses jeans, sa nature peu démonstrative. Avant, il lui écrivait des petits mots affectueux et les laissait à des endroits inattendus avant de partir travailler. Il jouait avec ses cheveux, la rejoignait sous la douche. Et réciproquement, à cette époque, il n'y avait rien chez lui qu'elle n'adorait pas. Sa façon de boire son café, en soufflant dessus avec une moue comique, bien après que le café ait refroidi. La façon dont il se douchait, se savonnant de la tête aux pieds jusqu'à disparaître sous la mousse. La façon dont il coupait le beurre en blocs et pavait son toast avec. Elle aimait même sa manière de conduire, faisant des queues de poisson aux gens et éclatant de rire quand ils lui faisaient un doigt d'honneur. Elle l'a aimé ainsi pendant longtemps, même une fois qu'elle le connaissait bien. Elle attribue le renouveau de son amour à leur séparation. Le choc de l'avoir perdu l'a profondément affectée, a réactivé son pouls, a réalimenté des parties de son cœur laissées à l'abandon.

Elle passe le reste de cette journée et la suivante totalement absorbée dans le décompte des heures. Le temps est rythmé par ses visites au supermarché, chez le fromager, le poissonnier, le fleuriste. Par son activité en cuisine, à hacher des herbes, faire des marinades, nettoyer des calamars, émincer des légumes. Elle dépose le chien chez le toiletteur et va se faire faire une manucure, une pédicure, une épilation du maillot, un soin du visage et un massage. Elle se montre impatiente durant ses rendez-vous avec ses patients, et écourte un peu leurs séances. Elle se couche tard et se lève tôt. En vagues compulsives, elle essaie des tenues. Beaucoup de choses dépendent de cette soirée, elle en est bien consciente. Un verre dans un bar ou un dîner au restaurant feraient tout aussi bien l'affaire. Mais l'euphorie l'a submergée, et tout ce qu'elle voit ce sont les étoiles dans ses yeux et tout ce qu'elle entend c'est la musique dans sa tête.

De tels écarts, marqués par une montée d'enthousiasme pour une soirée à venir, ne lui sont pas étrangers. Quand elle était petite, sa mère et elle partageaient ensemble cet enthousiasme. Savoir reconnaître une grande occasion, flirter avec les promesses et les possibilités, c'est de ça que sont faits les grands moments de la vie. Mais même les jours ordinaires, même devant une déception, elle a pour principe de rester positive. Elle est douée pour rebondir après des déconvenues, pour résister aux contre-courants, pour surfer sur la vague. Ne pas sombrer, voilà ce qu'elle sait faire – quelque chose que Todd a toujours fait remarquer. Il aime sa capacité à flotter contre vents et marées ; ça l'a empêché de plonger pour de bon dans un trou noir et de devenir vraiment alcoolique, comme son père. Même si pendant sa dépression, Jodi n'a pas pu l'aider.

Elle l'a poussé à envisager une thérapie, mais il ne voulait pas en entendre parler. « C'est ton monde à toi, a-t-il dit. Laisse-moi en dehors de ça. » Peut-être qu'elle aurait dû insister. L'approche pratique d'un adlérien comme Gerard Hartmann lui aurait fait du bien. Pour ce qui est des enfances difficiles, celle de Todd était un modèle du genre. Aucun enfant avec un père alcoolique et une mère brimée ne peut s'en sortir intact, et Todd s'en est bien tiré, vu les circonstances, mais c'est dans ses mensonges et ses faux-fuyants que la vérité surgit, dans son incapacité à exprimer ce qu'il ressent, son aversion pour l'autorité, et les risques qu'il prend compulsivement, qui l'ont bien servi dans les affaires mais qui, mis en parallèle avec ses éternelles liaisons, reflètent le sentiment d'infériorité bien ancré qui le pousse à sans cesse faire ses preuves. Selon Adler, une bonne dose de confiance en soi nous laisse libres de nous concentrer sur la tâche à accomplir et non sur un jugement de valeur dans tout ce qu'on entreprend, alors qu'un sentiment d'infériorité nous garde centrés sur nous-mêmes. C'est tout Todd, en un mot.

Jodi a découvert Adler à l'université, mais c'est au cours de ses études à l'Adler School et son travail avec Gerard qu'elle a pu acquérir une connaissance pratique des principes adlériens. Tout comme Jung, Adler était un collègue de Freud à Vienne au début du XXe siècle, mais Adler et Jung, chacun à leur tour, ont pris leurs distances avec Freud et ont créé leurs propres écoles de pensée. Celle d'Adler est pragmatique et tournée sur la personne en tant qu'être social, ce qui transparaît nettement dans les trois buts essentiels de la vie qu'il a identifiés comme les caractéristiques principales d'une bonne santé mentale : 1) l'expérience et l'expression de l'amour, 2) le développement d'amitiés et de liens sociaux, et 3) l'engagement dans un travail épanouissant. En ces termes, on ne pouvait que considérer Jodi comme quelqu'un de parfaitement sain d'esprit – et alors que sa thérapie avec Gerard avançait, cela était devenu en quelque sorte flagrant. Quels que soient les sujets qu'ils abordaient ou les pistes qu'ils exploraient, ils se heurtaient brutalement à sa relation merveilleuse avec Todd, à ses excellentes compétences sociales et à son dévouement professionnel. Elle avait fait son temps dans le fauteuil du patient ; avait-elle réellement besoin de continuer ses séances hebdomadaires ? Cette question lui trottait souvent dans la tête, jusqu'au moment où elle avait suggéré à Gerard qu'ils s'arrêtent là. Mais Gerard était d'avis qu'il fallait continuer, c'est ce qu'ils avaient donc fait. Il posait des questions, écoutait et prenait des notes. Jodi racontait ses rêves et parlait de sa famille d'origine : ses parents, son frère aîné, Darrell, et son plus jeune frère, Ryan.

Elle avait trois ans de plus que Ryan mais elle ne se rappelait pas son arrivée dans la famille, elle n'avait aucune image mentale de lui la première fois qu'elle l'avait vu. Ryan faisait partie de sa vie d'aussi loin qu'elle s'en souvienne, et elle s'était toujours montrée possessive envers lui. Quand ils étaient enfants, il était plus ou moins à égalité avec sa peluche préférée – il était là pour qu'elle le câline, le gâte, le déguise, lui apprenne des choses, le gronde et de manière générale le mène à la baguette. À cette époque-là, il était docile, gentil, accommodant, et il se soumettait facilement à son despotisme bienveillant. Ce n'est qu'un peu plus tard, alors qu'il n'était plus un bébé mais un petit garçon, que les crises ont commencé, les cauchemars et les blessures qu'il s'infligeait lui-même et qui inquiétaient tout le monde, mais tout cela avait finalement passé, comme ses nombreuses autres phases : farceur énervant, monsieur je-sais-tout contrariant, solitaire paranoïaque.

Elle l'avait aimé tout ce temps et l'aimait toujours, même si elle était loin d'accepter ce qu'il était devenu. Après avoir abandonné l'université, il avait passé ses vingt ans à voyager en Inde et en Asie du Sud-Est et depuis, il vivait la moitié de l'année à Kuala Lumpur où il enseignait l'anglais et l'autre moitié de l'année en Basse-Californie du Sud, où il surfait et travaillait comme serveur. Elle n'acceptait pas non plus qu'il soit un mouton noir certifié et encarté qui serait un jour trop vieux pour continuer comme il le faisait. Que deviendrait-il alors ? Sans argent, loin de la maison, et trop fier pour demander de l'aide.

Elle n'avait aucun moyen de le contacter parce qu'il n'avait pas de téléphone ou refusait de lui donner son numéro (elle ne savait pas très bien), elle attendait donc que ce soit lui qui appelle, et heureusement il l'appelait de temps en temps, même si c'était rare qu'elle le voie. À ce moment-là, pendant ses séances avec Gerard, elle n'avait pas vu Ryan depuis très longtemps, depuis qu'elle l'avait retrouvé à l'aéroport durant l'une de ses escales express. Il l'avait appelée à six heures du matin, et elle l'avait retrouvé pour un petit déjeuner à base de sandwichs réfrigérés achetés à un kiosque sur place et qu'ils avaient mangés sur le pouce. C'était fin novembre, mais comme il passait d'un climat tropical à un autre, il voyageait léger, avec seulement un sac à dos comme bagage. Mis à part son t-shirt, son jean et ses sandales, il portait un collier de perles bleues en verre et un chapeau de paille noir avec un motif de têtes de mort, dont le rebord était replié sur les côtés. Il était devenu un peu plus trapu et il était mal rasé, mais il gardait le même air délicat d'elfe aux yeux bleus qu'il avait toujours eu. Il semblait aller bien, simplement il était trop vieux pour se retrouver coincé dans cette impasse – toujours célibataire, passionné de surf, négligeant son talent et son potentiel. Enfant, il était doué en gymnastique et avait un bon coup de crayon, il s'intéressait aux insectes et aux plantes, parlait de devenir athlète, illustrateur, biologiste et d'autres choses encore. Au lycée, il était animateur et voulait devenir enseignant – pas du genre à bouger tout le temps, mais qui accompagne plutôt ses étudiants sur la durée et fait une vraie différence dans leur vie.

Elle faisait des rêves récurrents à propos de Ryan, dans lesquels il était perdu ou en fuite, et elle voulait le rattraper à tout prix mais n'arrivait pas à réserver un billet d'avion ou à monter dans l'avion. Elle pensait encore à lui tous les jours, ou plutôt, il était sans cesse présent en elle, un compagnon constant qui se distinguait par son absence inquiétante. Son instinct lui disait de l'aider et de le protéger, mais il rendait la chose impossible. Elle savait que si elle se risquait à commenter la vie qu'il menait, il y repenserait à deux fois avant de l'appeler à nouveau. Leurs parents avaient commis cette erreur et, depuis, ils n'avaient de nouvelles de lui que par Jodi. De plus, ce n'était pas comme s'il lui donnait l'occasion de pouvoir faire des commentaires. Ryan, lui, aimait garder ses distances, il évitait de parler de quoi que ce soit d'important, il ne s'ouvrait jamais à elle, faisait le pitre et prenait les choses à la légère. Tout ce qu'elle pouvait faire, c'était rire des mésaventures qu'il lui racontait et résister à l'envie de lui proposer de l'argent, de peur de le vexer.

A contrario, son frère aîné, Darrell, avait suivi les traces de leur père : il avait fait ses études en pharmacologie à Minneapolis et était revenu dans leur ville natale pour épouser sa petite amie de l'époque du lycée. Leurs parents espéraient que Darrell resterait dans le coin pour reprendre la pharmacie familiale, mais il avait finalement choisi de passer à autre chose et était à présent directeur de la pharmacie d'un grand CHU canadien.

Darrell avait six ans de plus que Jodi et c'était un garçon, mais dès le début il avait illuminé sa vie – un mentor bienveillant, serviable, amusant, qui lui consacrait du temps et savait la faire rire. C'était Darrell qui l'emmenait faire le tour des maisons à Halloween pour récupérer des bonbons, c'était lui qui lui avait appris à faire ses lacets avec la méthode des oreilles de lapin. Elle se rappelait même un jeu de dînette où Darrell avait servi des tartes à la boue et contrefait la voix de Skipper, la petite sœur de Barbie, en zozotant. Quand elle avait grandi, il l'avait aidée à faire ses devoirs et joué aux cartes avec elle, même si à ce moment-là il était déjà au lycée quand elle n'était encore qu'une gamine. Darrell était de cette espèce rare de garçons, aimable et arrangeant, qui s'entendait avec tout le monde – l'exemple même du jeune homme facile à vivre, honnête et diplomate, qui était destiné à réussir dans la vie parce que tout le monde avait envie de l'aider sur son chemin.

Gerard s'était intéressé à sa vie de famille et l'avait bombardée de questions.

Gerard : Avec lequel de vos frères jouiez-vous ?
Jodi : Je jouais avec Ryan. Darrell jouait avec moi, mais c'était lui qui se mettait à mon niveau.
Gerard : Avec qui vous disputiez-vous ?
Jodi : Ryan et moi, on se disputait parfois.
Gerard : Vous m'avez dit que Ryan a traversé des phases : docile et accommodant quand il était tout petit, et puis ensuite énervant, contrariant, paranoïaque. (Il relisait ses notes.) Que diriez-vous de lui de manière générale ? Si vous deviez le décrire à l'aide d'un seul mot.
Jodi : Sensible. Ryan était le sensible de la famille. On avait l'habitude de se moquer de lui à cause de ça.
Gerard : Et quel genre d'enfant étiez-vous ?
Jodi : J'étais réputée pour vouloir mener tout le monde à la baguette.
Gerard : Qui meniez-vous à la baguette ?
Jodi : Tout le monde, mais il n'y avait que Ryan qui faisait ce que je lui disais. Avant qu'il ne grandisse, bien sûr.

Gerard : En grandissant, comment se comportait votre père ?

Jodi : Il exigeait beaucoup de nous. Mais il était plus strict avec les garçons qu'avec moi.

Gerard : On vous laissait donc tranquille parce que vous étiez une fille. Comment se comportait votre mère ?

Jodi : Elle avait tendance à rêvasser. Elle préparait les repas et tenait bien la maison, et elle s'investissait dans la communauté, mais elle vivait vraiment dans un monde à part.

Gerard : Quel genre de service rendait-elle à la communauté ?

Jodi : Elle organisait des distributions de nourriture. Elle était bénévole à la soupe populaire. Mon père entraînait les petits de l'équipe de base-ball.

Gerard : Aider la communauté faisait donc partie des valeurs familiales.

Jodi : Ils étaient très portés sur ça. Et sur le fait d'avoir une éducation.

Gerard : Qui faisait preuve du plus grand sens de la solidarité, parmi vous trois ?

Jodi : Darrell. Il allait faire la lecture aux personnes âgées tous les samedis. Il a fait ça pendant des années.

Gerard : Et qui s'investissait le moins ?

Jodi : Ryan, je dirais. Je ne me rappelle pas qu'il se soit jamais investi dans ce genre de choses.

Gerard : Et vous ?

Jodi : J'aidais pendant les ventes de gâteaux organisées par l'église. Mais je n'avais pas le zèle de Darrell.

Gerard : Qui avait les meilleures notes à l'école ?

Jodi : Darrell.

Gerard : Et les moins bonnes ?

Jodi : Ryan.

Gerard : Qui était l'enfant préféré ?

Jodi : Darrell. Tout le monde aimait Darrell.

Gerard : Et le moins préféré ?

Jodi : Ryan. Avec son comportement, c'était presque comme s'il n'appartenait pas à la famille. Parfois, ils l'appelaient leur petit enfant trouvé. Mes parents. Ils l'appelaient comme ça quand il faisait des siennes.

Gerard : Qui se conformait, et qui se rebellait ?

Jodi : Darrell et moi, on se conformait. Ryan était le rebelle.

Gerard : Donc, Darrell s'est fait sa place d'enfant préféré, et Ryan s'est différencié en prenant la place du rebelle. Et vous dans tout ça ?

Jodi : J'étais la fille. On n'attendait pas de moi que je rivalise avec les garçons.

Gerard : Mais vous aviez une position plus favorable au sein de la famille que Ryan. Et vous vous disputiez avec lui et le meniez à la baguette.

Jodi : Je crois que, dans mon esprit, je prenais soin de lui. Mais peut-être qu'il n'a pas vu les choses comme ça.

Gerard : Comment croyez-vous qu'il l'ait perçu ?

Jodi : Je crois qu'il avait besoin de se détacher de mon influence pour s'affirmer. Parce qu'on était très proches étant enfants, mais on ne l'est plus maintenant.

Gerard : Comment le prenez-vous – le fait que vous ne soyez plus proches ?

Jodi : Ça me blesse, je dirais. Cette distance qu'il a mise entre nous. Et je m'inquiète pour lui. Mais peut-être que c'est ma faute. Je suppose que j'étais plus compétitive que je ne veux bien le croire.

14
LUI

Il part du bureau et prend ce vieux trajet si familier. Alors qu'il s'engage sur la rampe qui monte vers Upper Randolph Drive et qu'il aperçoit l'appartement au loin, il s'attend à être submergé par une vague de nostalgie, mais elle n'arrive pas. Peut-être que l'amoncellement de toutes les autres émotions qu'il ressent prend toute la place. C'est l'appréhension qui prédomine. Il n'a aucune idée de ce à quoi il peut s'attendre. Jodi s'est montrée amicale au téléphone, mais ils ne sont pas en terrain connu en ce moment. Quoi qu'il arrive, il devrait essayer de mettre la main sur quelques-unes de ses affaires, tant qu'il y est – quelques pulls et son manteau d'hiver, au minimum. Il faudra qu'il les laisse dans le coffre de la voiture, sinon Natasha saura qu'il est passé ici. Elle va peut-être le deviner toute seule de toute façon. Natasha a l'odorat d'un chacal. Ce soir, il est censé dîner avec Harry pour passer en revue des contrats, mais elle va probablement trouver un moyen de vérifier que c'est bien le cas. C'est leur première soirée passée loin l'un de l'autre depuis qu'ils ont emménagé ensemble.

Glissant sa Porsche dans la place de parking numéro 32, il essaie de maîtriser l'espace d'un moment cette impression d'être un grand seigneur devant ce qui lui appartient. Aussi absurde que ce soit, il n'arrive pas à totalement faire taire ses instincts de possession. Ces vingt mètres carrés de bitume sont à lui – ils lui appartiennent – et il possède aussi la place numéro 33, où est garée l'Audi de Jodi – et d'ailleurs, l'Audi lui appartient aussi.

Il prend l'ascenseur et, toujours poussé par sa fierté de propriétaire, il utilise sa clé pour entrer dans l'appartement. Les odeurs complexes de la cuisine l'accueillent avant même qu'il ait passé la porte, suscitant la nostalgie qu'il attendait. Freud est là pour l'accueillir, sautant et tournant à ses pieds. Le chien a l'air en bonne santé – l'œil vif, le poil brillant. Todd passe au salon, le considère d'un regard neuf, comme s'il était parti depuis très longtemps. L'endroit donne une impression d'opulence à laquelle il a dû devenir insensible quand il vivait là. Ou peut-être qu'il a déjà été corrompu par les conditions sordides dans lesquelles il vit actuellement : Natasha a pour habitude d'encombrer la moindre surface libre avec les déchets de son quotidien, c'est le principe directeur de sa façon de tenir l'appartement.

Il cherche Jodi dans la cuisine et ne la trouve pas, mais lorsqu'il se retourne elle est là, devant lui, plus menue que dans ses souvenirs, différente de bien d'autres manières aussi – plus fragile, le cou plus long, une peau plus blanche et des traits qui semblent redessinés. Comment a-t-elle pu autant changer simplement parce qu'il regardait ailleurs ?

Elle porte son pantalon beige de tous les jours et une chemise blanche. Peut-être que pour elle cette occasion n'a rien d'exceptionnel, que ce ne sont pas les retrouvailles historiques ou la séparation définitive qu'il a envisagées tour à tour. Une petite lueur interrogative brille dans ses yeux quand ils se posent sur sa veste en cachemire et ses cheveux plus longs. Il fait un geste pour l'embrasser mais, au lieu de ça, se tourne vers la cuisine.

« Je m'occupe des cocktails ? » demande-t-il.

La vieille routine les aide à dépasser l'entrée en matière maladroite, mais lorsqu'il prend les verres et sort la Stolichnaya du freezer pendant qu'elle hache du persil et dispose de minuscules crustacés sur une assiette, il devient affreusement clair que les choses ont totalement changé. Leur conversation est si polie et guindée, ils jaugent leurs mouvements et surveillent l'espace qui les sépare si soigneusement qu'ils pourraient aussi bien être des étrangers. Une fois qu'ils ont trinqué et avalé leur première gorgée, réconfortante, d'alcool, il s'assoit sur un tabouret et la regarde couper un citron en quartiers dans le sens de la longueur. Elle lui sourit en lui proposant un amuse-gueule, mais tout ce qu'il voit c'est la distance dans son regard. En mâchant, il la regarde se déplacer dans la cuisine, vêtue d'une chemise blanche sage boutonnée très haut, et il essaie de se rappeler de quoi elle a l'air, nue.

Leur conversation durant le repas tourne autour de leur travail, et les autres sujets sont passés sous silence : la nouvelle vie de Todd, les nuits solitaires de Jodi, la paternité imminente, tout ce qui a trait à l'avenir. Ils sont tellement dans la stratégie de l'évitement qu'on se croirait sur un champ de mines. Il parle obstinément de plomberie et de moisissure. Elle lui donne des nouvelles de ses patients. Lorsqu'il apprend que Miss Piggy est enceinte et qu'elle ne sait pas qui, de son mari ou de son amant, est le père, il ne peut pas s'empêcher d'éclater de rire. Il n'a jamais apprécié Miss Piggy ou, de manière générale, quiconque entretenant une liaison extraconjugale à long terme qui, de fait, est une forme de polygamie. Avoir une passade ou coucher avec une prostituée est une chose, mais être tiraillé de la sorte et en faire un style de vie, c'est s'engager sur une route déloyale, et ça ne peut que mal finir.

Jodi, de son côté, a toujours compris ça chez lui ; elle était capable de prendre du recul. Tant que lui et Jodi étaient ensemble, il lui appartenait, et elle le savait. Beaucoup de femmes (la plupart, probablement) feraient toute une histoire de ces petites distractions, piqueraient une crise face à un flirt insignifiant ou un dérapage occasionnel, ici et là. Il est possible qu'il n'ait pas su apprécier à sa juste valeur la tolérance et la patience de Jodi, qu'il ne lui ait pas attribué assez de mérite pour l'avoir supporté tout au long de ces années. Une erreur facile à faire. Jodi a tendance à tout accepter. Il en faut beaucoup pour qu'elle se sente menacée ou déstabilisée. Elle avance de façon mesurée et avec un vrai sens de l'équilibre, elle n'est pas sujette à la panique ou à l'excès.

Alors qu'ils passent à la salade, au calamar et au saumon en croûte, il commence à avoir l'impression de n'être jamais parti. Les voilà, assis à table à leurs places habituelles, dînant dans leurs assiettes habituelles. Non seulement elle porte ses vêtements de tous les jours, mais elle ne s'est pas embêtée à sortir le cristal, l'argenterie ou même une nappe. La nourriture est bonne, mais Jodi a toujours su cuisiner. Il y a des bougies et des serviettes en papier sur la table, mais ça aussi, c'est normal.

Et c'est là qu'il comprend. Elle a volontairement donné à l'événement une touche ordinaire. Cette soirée n'est pas quelque chose de ponctuel, ce n'est pas un événement spécial, mais une soirée habituelle, quelque chose destiné à être répété. Elle veut qu'ils fassent comme d'habitude, se comportent comme si rien n'avait changé. Lui préparer le dîner fait partie du quotidien, et les plaisirs de la routine ont toujours été un socle pour Jodi, l'essentiel de son bonheur, la musique de son existence. Une bouteille de vin, un repas fait maison, les délices du foyer, les diversions prévisibles, le confort sur lequel on peut compter. Il voit précisément où elle veut en venir. C'est presque comme un jeu.

Il est coupable de l'avoir sous-estimée. Elle a une intelligence pratique admirable. Elle possède une clarté d'esprit charmante. Il lui vient à l'idée que des hommes vont la remarquer, que c'est peut-être déjà le cas. Il se pourrait que depuis son départ, d'autres hommes aient mangé dans ces assiettes. Que d'autres hommes l'aient aimée, aient couché avec elle dans son propre lit, aient utilisé les affaires de toilette qu'il a laissées derrière lui. Ces pensées n'ont rien d'agréable et il lutte pour calmer son imagination qui s'emballe, pour calmer cette partie de lui qui veut se lever de table, laisser éclater sa fureur dans toute la pièce et affirmer sa position dominante de propriétaire.

« Qu'est-ce que tu as fait ces derniers temps ? demande-t-il de façon abrupte.

— Oh, tu sais, les choses habituelles.
— Mmm mmm. »

Il change de position sur sa chaise.

« Tu vois quelqu'un en ce moment ?
— C'est du troisième degré ? demande-t-elle doucement.
— Pas du tout.
— Oui, j'ai vu Ellen, June et Alison. »

Il tambourine des doigts sur la table.

« Est-ce que tu vois quelqu'un, tu sais, dans le genre rancard ? »

Elle écarquille les yeux. Il voit qu'elle est surprise non seulement par la question, mais par l'idée même.

« OK, OK, dit-il. Mais tu es jolie. Ça va finir par arriver. Des hommes vont te courtiser. Si ce n'est pas déjà fait. »

Elle a organisé sa nourriture en triangle dans son assiette : saumon – petits pois – courge, les tranchées qui les séparent formant un signe de la paix approximatif.

« Quels hommes ? demande-t-elle. Je ne connais *aucun* homme.

— Haha, eh bien, le monde est plein d'hommes !
— Pas dans ma profession. Le domaine de la psychologie est plein de femmes.

— Adler et Freud et Jung étaient des hommes, dit-il en nommant les stars de sa profession.

— Les temps ont changé. Il n'y a plus que des femmes maintenant. »

Il ferait mieux de la fermer, il le sait, mais il n'arrive pas à se sortir cette image de la tête maintenant qu'il l'a suggérée – un homme sans nom et sans visage nu dans sa salle de bains, ruisselant encore d'eau, la queue à l'air, qui se sert des serviettes de toilette, du dentifrice, de la mousse à raser qu'il a laissés derrière lui.

« Tu es assez copine avec le petit Carson, au bout du couloir, lance-t-il.

— Joel Carson ? Il a seulement quinze ans.

— J'ai vu la façon qu'il a de te regarder.

— C'est un gentil garçon. Adorable et innocent.

— Les garçons ne sont jamais innocents à l'adolescence.

— Eh bien, peut-être que non. Mais je pourrais être sa mère.

— Tu es peut-être assez âgée pour être sa mère, mais tu n'es pas sa mère. Et je parie qu'il fait bien la différence.

— Todd, tu es vraiment ridicule.

— À son âge, j'étais amoureux de ma prof d'histoire. Elle s'appelait Mlle Larabee et elle était jolie et raffinée, mais elle avait aussi du caractère, elle notait sévèrement, et elle m'excitait vraiment. En y repensant, elle te ressemblait beaucoup. Je pensais à elle tout le temps. J'imaginais qu'elle me passait un coup de fil, qu'elle me proposait un rendez-vous. Je lui avais même offert de réparer sa voiture, une fois. Mais ce n'était pas sa voiture qui m'intéressait.

— Eh bien, si c'est ce qui se passe dans la tête de Joel, ça ne se voit pas. La seule fois où il est venu ici, il est resté à la porte, avec la main sur la poignée. On aurait dit qu'il n'avait qu'une envie, c'était de déguerpir.

— Quand est-ce qu'il est venu ici ?

— Il est venu une fois m'emprunter un magazine. Il y avait un article sur le violoniste, je ne me rappelle plus son nom... Celui qui a fait les solos pour le film *Anges et démons*. Joel joue du violon à merveille. »

Elle se lève pour aller chercher une autre bouteille de vin, l'amène à table et l'ouvre, les resservant tous les deux.

« Non pas que ça te regarde, rajoute-t-elle. Vu les circonstances.

— Quand est-ce que tu l'as entendu jouer ? demande Todd.

— Au récital de son lycée.

— Tu es allée au récital de son lycée ? Dis donc, tu es vraiment proche de ce gamin.

— Oui, c'est ça. Joel Carson et moi. Eh bien, maintenant que tu l'as deviné, je ferais peut-être mieux de l'admettre. Ça va faire un moment qu'on entretient une liaison torride. Ça a commencé le jour de son quinzième anniversaire. Ou était-ce son quatorzième ? Ou peut-être son douzième. C'est drôle, je n'arrive pas à m'en souvenir. Peut-être qu'il n'avait que neuf ou dix ans quand on est tombés amoureux.

— C'est bon, ça va, j'ai compris. Mais tu es attirante, tu es belle, tu le sais, et n'importe qui avec une paire d'yeux va te remarquer – même un gamin boutonneux qui joue du violon.

— Joel n'a pas de boutons.

— Peu importe, lâche Todd en se désintéressant du garçon des Carson. Ce que je veux dire, c'est que tu es canon, que tu es fantastique et que je t'ai aimée dès le premier moment où je t'ai vue, et oui tu étais trempée et tu venais d'emboutir ma voiture, mais tu étais sublime. Et tu l'es toujours. »

Il voit le regard de Jodi s'embuer, il tend le bras par-dessus la table pour lui prendre la main, se rend compte tout à coup qu'il n'a fait qu'errer, déraciné, qu'il s'est réveillé un jour dans la vie de quelqu'un d'autre sans arriver à retrouver le chemin de la maison. Assis là, maintenant, la main de Jodi dans la sienne, il a l'impression que le temps s'écoule au loin, comme un train sur une voie lointaine, que dans ce moment hors du temps toutes les pensées et émotions qu'il a reléguées à l'arrière-plan reviennent en force.

« Tu m'as manqué, dit-il. Ça m'a manqué de rentrer à la maison le soir et ça m'a manqué de me coucher avec toi et ça m'a manqué de me réveiller à tes côtés – et tout ce que je peux dire, c'est que j'ai vraiment dû être fou pour penser que je pourrais renoncer à toi. »

Elle lui agrippe la main et les larmes se mettent à couler, les siennes et celles de Jodi, arrosant leurs cœurs flétris et leur amour fané. Ils se regardent à présent au plus profond l'un de l'autre, plus loin que l'étrangeté et la distance, et quand enfin ils se sèchent les yeux et qu'elle se lève et sert la mousse au chocolat, ils la dévorent comme de jeunes goinfres, léchant leur bol et se moquant d'eux-mêmes.

Une fois la table débarrassée, elle se tient devant l'évier pour rincer les plats, les manches remontées sur les coudes, sa chevelure attachée s'échappant par mèches, et il s'approche d'elle par-derrière, glisse ses bras autour de sa taille et pose son menton sur le sommet de son crâne.

« Je t'aime », dit-il.

Elle se tourne pour lui faire face, pivotant dans le cercle de ses bras, les mains jointes sur sa poitrine comme une prière.

« Il faut encore que je m'habitue aux changements en toi, dit-elle. Je ne parle pas seulement des vêtements et de la coiffure. Tu as l'air plus jeune. Est-ce que tu as perdu du poids ? »

Les mains de Todd explorent les os délicats de son dos et de ses épaules, réapprennent ses courbes subtiles et ses proportions enfantines. Il s'est déjà habitué à Natasha, à sa silhouette robuste et à ses hanches volumineuses, à sa taille exagérément prononcée.

« C'est une illusion », dit-il.

Elle murmure dans son torse, son souffle lui réchauffant la peau à travers le coton de sa chemise :

« Si je t'avais croisé dans la rue, je ne t'aurais pas reconnu. Je serais passée à côté de toi sans m'arrêter.

— Je t'aurais interpellée et je me serai présenté. »

Alors qu'elle lève le visage vers lui en souriant et dit : « Je ne parle pas aux inconnus », il la sent lâcher prise, se laisser aller contre lui, fondant comme neige au soleil.

« Il va falloir t'y faire », lui dit-il.

Sans véritable effort, il la soulève et la tient fermement dans ses bras comme si elle était inconsciente ou sans vie. Même son poids mort est négligeable et évoque celui d'une poupée. En la portant jusqu'à la chambre, il se rappelle ce détail à propos de Jodi : cet abandon particulier qui s'empare d'elle quand elle est excitée.

15
ELLE

Elle s'attarde sur son petit déjeuner quand elle reçoit un appel provenant du bureau de Harry LeGroot. C'est l'assistante de Harry qui passe l'appel, une fille sérieuse du nom de Daphné, que Jodi a déjà rencontrée une ou deux fois par le passé.

« M. LeGroot m'a demandé de vous contacter, explique Daphné. Il aimerait prendre contact avec votre avocat. Si vous aviez l'amabilité de nous fournir un nom et un numéro de téléphone. M. LeGroot aimerait lancer la procédure. »

Jodi entend les mots de Daphné, mais ils sifflent autour d'elle comme des rafales de vent aléatoires. Si Todd veut lui soumettre un problème juridique, il devrait lui en parler directement.

« Madame Gilbert ? Est-ce que vous êtes là ?

— Je suis là, répond-elle. Vous pouvez répéter ? Qu'est-ce que vous voulez que je fasse ?

— Vous n'avez vraiment rien à faire, madame Gilbert. » Le ton de Daphné est amical mais formel.

« C'est juste que M. LeGroot aimerait lancer la procédure dès que possible, donc nous allons avoir besoin du nom de votre avocat et de son numéro de téléphone. »

Depuis le soir où il est venu dîner, cette nuit où ils ont pris un nouveau départ, elle s'interroge sur les motivations et les intentions de Todd, se demande où il en est. Vu comment les choses se sont terminées, elle n'aurait pu espérer des retrouvailles plus idylliques, un renouveau du lien qui les unit plus gratifiant. Elle a eu raison de l'inviter, de faire le premier pas. Ça ne lui a pas plu quand, ensuite, il s'est levé et a filé, mais elle pouvait l'accepter sereinement, sachant que les choses importantes n'arrivent pas subitement, elles prennent forme à leur manière et à leur rythme. Ils pourraient se fréquenter quelque temps avant qu'il ne revienne à la maison, c'est ce qu'elle s'est dit, et elle peut s'y résigner. Mais elle ne comprend pas pourquoi il ne l'a pas appelée.

Le combiné toujours à la main, Jodi passe au salon où la lumière du soleil se reflète sur les meubles et fait ressortir les couleurs du tapis.

« Désolée, Daphné, mais je ne suis pas sûre de vous suivre, dit-elle. Pourquoi ne pas dire à Harry d'appeler mon mari et de voir tout ça avec lui. Je suis sûre que ce serait la meilleure solution. »

En entendant ces mots, Daphné s'exclame comme si elle avait reçu un coup :

« Oh, madame Gilbert ! Je suis tellement désolée ! Je croyais que vous étiez au courant. »

Il est évident qu'elle a fait une gaffe, mais au lieu de raccrocher pour se ressaisir et peut-être consulter son employeur, Daphné tient bon, s'embarque dans une explication que Jodi refuse d'entendre et lui offre des conseils dont elle se passerait bien.

« Si j'étais vous, madame Gilbert, conclut-elle, je me trouverais un très bon avocat qui s'y connaît en divorce. »

À ces mots, Jodi raccroche.

Après avoir débarrassé la table du petit déjeuner, elle sort les dossiers de ses deux patients du vendredi et relit ses notes. Il y a d'abord Cendrillon, une fille quelconque qui manque de confiance en elle. Relectrice de nuit pour un des quotidiens locaux, elle se plaint constamment du fait qu'elle est en train de passer à côté de sa vie. Jodi s'est montrée proactive en lui indiquant des options, en l'encourageant à faire de petits gestes qui pourraient avoir des effets exponentiels. Elle pourrait par exemple prendre des cours, s'inscrire à une salle de sport ou faire tout un tas de choses pour améliorer son apparence, comme mettre des lentilles de contact ou aller chez le coiffeur. Quand on a l'impression d'être dans l'impasse et qu'on veut en sortir, c'est souvent plus facile de changer quelque chose d'extérieur et de laisser les changements intérieurs suivre. Quand on fait des efforts sur soi-même, les circonstances virent très souvent en notre faveur. Jodi y croit. Elle peut en témoigner. C'est ce qui, en fin de compte, l'a poussée à prendre l'initiative d'inviter Todd à dîner.

Son second patient, le Fils Prodigue, est un jeune homme bénéficiaire d'un fonds de placement dont les parents épongent régulièrement les dettes. Parce qu'il est jeune et qu'il se cherche encore, parce qu'il n'a pas encore découvert son potentiel ou ses limites, et parce que ses parents sapent sa confiance en lui, Jodi lui offre un soutien inconditionnel. Il faut qu'il découvre les choses par lui-même. Et si elle prenait le parti de ses parents, il se refermerait purement et simplement.

Ce n'est que tard dans l'après-midi qu'elle reçoit l'appel de Todd qu'elle attendait plus ou moins depuis sa conversation avec Daphné. Elle a des doutes le concernant à présent, et ne sait pas vraiment quoi penser. Mais si elle garde toujours un espoir – la promesse d'un avenir –, elle est rapidement ramenée sur terre.

« Tu connais ma situation, dit-il. Je me démène pour ne pas me laisser submerger, là.

— Je ne comprends pas. Il faut que tu m'expliques pourquoi j'ai besoin d'un avocat.

— À ton avis, pourquoi a-t-on besoin d'un avocat en général ? Pour défendre tes intérêts. Écoute-moi, Jodi. Ça n'a pas besoin d'être personnel. Ça ne doit pas être un obstacle entre nous. Laisse les avocats régler tout ça pour que l'on puisse rester amis. »

Son cerveau s'enraye comme une calculatrice défectueuse. Elle n'a pas réussi à évaluer la situation correctement, et maintenant elle est désemparée.

« Des amis. C'est ce qu'on est ? Tu ferais mieux de m'expliquer parce que je ne comprends pas.

— Jodi, Jodi, il faut que tu te détendes. On s'aime, tous les deux. On a une histoire. Les choses changent, voilà tout. C'est sain que les gens évoluent et passent à autre chose. C'est *toi* qui *me* dis ça tout le temps.

— Très bien. Les gens évoluent. Alors si c'est le cas, qu'est-ce que tu faisais ici l'autre nuit ? À quoi ça rimait ?

— Est-ce que tu préférerais qu'on ne se voie plus ? Pourquoi ça aurait plus de sens ? Tu me manques. J'aimerais te voir de temps en temps.
— Tu aimerais me voir de temps en temps.
— Bien sûr, que j'aimerais ! Pas toi ? »

16
LUI

Natasha est occupée à préparer la cérémonie, qui arrive à grands pas. Tous les soirs au dîner, elle se lance dans des monologues sur les fleurs, les menus, les plans de table, la musique, les vœux, les faveurs et le gâteau, jusqu'à ce qu'il ait envie de la bâillonner. Elle l'a déjà emmené acheter un costume, et ça au moins c'était gratifiant. Quand il l'a essayé dans le magasin, il a été ébloui par la coupe élégante et la silhouette juvénile qu'elle lui donnait. Il n'a pas regardé le prix et a attendu dehors que Natasha paie avec la carte de crédit qu'il lui a donnée. Le mariage lui coûte une fortune, et en plus de tout ça elle insiste pour passer leur lune de miel à Rio. Ce n'est pas le moment pour lui de jeter l'argent par les fenêtres.

Une chose rencontre son approbation : ils se sont décidés pour une cérémonie religieuse. Elle a hésité là-dessus un moment, et il a fait en sorte de l'orienter vers le bon choix. Non pas qu'il soit religieux, mais il n'est pas non plus non croyant. Le rituel et la tradition ont leur place légitime, et le mariage est une de ces occasions, parce que le mariage est avant tout un acte de foi.

La liste des invités inclut tout un tas de tantes, oncles et cousins du côté de Natasha, alors que celle de Todd se résume à une poignée de potes – Harry, Cliff et quelques-uns des gars, et bien sûr leurs épouses. Dean est la seule ombre au tableau : il refuse toujours mordicus d'assister à la cérémonie. Il ne parle toujours pas à Todd et a à peine échangé un mot avec Natasha. La dernière chose qu'il lui ait dite, c'était qu'il préférerait mourir plutôt que de la voir mariée à un gars du genre de Todd Gilbert. Natasha en avait pleuré. Dean doit se mettre du plomb dans la tête. S'il avait un peu de jugeote, il serait heureux pour sa fille. Elle va avoir une belle vie, celle d'une femme aisée. Est-ce qu'il préférerait vraiment qu'elle épouse un jeune voyou qui ne pourrait pas subvenir à ses besoins ? Il aurait beaucoup à dire à Dean, si seulement Dean lui en laissait l'occasion.

Il commence à se demander quand au juste sa vie avec Natasha va se calmer un peu, devenir plus stable et organisée, plus similaire à celle qu'il avait avec Jodi. Natasha se comporte de façon si inattendue. Une chose est sûre, elle n'est ni rayonnante ni comblée comme les femmes enceintes sont supposées l'être. Au contraire, elle s'est transformée en vipère, et il est incapable de prédire ce qui va la faire réagir ou quand elle va s'emporter. Pourtant, il fait de son mieux pour se montrer compréhensif et accommodant. Elle est vraiment sous pression en ce moment avec la fin du semestre, le mariage qui se profile et les soucis avec son père. C'est peut-être le stress qui lui fait prendre du poids, même si ça ne se voit pas encore qu'elle est enceinte. Ça pourrait aussi expliquer l'éruption de boutons qui a envahi son front. Au moins elle n'a pas perdu goût au sexe, contrairement à ce qu'il craignait, sur la foi de ce que ses potes lui avaient raconté. Certains d'entre eux (des gars qui n'avaient *jamais* trompé leurs femmes) avaient été obligés de trouver refuge dans des salons de massage et dans la section réservée aux adultes dans les petites annonces. Il est tout heureux que Natasha le désire autant qu'avant, mais c'est drôle comme les rôles sont inversés maintenant. Natasha est à présent son ordinaire, alors que la nuit qu'il a passée avec Jodi quand il était venu dîner avait eu la saveur piquante et agréable de l'adultère. Il avait presque oublié l'étrange immobilité de Jodi, la façon dont son regard se perd dans le vide et glisse sur le côté alors qu'il entre en elle. Avant ça l'agaçait, mais cette nuit-là, pour une raison étrange, ça l'avait pas mal excité. La vie est parfois vraiment pleine de surprises.

Jodi pourrait lui manquer s'il s'autorisait à se l'avouer. Ce sont les habitudes du quotidien qui font un mariage, celles que l'on prend en tant que couple. Elles deviennent une sorte de rythme de fond sur lequel se cale votre vie. Avec Natasha, les choses n'ont pas encore pris un rythme sur lequel il pourrait se régler. Mais il ne peut pas se permettre d'être sentimental. La loi dit qu'il ne doit rien à Jodi, qu'elle n'est rien de plus qu'une ex-petite amie dont les avantages sont arrivés à expiration. Elle devrait le remercier de la générosité dont il a fait preuve toutes ces années qu'ils ont passées ensemble. C'est ce qu'affirme Harry. Il veut émettre un avis d'expulsion à son encontre, ce qui leur donnera un recours légal, au besoin. Ce qu'ils espèrent, c'est que Jodi va entendre raison et déménager sans faire d'histoires, mais si elle décide de se montrer têtue, ils pourront s'appuyer sur l'avis d'expulsion, ce qui veut dire qu'ils pourront demander au shérif de l'expulser de force. Todd préférerait ne pas en arriver là, mais tout dépend vraiment d'elle.

Avec autant de problèmes en tête, la dernière chose dont il ait besoin est ce souci de santé. On va chez le dentiste pour un nettoyage de routine et on en ressort en se croyant à l'article de la mort. Durant leurs études, il est clair qu'on n'apprend pas aux dentistes le tact ou la diplomatie.

« C'est une *lésion*, dit-elle. On dirait un *muguet buccal*. »

Elle a appuyé dessus avec un doigt ganté.

« Vous avez fait un test VIH récemment ? »

C'est sorti de nulle part, à tel point qu'il a éclaté de rire, mais avec le doigt de la dentiste dans sa bouche, on aurait plutôt dit une protestation.

« Pas besoin de vous inquiéter, se dépêche-t-elle d'ajouter. Il se peut que ça ne soit rien du tout. Ce genre de choses peut se développer pour tout un tas de raisons. Très souvent, cependant – et je suis obligée de vous le dire –, c'est associé à une déficience du système immunitaire. Il vaudrait mieux s'assurer que ce n'est rien, histoire d'être tranquille. »

Un *muguet*. Le nom d'une plante. Un mot inoffensif qui ne l'inquiète pas. C'est le mot *lésion* qui déclenche tout. L'association du terme *lésion* avec ceux de VIH et sida est claire dans son esprit parce que l'année dernière, Jodi et lui ont regardé une rediffusion de *Philadelphia*, où l'apparition d'une seule et unique lésion sur le front d'Andrew Beckett, interprété par Tom Hanks, entraîne rapidement sa mort.

Le virus ne s'est encore jamais présenté comme quelque chose qui le concernait directement. Quand il s'est fait connaître pour la première fois au début des années 1980, Todd était un adolescent vorace, sexuellement parlant, qui accumulait les relations non protégées, parce que copuler de façon répétitive sur la banquette arrière d'un véhicule n'invite pas franchement à prendre des précautions. Et de toute façon elles gâchent l'expérience. Mais son seul souci à l'époque, c'étaient les risques de grossesse. On n'avait pas à se préoccuper du VIH sauf si on était gay, ou en tout cas c'était ce qu'on disait. Et il n'a jamais vraiment dépassé cette façon de voir les choses.

Un dentiste, ce n'est pas un médecin, mais il voit l'intérieur de plein de bouches, et peut-être qu'identifier certaines conditions anormales, même celles qui n'ont rien à voir avec les dents, fait partie de leur formation générale. Quand il est rentré au bureau, il s'est enfermé dans les toilettes et a retourné sa joue pour voir par lui-même la petite plaque de champignon blanc accrochée à la muqueuse, telle une petite touche de mastic. Et maintenant il ne peut pas s'empêcher de se passer la langue dessus. En même temps, ça n'est vraisemblablement qu'une fausse alerte. Les femmes qu'il fréquente et qui posent le plus de risques sont des professionnelles, qui refusent de l'approcher s'il ne met pas de préservatif. Les préservatifs craquent parfois, c'est vrai, mais ce n'est pas une raison pour en faire une obsession. C'est juste un petit champignon, après tout, et il constate qu'il arrive à ne plus y penser pendant plusieurs heures d'affilée, surtout pendant la journée quand il est occupé, même si parfois quand il se réveille en pleine nuit il ne pense qu'à la mort. Sa propre mort, bien sûr, mais aussi la mort de son entourage, le fait qu'un jour, dans un futur pas si éloigné, toutes les personnes qu'il connaît, absolument toutes, seront mortes, disparues, ainsi que tous les gens qu'il n'a jamais rencontrés, tout ça pour être remplacés par une fournée d'étrangers qui se réapproprieront les structures abandonnées : les bâtiments, les emplois. Son bâtiment et son emploi. Quand il est lancé comme ça, la seule chose qui le réconforte c'est de penser à son enfant qui va naître.

17
ELLE

Chère Madame Brett,

Je suis le conseiller juridique de Todd Jeremy Gilbert, qui, comme vous le savez très certainement, est le seul et unique propriétaire légitime des locaux situés au 201 North Westshore Drive (« les Locaux »), où vous résidez actuellement.

Mon client me demande de vous informer que, par la présente, nous mettons fin à votre séjour dans ces Locaux. Il vous ordonne de quitter les Locaux dans les 30 jours suivant la réception de cette lettre. À cette date, vous devez libérer les Locaux et les rendre libres de tout occupant et de toutes affaires personnelles.

Votre coopération empêchera toute procédure d'expulsion à votre encontre. Si vous ne vous y conformez pas, mon client n'hésitera pas à mettre en œuvre tous les moyens mis à sa disposition par la loi.

Bien à vous,
Harold C. LeGroot
LeGroot et Gibbons
Avocats et Conseillers juridiques

Dans les années qui suivront, elle en viendra à considérer cette lettre comme le marqueur d'un changement radical dans son état d'esprit, tuant silencieusement la fille qu'elle était et inaugurant une version d'elle-même mise à jour et désenchantée. Avec le recul, cette transformation lui semblera pratiquement instantanée, comme lorsqu'on se met à rêver ou que l'on se réveille d'un rêve, mais elle aura tort. La vérité, c'est que ce changement se produit petit à petit, pendant les jours et les semaines qui suivent. Il y a des étapes, la première étant le déni. Ce n'est pas volontaire, elle ne peut pas manipuler ou contrôler tout ça, elle ne peut que faire appel à ses instincts, à une forme de défense spontanée qui la protège d'une perte catastrophique. Tout cela arrive comme des oiseaux qui tournent sans jamais se poser, comme des pensées envahissantes, comme un message capté par la radio, perturbé par des parasites, ou comme si on lui avait tiré dessus et qu'elle continuait à marcher dans la direction fixée.

C'est l'homme à la queue-de-cheval qui lui a délivré la lettre. Il s'est approché d'elle dans le hall alors qu'elle rentrait avec le chien. Le portier avait dû le renseigner. C'était un samedi matin pluvieux. Elle a fermé son parapluie et l'a secoué, attendant qu'il prenne la parole.

« Mademoiselle Jodi Brett ?
— Oui. »

Elle a pris l'enveloppe qu'il lui a tendue avec autorité.

Dans l'ascenseur elle a lu la lettre deux fois. Une fois rentrée chez elle, elle l'a laissée avec le reste du courrier dans le vestibule et s'est dirigée vers la cuisine, où elle a mis en marche la cafetière. Alors qu'elle attend que le café ait fini de passer, elle mange un biscuit au beurre et en donne un au chien. Elle passe dans son bureau, range quelques dossiers et vérifie sa boîte vocale. Une femme l'a appelée au sujet de sa fille en surpoids. Jodi la rappelle, lui explique qu'elle ne traite pas les troubles de l'alimentation, et énumère machinalement quelques numéros de spécialistes qu'elle recommande et qui figurent sur une liste qu'elle garde dans le tiroir de son bureau. Oubliant son café, elle passe de pièce en pièce, réarrange les meubles et ramasse des peluches qui traînent sur les tapis. Elle va chercher un chiffon et du Pliz, se met à épousseter et à astiquer. Vient le moment où ses pensées retournent à cette fameuse lettre, et Jodi manifeste une sorte de réaction, atteint un niveau d'agacement qui la pousse à lâcher le chiffon qu'elle a dans la main et à décrocher le téléphone.

« Bon, dit-elle. Qu'est-ce que c'est que cette lettre de Harry ?

— Jodi, répond-il. Je voulais justement t'appeler.

— Tu aurais *dû* m'appeler. Comment est-ce que tu as pu laisser faire ça ?

— Harry t'a envoyé une lettre ?

— Un type me l'a donnée dans le hall.

— Qu'est-ce que ça dit ?

— Bon sang, Todd ! Ça dit que je dois déménager.

— Bon Dieu, dit-il. C'est une erreur ! Ce n'était pas censé se passer comme ça.

— Bien sûr que c'est une erreur. Une erreur très contrariante.

— Jodi, écoute. Aux dernières nouvelles, Harry était censé attendre que je t'aie parlé.

— Que tu m'aies parlé de quoi ?

— Je préférerais ne pas avoir à faire ça, vraiment. Mais, quand même, tu comprends bien que je n'ai pas le choix. Je n'ai pas les *moyens* de garder l'appartement. Et puis ça ne *fait* pas bien. S'il te plaît, essaie de comprendre.

— Tu plaisantes, là.

— Mais te balancer ça dans une lettre… Ce n'était pas ce que je voulais.

— Qu'est-ce qui se passe au juste, Todd ? À quoi est-ce que tu joues ?

— Écoute-moi, Jodi. Je veux que tu saches que je ne vais pas chipoter pour les meubles. Garde ce que tu veux. Garde tout, si tu as envie. Je veux que tout ça te revienne.

— Todd, qu'est-ce qui te prend ? Il faut que tu redescendes sur terre. Je ne vais pas *déménager*. Et tu ne *veux* pas que je déménage. Réfléchis-y. Repense à notre vie ensemble.

— Jodi, essaie d'être raisonnable. Les choses ont changé. »

Elle coupe, repose le téléphone et s'éloigne. Qu'est-ce qu'il veut dire par il n'a pas le choix ? C'est vraiment typique de Todd de dramatiser les circonstances dans lesquelles il se trouve, de décliner toute responsabilité, de faire comme si ce n'était pas lui qui était aux commandes de sa vie, mais une force indépendante de sa volonté – c'est sa façon d'excuser son mauvais comportement. Bien sûr, elle sait qu'il veut acheter un nouvel immeuble de bureaux ; ça fait des années qu'il en parle. Ça va être son prochain grand projet, probablement le dernier, celui qui va lui permettre de raccrocher et de couler des jours tranquilles. Ça ne sera pas une vulgaire rénovation de cinq étages, avec un dédale de bureaux loués à des petites start-up et des entrepreneurs en difficulté. Il a quelque chose de plus grand, de grandiose, en tête – un bâtiment qui deviendrait une référence – et il croit qu'il peut réaliser ce projet en revendant l'appartement à l'insu de Jodi. Leur appartement au bord de l'eau avec sa vue dégagée sur le lac, ses parquets de bambou et ses pièces spacieuses, avec son dressing dans la chambre principale, et le plan de travail de la cuisine recouvert de Terrazzo, les appareils ménagers en inox et cette fichue cafetière encastrée. Ne faites pas attention à la femme blanche d'âge moyen et au jeune golden retriever qui vivent là, au fait. Ils seront vite partis.

Lorsque Dean l'appelle plus tard dans la journée, elle se sent assez téméraire pour répondre.

« Dean, lâche-t-elle. Je suis désolée de ne pas t'avoir rappelé. Je suis sûre que tu comprends la situation.

— Oh, que oui, je comprends, répond-il. Je comprends très bien.

— Je sais que ça doit être difficile pour toi, Dean. J'ai pensé à toi.

— Eh bien, moi aussi j'ai pensé à toi. Je n'arrête pas de me dire que je ne suis pas le seul à avoir dû encaisser ça, que Jodi a reçu un direct à l'estomac, elle aussi. Enfin, tu vois ce que je veux dire. Ça ne doit pas être très agréable pour toi non plus.

— Non. Ça n'a pas été agréable.

— Je sais, je sais. C'est ce que je me disais, et je voulais faire un pas vers toi, te faire savoir que je compatis, que tu n'es pas seule. Toi et moi, on est dans le même bateau.

— C'est gentil de ta part, Dean. De penser à moi alors que tu dois gérer tellement de choses, toi aussi.

— Non, non, réplique-t-il. Je voulais vraiment qu'on se rapproche. Tu es pile la personne avec qui j'ai besoin de parler. Enfin, tu vois. Essaye un peu de discuter avec ma fille. Je suis seulement heureux que sa mère ne soit pas là pour la voir foutre sa vie en l'air.

— Je suis sûre que sa mère aurait été très contrariée elle aussi par tout ça.

— Natasha a toujours été une fille bien et, en réalité, elle n'est pas obligée d'en passer par là. Je crois qu'elle ne comprend pas qu'elle peut tout simplement faire marche arrière. Ce dont elle a vraiment besoin, c'est de quelqu'un qui puisse lui mettre un peu de plomb dans la tête. Une femme, tu vois. Elle refuse de m'écouter. Il faudrait quelqu'un qui a connu sa mère. Quelqu'un comme toi. Je crois que tu pourrais avoir une vraie influence sur elle.

— Tu me flattes, Dean.

— Est-ce que tu sais qu'elle a avancé la date du mariage ? Le deuxième samedi de décembre. Bordel de merde. Elle veut que je la conduise à l'autel. Non mais tu te rends compte ? Je préférerais la voir mourir dans de l'huile bouillante.

— Voyons, tu ne le penses pas vraiment.

— Est-ce que tu en as discuté avec Todd ? Est-ce que tu sais pourquoi il n'arrête pas de m'appeler ? Qu'est-ce qu'on aurait à se dire, tous les deux ? Trente ans d'amitié et il fout tout en l'air. Je te le dis, il pourrait tout annuler demain, ça ne ferait plus la moindre différence. C'est trop tard. Il a dépassé les bornes. Je suis sûr que tu penses pareil. »

Dean est tellement bavard qu'il pourrait avoir cette conversation sans Jodi. C'est certainement un atout, pour un vendeur. Faites tout pour distraire votre cible en permanence ; ne lui laissez pas l'occasion de penser par elle-même.

« Écoute, Jodi, pourquoi est-ce que je ne te payerais pas un verre ? Ou mieux encore, je t'emmène déjeuner. Il faut qu'on se serre les coudes, qu'on partage ce fardeau, qu'on se soutienne l'un l'autre. Je passe te chercher demain, qu'est-ce que tu en dis ? On peut aller manger chinois. »

Il n'a pas seulement envie de compatir ; il a une idée derrière la tête, qui la concerne. C'est curieux qu'il pense que, entre tous, c'est elle qui pourrait avoir un impact sur Natasha. En fait, c'est gentil, d'une certaine façon. Elle ne peut pas lui en vouloir là-dessus. Mais accepter un déjeuner serait une erreur.

18
LUI

Il est dans sa Porsche, roule vers le nord dans Michigan Avenue, vers l'Illinois Center. La salle de sport est devenue une sorte de refuge, le seul détour qui lui est permis sur le chemin du retour en sortant du travail, et il a pris l'habitude de passer plus de temps à se tenir en forme, même quand il n'est pas d'humeur, même quand il a affreusement besoin d'un verre. Comme maintenant. La conversation avec Jodi l'a déstabilisé. Il n'arrive pas à comprendre ce qui cloche chez elle. Est-ce qu'elle pense qu'il va l'entretenir pour le restant de ses jours, pendant que sa famille et lui devront se passer de cet argent ? Ce n'est pas comme s'il essayait de rentrer dans un rapport de force avec elle. Il lui a offert tout le contenu de l'appartement. Est-ce qu'elle a la moindre idée de ce que ça vaut ?

Il envisage de la rappeler, mais appelle plutôt Harry.

« Mais à quoi tu pensais quand tu as envoyé cette lettre à Jodi ? s'exclame-t-il. Je voulais lui parler d'abord. On en avait discuté ensemble.

— C'est sûrement Daphné, répond Harry. Je lui en toucherai deux mots.

— C'est ça, mets tout sur le dos de ton assistante. Le truc c'est que maintenant, Jodi est officiellement en rogne et elle campe sur ses positions. Merde, Harry, tu crois pas que j'ai assez de problèmes comme ça ?

— Je vais t'en apprendre une bonne, Todd. Elle aurait de toute façon été énervée, peu importe la manière dont elle l'aurait appris.

— On le saura jamais ça maintenant, hein, Harry ?

— Garde ton objectif en tête, OK ? Ce qui importe c'est de se débarrasser de ce problème, et il ne reste plus beaucoup de temps. »

Harry a probablement raison, la façon dont elle l'aurait appris n'aurait pas changé grand-chose, mais l'avis d'expulsion semble inutilement cruel. Et ça lui donne le mauvais rôle. Celui du type froid. Sans pitié. Enfin, c'est fait maintenant, et c'est peut-être mieux comme ça, parce qu'il a vraiment besoin qu'elle déménage. Natasha lui demande tous les jours si Jodi est partie et ce qu'il compte faire si elle refuse de s'en aller. La dernière chose qu'il souhaite, c'est une dispute qui dégénère. Jodi qui s'enferme dans l'appartement, le shérif qui défonce la porte et l'escorte hors du bâtiment. Elle ne lui pardonnerait jamais.

Elle a peut-être tout simplement besoin de temps pour s'y faire. Jodi est avant tout quelqu'un de pragmatique. Donnez-lui une semaine ou deux et elle se trouvera une petite location confortable où elle pourra s'installer et se sentir chez elle. Rien de central, vu ses revenus. Elle va devoir déménager en banlieue, un endroit comme Skokie ou Evanston, du moins jusqu'à ce qu'elle passe la vitesse supérieure dans son travail et commence à voir des patients à plein temps. Ça lui fera du bien de prendre tout ça plus au sérieux, de *se* prendre plus au sérieux. Peut-être même qu'elle se trouvera un vrai job, qu'elle utilisera ses diplômes d'une meilleure façon. Elle se débrouillerait bien dans le monde de l'entreprise, et elle se ferait pas mal d'argent.

Quel que soit l'endroit où elle atterrira, il espère qu'il pourra lui rendre visite, peut-être même en faire une habitude. Par moments, quand il se laisse aller, elle lui manque terriblement. Sa cuisine et son bon sens lui manquent. La facilité et le confort de leur vie de couple. C'est peut-être la saison qui le rend nostalgique. L'automne peut être une saison magnifique, mais également menaçante – les ombres allongées, le vent frais, les feuilles au sol, le gel imminent. Il ne veut pas dire du mal de Natasha, mais rentrer chez lui le soir n'est plus ce que c'était, sans parler du désordre. Natasha semble s'épanouir dans le chaos : les voisins qui passent déposer leurs enfants, les gens qui débarquent pour le dîner, la télévision qui beugle même lorsqu'elle travaille. Et ça ne fera qu'empirer à la naissance du bébé.

Il a monté le chauffage dans la Porsche, la soufflerie dirigée vers le pare-brise pour empêcher la vitre de s'embuer, et la radio diffuse les informations. La voix de l'annonceur est suave et profonde, réconfortante en dépit des mots prononcés, des reportages sur les catastrophes de la journée. Il n'est que dix-sept heures passées et la nuit tombe vite. Les jours qui raccourcissent seraient difficiles à encaisser si on vivait à la campagne, mais la ville génère sa propre lumière, un mirage radieux aux couleurs de l'arc-en-ciel. Vu depuis l'espace, ça doit ressembler à un dôme lumineux, le champ de force de la belle ville dans laquelle il vit. Il a conduit dans ces rues toute sa vie et il connaît le moindre bout de bitume, le moindre quartier. Plus jeune, il fantasmait qu'il en était le propriétaire, que la ville lui appartenait – les rues, les bâtiments, les centrales électriques, le système de purification d'eau, même les égouts –, toute l'infrastructure. Même maintenant, quand il est dans la rue ou lorsqu'il entre au Blackie's ou au Crowne Plaza, il a cette impression d'être aux commandes.

Il adore parcourir la ville en voiture en écoutant de la musique, explorer les quartiers, observer la vie de la rue. Dans une voiture, on se trouve à la fois dans son propre univers et dans le monde qui nous entoure. Il aime aussi grignoter en voiture, et il a en général de la réglisse ou des cacahuètes salées dans la boîte à gants. Ce n'est pas très différent, il doit l'admettre, de son père qui aimait aller se terrer au sous-sol avec sa bouteille et la radio. Vous avez votre trône, votre honorable perchoir (dans le cas de son vieux, un fauteuil La-Z-Boy délabré) qui vous place au centre du monde, et vous êtes assis là comme un putain de seigneur. Parfois, dans sa voiture, il commence même à se *sentir* comme son père, à en avoir un avant-goût. La façon qu'il avait d'acquiescer dans sa barbe, par exemple, un hochement de tête à peine perceptible, pour rien, comme ça. Todd le fait aussi, parfois – il hoche la tête en direction des courants d'air ou du flux et du reflux du trafic.

19
ELLE

Elle est assise dans le bureau de Barbara Phelps, l'avocate que son amie Ellen lui a recommandée. Teinture au henné, sourcils dessinés au crayon et poignets fins, Barbara est menue et plus âgée qu'elle – elle doit avoir autour de soixante-quinze ans. Son costume à larges épaulettes flotte sur sa frêle silhouette, mais elle se tient droite comme un I. D'après Ellen, Barbara a fait son droit à l'époque où c'était encore rare pour une femme, et elle a consacré sa carrière à transformer des épouses malheureuses et dépendantes en ex-femmes libérées et autonomes – une sororité de divorcées prospères.

Situé dans les étages supérieurs d'un immeuble de bureaux du Loop, le cabinet de Barbara est meublé dans un style Bauhaus inhospitalier et décoré de gigantesques toiles de style expressionniste abstrait dont le prix atteste ce *woman power* sur lequel elle a construit sa carrière. Elle a installé Jodi sur une chaise Wassily et lui a posé quelques questions préliminaires. À présent, alors qu'elle se sert de l'avis d'expulsion de Jodi comme d'un éventail, elle explique patiemment que Jodi a été bête de ne pas épouser Todd lorsqu'elle en avait eu l'occasion, parce qu'à ce stade, Jodi a autant de droits sur son appartement qu'une colonie de chats.

« Comme vous n'êtes pas mariés, vous n'avez aucun droit sur ses biens. Vous êtes à sa merci, ma chère. Aucun juge ne va statuer contre lui. Le concubinage n'existe pas dans cet État. »

Jodi a l'impression que Barbara n'a pas vraiment compris sa situation.

« J'ai été comme son épouse pendant vingt ans, proteste-t-elle. Tout ce que nous possédons, nous l'avons construit ensemble. Il ne peut pas *m'obliger* à déménager. Si je refuse, que peut-il y faire ? »

Barbara secoue la tête.

« Vous n'avez aucun droit légal de vivre là. Si vous choisissez d'ignorer la loi, vous ne réussirez qu'à compliquer les choses. Le scénario le plus probable, c'est que vous allez finir à la rue sans rien d'autre que les vêtements que vous aurez sur le dos. Cela se passera devant les voisins. Je ne vous recommande pas cette option.

— J'ai créé un foyer pour lui, réplique Jodi. J'ai cuisiné, j'ai tenu la maison, je me suis occupée de lui. Il ne peut pas me virer juste parce qu'il me trouve encombrante.

— Si, il le peut. Et, à première vue, c'est ce qu'il va faire. »

Jodi essaie d'absorber ces propos. Cela ne fait aucun sens, elle n'arrive pas à les accorder avec sa conception de la justice. Mais elle voit ensuite où Barbara veut en venir.

« OK, dit-elle. Je comprends. C'est *son* appartement.

— Voilà, réplique Barbara. C'est *son* appartement.

— Mais il va devoir m'aider financièrement, poursuit Jodi.

— Pourquoi ?

— Parce que c'est ce qu'il a toujours fait. C'est comme cela que nous fonctionnons.

— Au contraire. D'après les lois de l'Illinois, vous ne pouvez prétendre à aucune pension. Mais tout bien considéré, vous n'êtes pas dans une position si affreuse que ça. Vous avez son autorisation verbale d'emporter avec vous tous les objets que vous voulez. S'il est sincère sur ce point, vous allez éviter de vous disputer à propos des biens domestiques, et cela vous évitera aussi la douleur de perdre ce qui est à vous. Voilà. Vous préservez ainsi votre dignité *et* vos affaires. »

En y repensant sur le trajet du retour, Jodi ne voit pas les choses comme cela. En quoi sa dignité sera-t-elle préservée si elle le laisse la mettre à la porte, avec ou sans ses affaires ? Ils sont tous de mèche : Todd, Harry, et même cette Barbara Phelps, qui est censée être de son côté. Ce qu'ils font est peut-être légal, mais c'est loin d'être humain.

En arrivant chez elle, elle retire son manteau et ses chaussures et s'allonge sur le canapé. Faire la sieste n'est pas dans ses habitudes, mais elle a l'impression d'être un caillou s'enfonçant dans une eau boueuse. Lorsqu'elle ouvre à nouveau les yeux, le ciel de l'autre côté des fenêtres a perdu ses couleurs et plongé la pièce dans une semi-pénombre. Elle se lève, retire sa jupe de tailleur Valentino et se change avant de nourrir le chien. En le regardant manger, elle souhaiterait avoir ne serait-ce que la moitié de son appétit. Dubitative, elle se tient devant le frigo ouvert et passe en revue son contenu. Au final, elle se décide pour la bouteille de vodka qui se trouve dans le freezer, se sert une petite quantité dans un verre et ajoute un trait de tonic. En temps normal elle ne boit pas seule, mais c'est une occasion spéciale. Il faut en quelque sorte qu'elle fête cela. Elle a toujours été aux commandes de sa vie, quelqu'un qui gère bien les choses, mais aujourd'hui on l'a mise à terre, et il aura seulement suffi d'une petite poussée, d'un léger coup de pied. Sa position était précaire à ce point. Deux décennies à croire que son mode de vie était assuré, et il s'avère que tout ce temps elle était suspendue à un fil. Depuis qu'elle a emménagé avec Todd, elle s'est tout bonnement bercée d'illusions – il n'y a pas d'autre façon de voir les choses. Elle a construit sa vie sur une fausse promesse, elle a pris ses désirs pour des réalités. La personne qu'elle croyait être n'a jamais existé.

Elle finit son verre et s'en ressert un autre, et cette fois elle omet le tonic. Trente jours. C'est ce qu'on lui a accordé. Trente jours pour s'extraire de son propre présent, comme on extrairait une écharde plantée dans la chair vivante. C'est à cela qu'elle en est arrivée. On l'a réduite au statut de corps étranger dans son propre environnement.

Elle connaît des femmes qui ont traversé des épreuves similaires, et absolument aucune d'entre elles ne peut prétendre être un modèle. Ces femmes, au nombre desquelles figure son amie Ellen, n'en sont ressorties ni plus dignes, ni plus sages, n'ont pas réussi à rattraper les années perdues ou à retrouver leur enthousiasme. Et pourtant la plupart d'entre elles sont mieux loties qu'elle ne le sera jamais. La plupart d'entre elles ont au moins pu garder leur maison.

Cette situation, cette pagaille qu'elle a créée, ferait les beaux jours des adlériens. Ils sont très forts pour faire ressortir l'erreur dans le mode de vie du patient, sa logique intime tordue et ses assomptions farfelues. Tous ces privilèges et toutes ces chances, et elle est allée droit dans le mur. Elle pouvait se le permettre parce qu'elle prenait pour acquis que la vie prendrait soin d'elle, qu'elle n'avait pas besoin d'anticiper et de prendre des précautions. C'était une forme d'arrogance ; elle s'en rend compte à présent. Si Gerard Hartmann avait repéré ce trait lorsqu'elle était encore sa patiente, il l'aurait immédiatement poussée à se ressaisir. De fait, Gerard l'aurait très probablement empêchée de se saborder totalement si elle l'avait laissé faire, si seulement elle avait poursuivi ses séances avec lui. Gerard savait de quoi il parlait et son instinct lui disait de poursuivre avec Jodi – en dépit du fait qu'elle semblait n'avoir aucun problème et qu'elle n'avait pas besoin (selon elle, du moins) de ses services.

Ce qui ne veut pas dire que ses séances avec Gerard avaient été une perte de temps. Une fois qu'ils avaient abordé sa relation avec Ryan, elle avait pu constater qu'il y avait là un nœud à défaire. Et le dénouer n'avait pas été aussi douloureux que cela, à vrai dire. Gerard était doué – un expert qualifié et exceptionnellement perspicace. C'était également le plus doux et le plus gentil des inquisiteurs.

Gerard : Revenons aux crises de Ryan. Vous avez mentionné des cauchemars et des blessures auto-infligées. Quel était le problème, exactement ?

Jodi : Il se réveillait en hurlant, certaines nuits. Il criait et se débattait et refusait de se calmer. À d'autres moments il se mordait jusqu'au sang. Il se mordait le bras ou la partie charnue de la paume.

Gerard : Est-ce qu'on l'a emmené voir un médecin ?

Jodi : Oui, c'est ce qu'ils ont dû faire. C'est ce qui semble logique.

Gerard : Est-ce que vous savez s'il a été diagnostiqué ou traité ?

Jodi : On ne lui a jamais diagnostiqué de trouble mental, si c'est ce que vous voulez dire. C'était juste une phase. Ça a fini par lui passer.

Gerard : Quand Ryan faisait ses crises, comment vos parents les géraient-ils ?

Jodi : C'était moi qui les gérais. C'était *mon* job.

Gerard : Comment cela se fait-il que ce soit devenu *votre* job ?

Jodi : C'est devenu mon job parce que mes parents ne faisaient qu'aggraver les choses. Papa n'avait recours qu'à la discipline, et maman se contentait de, vous savez, rester plantée là, impuissante, en se tordant les mains.

Gerard : Est-ce que vos parents vous ont sollicitée pour que vous interveniez, ou était-ce votre idée ?

Jodi : Je crois qu'au début, c'était mon idée, et ensuite, après un temps, ils sont simplement partis du principe que je m'en occuperais.

Gerard : Comment le viviez-vous ?
Jodi : Oh, sans problème. Ryan se calmait. Maman se calmait. Papa le laissait tranquille. Et tout revenait à la normale.
Gerard : Et le fait qu'ils présument que vous vous en occuperiez, que c'était votre job, comment le viviez-vous ?
Jodi : Je dirais que je me suis sentie valorisée, je crois. J'étais juste une gamine, et je me retrouvais avec toute cette autorité et cette responsabilité. Je pense que je me suis épanouie là-dedans. Ça a sûrement eu un effet sur l'image que j'avais de moi, et bien sûr, en fin de compte, ça a influencé mon orientation professionnelle. Que je sois celle qui pouvait aider Ryan à aller mieux.
Gerard : Vous dites « responsabilité ». Comment viviez-vous le fait d'avoir cette responsabilité sur le bien-être de votre frère ? Vous étiez juste une gamine, comme vous l'avez dit.
Jodi : J'adorais Ryan. Aider Ryan, c'était une seconde nature pour moi. Je n'y réfléchissais pas vraiment.
Gerard : Est-ce que cette impression d'être responsable de Ryan s'est prolongée à l'âge adulte ?
Jodi : Vous voulez dire, est-ce que je me sens responsable de Ryan maintenant qu'il est devenu adulte ? Du Ryan qui n'a pas de vie amoureuse, qui ne s'est pas investi dans un travail épanouissant, qui ne parle pas à la plupart des membres de sa famille ? Pour résumer, qui se fout plus ou moins des buts majeurs de la vie définis par Adler ? Est-ce que je me sens responsable de ce Ryan ?
Gerard : Oui.

Jodi : Je ne m'attendais pas à cette question. Enfin. Oui, peut-être que je me sens responsable. OK. Bien sûr que je me sens responsable de lui. À un certain niveau, je suppose.

Gerard : Pourquoi croyez-vous que vous ressentez cela ?

Jodi : Vous ne ressentiriez pas ça à ma place ? Je veux dire, est-ce que ça ne serait pas le cas pour n'importe qui ? Vu les circonstances ?

Gerard : Comment décririez-vous les circonstances ?

Jodi : OK, peut-être que ce que je ressens, ce n'est pas exactement de la responsabilité. Disons simplement que je m'inquiète. J'aimerais pouvoir l'aider, mais je ne peux pas l'aider. Il refuse.

Gerard : D'après vous, pour quelle raison vous inquiétez-vous ?

Jodi : Je veux qu'il soit heureux. Je veux qu'il vive une existence épanouie. Quand il sera vieux et qu'il repensera à sa vie, je veux qu'il ait l'impression d'avoir fait les bons choix, de ne pas avoir gâché les chances qu'il a eues, d'avoir eu un but, peu importe lequel, qu'il soit allé au bout de son projet et qu'il ait accompli quelque chose.

Gerard : Parlons de *votre* but, le but de toute cette inquiétude.

Jodi : Qu'est-ce que vous voulez dire ?

Gerard : Que se passerait-il si vous arrêtiez de vous inquiéter pour Ryan ?

Jodi : Vous pensez que le fait que je m'inquiète est un problème ?

Gerard : Quelle est l'utilité, d'après vous, de votre inquiétude ?

Jodi : Est-ce que le fait de s'inquiéter doit obligatoirement avoir une utilité ?

Gerard : Pensez-vous que cela aide Ryan lorsque vous vous inquiétez pour lui ?

Jodi : OK. Touchée. Je comprends. Je vois ce que vous voulez dire. Bien sûr que ça ne l'aide pas *lui* ; c'est *moi* que ça aide. Tant que je m'inquiète pour lui, je peux avoir l'impression qu'au moins je fais un effort, que je ne l'ai pas abandonné.

Gerard : Pensez-vous que c'est ce que vous ressentiriez si vous ne vous inquiétiez pas ? Que vous l'abandonneriez ?

Jodi : Probablement. Oui.

Gerard : Que ressentiriez-vous d'autre ?

Jodi : Je crois que j'aurais l'impression d'avoir brisé le lien qui nous unit. Je ne me sentirais plus reliée à lui. Parce que, maintenant que j'y pense, en réalité je ne le vois que rarement et je n'ai aucun moyen de garder le contact avec lui. Alors, comment rester liés tous les deux si je ne m'inquiète pas ?

Gerard : Donc, lorsque vous vous inquiétez pour Ryan, vous vous sentez reliée à lui. Et si vous arrêtiez de vous inquiéter, si vous perdiez ce sentiment de lien, que se passerait-il alors ?

Jodi : Je m'inquiéterais de la perte de cette connexion. Ça doit sembler ridicule.

Gerard : Ce n'est pas ridicule. Mais il existe sûrement de meilleurs moyens que le fait de vous inquiéter pour entretenir en vous le lien qui vous unit à Ryan.

Jodi : Comme quoi, par exemple ?
Gerard : J'aimerais que vous y réfléchissiez de votre côté. Appelons ça vos devoirs pour la prochaine fois.

20
LUI

Natasha l'appelle alors qu'il est en route pour la salle de sport. Elle veut qu'il soit rentré pour dix-neuf heures, dit-elle, et s'il pouvait apporter du vin pour le dîner ce serait parfait. Voilà Natasha en un mot. Jodi ne l'avait jamais envoyé faire des courses de dernière minute. Ce n'est pas que cela le dérange d'aller acheter du vin ; ce qui le dérange vraiment, c'est la façon dont elle présente les choses, comme si c'était attendu, comme si c'était elle qui dirigeait tout. Où est le donnant-donnant dans toute cette histoire ? Il aimerait bien le savoir. Ce n'est pas comme si elle gardait l'appartement propre, ou même préparait le dîner. À la minute où il passe la porte, elle l'envoie trimer dans la cuisine.

Il quitte Michigan Avenue, tourne dans Adams Street et fait demi-tour pour passer chez le caviste de Printers Row. L'endroit est bondé et il y a la queue à la caisse. Le temps qu'il ressorte de là, il n'a plus le temps pour une séance à la salle de sport, et il décide de se payer une bière à la place. Cela va faire bien trop longtemps qu'il ne s'est pas installé dans un bar pour boire une bière. Au début, ça ne le dérangeait pas tant que cela qu'elle le tienne à l'œil. Vu qu'elle a la moitié de son âge et qu'elle ne pense qu'au sexe, il trouvait cela rassurant. Mais ce genre de comportement ne peut pas continuer indéfiniment. Et les choses sont différentes à présent. Maintenant qu'elle est enceinte et qu'elle ne sort plus.

Et puis merde, il va s'arrêter pour s'en payer une petite. Au moins, il sera à la maison à temps pour le dîner. Elle le saura à son odeur et elle fera toute une histoire, mais cela ne sera pas aussi affreux que la fois où il est rentré à trois heures du matin après sa visite chez Jodi. Natasha refusait de croire qu'il avait passé tout ce temps avec Harry, même si, selon lui, l'histoire qu'il lui avait racontée était parfaitement plausible :

« On est restés au bar jusqu'à la fermeture et ensuite on est allés dans un snack ouvert toute la nuit pour s'enfiler du bacon et des œufs.

— Tu as vu Jodi », avait-elle dit, comme douée de seconde vue.

Elle l'avait finalement obligé à avouer. Mais il n'avait vu Jodi qu'un instant, avait-il maintenu, et c'était avant, pas après, son rendez-vous avec Harry. Ceci expliquait au moins les vêtements qu'il avait embarqués avec lui. Et il n'aurait pas senti le besoin de le lui cacher, avait-il ajouté, si elle n'était pas si foutrement tyrannique.

En arrivant au Drake, il s'assoit au bar et il a l'impression d'être de retour au bercail. Il adore le bois poli et le cuir, la pénombre électrique, les rangées scintillantes de bouteilles et de verres, le ronronnement des voix et la bousculade pour se faire une place, la première et longue gorgée de pression mousseuse que son ami le barman a posée devant lui. Il règle ses antennes sur les retrouvailles qui se déroulent autour de lui, cette impression de libération et de possibilités qui accompagne la sortie du bureau, lorsque les gens s'installent pour boire le premier verre de la journée. Il s'ajuste aux ions et aux phéromones à la dérive, aux vagues de paroles et de rires, aux attentes et espoirs naissants.

Assis sur son tabouret après une si longue absence, il est pris d'une tendre dévotion, d'une révérence pour ce sanctuaire accueillant, avec ses accoutrements et ses rituels pittoresques, ses shakers et ses passoires, les gobelets, flûtes et verres à alcool, ses oignons au vinaigre et ses zestes de citron, ses dessous de verre particuliers – un différent pour chaque boisson –, son assemblée bourdonnante, et le prêtre séculier derrière le bar qui accomplit les rites consacrés. Cela lui rappelle l'église qu'il fréquentait avec sa mère, qui l'a élevé dans la religion catholique, ou a essayé, en tout cas. Il ne s'était jamais fait à l'idée du vieux bonhomme dans le ciel, mais il avait été fasciné dès le début par le glamour et la mystique de l'ensemble : les processions solennelles, les robes colorées, l'encensoir et sa fumée, les psalmodies et les chants. Il adorait l'idée que quelque chose puisse être béni et par là même réellement transformé : le vin, l'eau, et les gens aussi. Parfois, il rêvait du tabernacle, cette étrange petite demeure richement ornée construite pour abriter l'énigmatique sacrement. Il avait une attirance pour le mystère et l'extase, et à présent il occupe le bar du Drake pratiquement dans le même esprit. Le salut se trouve également ici, à portée de main. Nous sommes tous les vecteurs de nos propres vérités essentielles. Tout ce que nous possédons vraiment dans la vie, c'est cette force primitive qui nous porte au quotidien – notre capacité à agir, sans fard, sans instruction, omniprésente et innée. La force vitale est le Saint-Esprit en chacun de nous.

Cette présence intérieure était manifeste en lui durant sa jeunesse – dans son enfance alors qu'il apprenait à se dissocier de ses parents, lorsqu'il s'est échappé et a découvert le monde en général, l'exaltation que cela a entraînée, et ensuite lorsqu'il avait pris ses marques dans les affaires et fait l'expérience de son pouvoir et de son impunité, et lorsqu'il avait rencontré Jodi pour la première fois et, à travers elle, l'essence de la communion. C'est un amant amoureux de la terre entière, et lorsqu'il est en forme le monde le lui rend bien. C'est de cette manière qu'il veut vivre chaque minute de sa vie. Il veut tout dévoiler. Il veut regarder dans les yeux le mystère révélé, participer, s'immerger – être tout sauf un gars qui observe, un gars qui conditionne, un gars qui regrette.

Certaines personnes ne voient pas les choses comme ça. Jodi, par exemple. Mais on ne peut pas vivre sa vie selon les règles de quelqu'un d'autre. Et Jodi l'admire malgré tout. Elle admire son succès, sa capacité à tenir ses promesses, à marcher dans le champ de ses rêves. Il aime cette admiration que Jodi lui porte. C'est ce qui l'a soutenu et lui a donné du courage durant toutes ces années, et cela s'est accompagné d'une certaine discipline, assez pour le tempérer un peu, le stabiliser dans son parcours. Il aurait pu réussir sans elle, mais elle lui permettait de mettre cette précieuse huile dans ses rouages. Peu d'hommes ont été aimés ainsi. Même l'amour que lui portait sa mère était moins entier – gâché par la culpabilité qu'elle ressentait, et même contrecarré par sa fidélité à son mari.

Jodi fait partie de sa vie depuis si longtemps. Les jours vécus, les mots prononcés, les émotions ressenties, toute une histoire accumulée, un quantum de sens. Sa vie avec Jodi est un trésor accumulé cousu dans une bourse rangée dans le creux de sa poitrine. Ce n'est pas sa faute à elle si elle n'a pas pu le sauver de lui-même. Ce dont il a peur à présent, c'est que le trou noir s'ouvre à nouveau. Parfois il le sent qui le tiraille. Ces temps-ci, la terre promise lui échappe. Il lui faut être opportuniste et l'atteindre comme il peut. Dans le crépuscule du bar en fin d'après-midi, ou un soir de pluie, quand la rue est une rivière de reflets. Dans les yeux pleins de désir d'une femme ou dans sa nudité prodigieuse. L'amour, après tout, est indivisible. Aimer plus l'une ne veut pas dire aimer moins l'autre. La foi n'est pas quelque chose que l'on construit : on la porte en soi.

Il retire sa veste et la suspend au dossier de son tabouret. Il s'écoule peut-être une demi-heure avant que Natasha ne commence à se faire du souci, et une heure encore avant que ce soit bel et bien l'heure du dîner. Il commande un burger avec sa deuxième pinte et le dévore en trois ou quatre bouchées, mais il décide de prendre son temps avec sa pression. Il n'est pas un soiffard, contrairement à son père. Il n'est pas non plus un fils de pute mesquin, même quand il boit plus que ce qu'il ne devrait. S'asseoir devant une bière est une petite récompense après sa journée de travail, une récompense bien gagnée et bien méritée. Il subvient aux besoins de sa famille. Il gère ce qu'il y a à gérer. Contrairement à son père, encore une fois. Le vieux était un vrai cas, la preuve, personne n'est venu assister à son enterrement. Au moins, sa mère a pu vivre quelques années tranquilles après sa mort.

Se rappelant Natasha, il tapote le téléphone dans sa poche. Si elle l'appelle, il essaiera de la réconforter. Ils se disputent beaucoup trop et ne prennent pas assez de bon temps, ne sont pas aussi tendres qu'avant. En gros, elle a toujours besoin d'être rassurée ; voilà le problème. Elle devrait prendre exemple sur Jodi, qui n'a jamais essayé de diriger sa vie et ne cherchait pas la bagarre.

Quand elle l'appelle enfin, il est en train de finir son deuxième burger, et avant de répondre il boit une gorgée de bière pour faire descendre la dernière bouchée.

« On dirait que tu es dans un bar, dit-elle.

— Je me suis arrêté pour boire un verre sur le chemin du retour.

— Tu n'es pas allé faire du sport ?

— J'ai pas eu le temps.

— Tu es au bar depuis que tu es sorti du travail ?

— Tu sais combien je t'aime.

— Ça n'a vraiment rien à voir.

— Mais si, au contraire. Tu es belle et je t'aime et c'est tout ce qui compte.

— Si tu m'aimais, tu serais déjà là. On a des invités ce soir. Est-ce que tu as oublié ? dit-elle d'une voix qui monte dans les aigus.

— Calme-toi un peu, tu veux. Je prends juste un verre.

— Est-ce qu'il y a quelqu'un avec toi ?

— Non. Je suis seul.

— Je suppose que tu as oublié le vin.

— Pas du tout.

— Tu as acheté le vin ?

— Oui, j'ai acheté le vin.

— Je veux que tu rentres tout de suite.

— Très bien. Si tu veux que je rentre, je rentre.

— Je vais attendre au téléphone que tu aies réglé. Tu as déjà réglé l'addition ?

— Non. Mais je vais payer, si c'est ce que tu veux que je fasse.

— Je veux que tu règles ton addition. J'attends.

— Je suis en train de le faire, là. Je règle mon addition. »

Il fait signe au barman, sort son portefeuille.

« Dis-moi quand tu as payé », lâche-t-elle.

Il fait la transaction et boit ce qui reste de son verre.

« OK, dit-il. J'ai payé et je sors du bar.

— Est-ce que tu es debout ?

— Oui, je me lève. »

Il descend du tabouret.

« Je passe la porte.

— Tu parlais à quelqu'un.

— Je parlais au barman.

— Qu'est-ce que tu lui as dit ?

— Je lui ai dit de garder la monnaie.

— Ça y est, tu es sorti du bar ?
— Oui, je suis sorti du bar. Je vais raccrocher, là.
— Je veux que tu rentres directement à la maison.
— Je raccroche, là. »

21
ELLE

Cela fait huit jours maintenant qu'elle n'a pas quitté l'appartement. Elle n'aurait pas cru cela possible, mais elle a pu facilement satisfaire ses besoins. Pour la plupart des choses essentielles du quotidien – courses, affaires de toilette, DVD et le reste – elle peut faire ses achats en ligne. Le portier lui monte son courrier et la promeneuse de chien passe maintenant trois fois par jour – matin, après-midi et soir. Elle a déjà sous la main une grande partie de ce dont elle a besoin, parce qu'elle aime acheter en quantité et conserver des stocks bien fournis. Néanmoins, passer chaque minute de son temps chez elle lui pèse de plus en plus. Sans ses activités extérieures sur lesquelles elle compte en temps normal pour se stimuler, son quotidien a pris une dimension onirique. Elle est de moins en moins consciente de la réalité. Et son inactivité rend les jours d'automne, déjà raccourcis, plus brefs que jamais. Avec si peu de déplacements et d'événements pour marquer et rythmer ses journées, les heures ont tendance à filer en un clin d'œil. Le soleil se lève, le soleil se couche, et il ne se passe pas assez de choses entre-temps. Ses nuits, d'un autre côté, sont inexplicablement longues, en dépit de leur vacuité absolue.

Dans sa solitude, elle a pris l'habitude de dérouler dans sa tête de possibles événements à venir, et plus elle s'éternise sur ces scénarios, plus ils l'effraient. Elle envisage un raid comme ceux qu'elle a pu voir dans les films de guerre, avec des voyous en uniforme qui défoncent la porte et la traînent dehors dans la nuit. Elle imagine que l'une des personnes à qui elle ouvre habituellement la porte décide de la trahir : un de ses patients, le portier, le garçon qui lui livre ses courses. Durant ses moments de lucidité, elle comprend que ces inquiétudes sont irrationnelles. S'ils doivent venir la chercher, ils viendront pendant la journée, et Todd les fera entrer avec sa clé. Mais c'est la nuit qu'elle a le plus peur. Entre le crépuscule et l'aube, elle ne se sent à aucun moment en sécurité.

Il faut absolument qu'elle se procure des somnifères. Ceux qui sont en vente libre ne fonctionnent pas, et pour avoir une ordonnance il lui faudrait consulter un médecin. Elle a pensé à s'en procurer sur Internet, mais acheter des médicaments en ligne reviendrait à les acheter au marché noir. L'insomnie n'a jamais été un problème par le passé, mais ces derniers temps cela a tellement empiré qu'elle a des moments d'absence, et parfois elle voit double. Elle regrette à présent de ne pas avoir gardé l'Eszopiclone de Natasha. L'administrer à Todd n'avait servi à rien.

Elle s'assoupit parfois, mais ensuite elle se met à rêver et tout n'est qu'agitation et confusion. Lorsqu'elle se réveille, elle se sent encore plus mal. Sans un bon somnifère pour la mettre KO, il vaut mieux qu'elle ne dorme pas du tout. De plus en plus fréquemment, elle a pris l'habitude de s'asseoir devant son ordinateur au petit matin pour enchaîner les parties de solitaire, ou alors elle emporte ses couvertures et ses oreillers sur le canapé, où elle regarde des films. Dans sa vie d'avant, elle lisait pour s'endormir, mais ces jours-ci elle n'arrive pas à se concentrer. Cela l'aide de garder un verre de vodka à côté d'elle et de le boire à petites gorgées alors que les heures se traînent. Elle aime le goût amer et brut de la boisson et son effet sur elle : elle a l'impression d'être une poupée de chiffon qui a perdu son rembourrage.

Mais une fois le matin venu, elle est exténuée et encore à moitié soûle. Pour se préparer à la venue de ses patients, elle passe un long moment sous la douche et boit une cafetière entière avant de terminer sur un bon bain de bouche. Sa sécurité financière étant menacée, il est d'une importance vitale qu'elle ne s'aliène pas ses patients, et elle fait de son mieux pour préserver les apparences, mais ses problèmes se lisent sur son visage, à la vue de tous : la pâleur mortelle, pire qu'avant, les paupières gonflées, les cernes sombres, la peau tirée – les signes universels indiquant que les choses ont mal tourné. Elle a révisé son jugement sur le maquillage, mais le blush et le fond de teint ne peuvent pas faire des miracles non plus. Aucun de ses patients n'a fait de remarques, mais ils doivent sûrement se demander ce qui se passe. Sa capacité de concentration anéantie, elle a du mal à suivre durant les séances, et pour ne rien arranger elle est d'humeur changeante et irritable. La plupart du temps, avec la plupart de ses patients, elle est à deux doigts de péter les plombs en plein milieu de la séance.

À présent, elle se tient près de la fenêtre et observe la vue. Le ciel tacheté descend bas sur le lac, crachant de la pluie tel un animal géant qui se soulage. L'eau, agitée et d'une couleur boueuse, lui évoque un égout en ébullition. Ce n'est pas sa faute. Rien de tout cela n'est sa faute. Elle a fait de son mieux pour que sa relation avec Todd fonctionne. Elle s'est montrée tolérante, compréhensive et indulgente. Elle n'a pas été cupide ou possessive. Contrairement aux femmes que l'on voit dans l'émission *Dr Phil*, qui s'effondrent quand il s'avère que leur obsédé de type va voir ailleurs. Snif, snif. Les femmes dans le monde entier ont supporté bien pire, pendant des siècles. L'idée d'âmes sœurs est bien jolie, mais se confirme rarement dans la pratique. Les conseillers matrimoniaux comme le Dr Phil mettent la barre trop haut, enseignent aux femmes à avoir de trop grandes attentes, et finissent par engendrer de l'insatisfaction. Nous vivons seuls dans nos psychés encombrées, possédés par nos croyances arrêtées, nos désirs stupides, nos infinies contradictions – et, que nous le voulions ou non, nous devons tolérer cela chez les uns comme chez les autres. Voulez-vous que votre homme soit un homme, ou voulez-vous le transformer en femmelette ? Ne croyez pas que vous pouvez avoir les deux. Elle n'a pas fait cette erreur avec Todd. Elle lui a laissé beaucoup d'espace. Il ne pouvait se plaindre de rien. Ce n'est pas sa faute.

Aujourd'hui on est mercredi, c'est le jour où Klara vient faire le ménage. Klara est une femme mariée, qui a des enfants adolescents et fait des ménages à mi-temps pour compléter les revenus de la famille. Elle arrive à treize heures et passe quatre heures à frotter, polir, aspirer, changer les draps et faire la lessive. La méthode de Klara consiste à s'activer dans toutes les pièces à la fois, ce qui veut dire que l'éviter est quasiment impossible, donc Jodi a toujours fait en sorte de ne pas être là quand Klara arrive. Du moins, c'était comme cela avant, avant qu'elle ne devienne une recluse. Aujourd'hui, Klara est entrée avec sa clé, comme d'habitude, et elle a failli avoir une crise cardiaque quand elle est tombée sur Jodi dans la cuisine. C'est la première fois depuis des mois qu'elle et Jodi se croisent.

« Qu'est-ce que vous faites là, madame Gilbert ? demande-t-elle. Vous êtes malade ? »

Elle prononce avec soin ses mots. Son anglais est bon, mais elle parle avec un fort accent hongrois.

« Je vais bien, merci, répond Jodi. S'il vous plaît, faites vraiment comme si je n'étais pas là. Je vais essayer de ne pas traîner dans vos pattes. »

Pour le moment, Klara s'est temporairement absentée parce que Jodi l'a envoyée faire des courses. Elle lui a donné une liasse de chèques à déposer à la banque, demandé de retirer de l'argent et d'acheter une bouteille de Stolichnaya. Elle aurait pu solliciter une de ses amies pour l'aider à faire tout cela, mais il lui faudrait alors fournir des explications, et pour l'instant ses amies ne sont pas au courant des derniers rebondissements. Et elles n'ont pas besoin de l'être. Elles n'ont pas besoin d'apprendre, par exemple, qu'elle n'est pas la personne qu'elle pensait être, la branche robuste qui plie sous le vent mais ne se brise pas, celle qui rit de tout et s'est consacrée professionnellement à aider les autres à se montrer plus résistants, comme elle. Par le passé, elle s'est toujours montrée ouverte avec ses amies, mais c'était quand elle était maîtresse de la situation. Elles n'ont pas besoin de voir la Jodi qui ne s'en sort pas. Et puis elle peine à reconnaître, même intérieurement, que ce bouleversement immense et cruel est en train de lui arriver à elle. La plupart du temps elle ne regarde pas plus loin que le prochain obstacle dans sa journée : ses patients, sa liste des courses, le regard inquisiteur du portier lorsqu'il lui tend son courrier, le compromis qu'elle fait entre manger un vrai repas et ne rien manger du tout.

Cela n'a pas été difficile de maintenir à distance ses amies. La seule qui l'enquiquine est Alison. Elle a pris l'habitude de l'appeler presque tous les jours. Alison est une vraie amie ; ces temps-ci, Jodi devrait même dire que c'est sa meilleure amie. C'est vraiment *la* personne qui essaie de l'aider. L'inquiétude d'Alison est touchante, et personne ne pourrait apprécier Alison autant que Jodi, mais pour l'instant elle doit rester concentrée et économiser son énergie, se consacrer à garder sa maison intacte.

Une fois que Klara est revenue avec la vodka, l'argent liquide et le reçu de la banque, Jodi s'enferme dans son bureau et regarde le voyant qui clignote sur son téléphone. Elle est consciente que des gens l'ont appelée, mais ces jours-ci elle considère la sonnerie d'un air dubitatif, comme elle le ferait avec un chien qui aboie. Tous les jours ou presque, elle fait défiler la liste des appels manqués et écoute certains messages.

Certains viennent de Todd, mais pas le Todd qu'elle connaît et qu'elle aime. C'est un Todd différent, et aujourd'hui ce Todd différent l'a appelée une fois, depuis son portable, tôt ce matin. Elle écoute son message, mais a du mal à l'entendre avec Klara qui attaque les remparts – elle a mis en marche l'aspirateur et elle le cogne contre la porte du bureau de Jodi en nettoyant le linteau et les boiseries. Plaçant une main sur son oreille libre, Jodi essaie de comprendre ce que raconte Todd, quelque chose à propos d'un cauchemar, et il a l'air bouleversé, mais elle n'arrive pas vraiment à en comprendre le sens général avec tout ce bruit, et puis de toute façon elle n'a pas la patience et hésite l'espace d'un instant avant d'abandonner et d'effacer le message.

22
LUI

Il est au volant de sa voiture, descend Clark Street vers le sud, en direction de la pharmacie Walgreens, au coin de Clark Street et de Lake Street, pour aller récupérer son ordonnance de pastilles antifongiques. Une boule de coton maintenue par un pansement couvre l'endroit au creux de son bras où l'aiguille a percé la peau. Il a laissé derrière lui, au cabinet du médecin, un tube de sang, qui va être testé pour toutes les MST, y compris la syphilis, la chlamydia et la gonorrhée, ainsi que pour le VIH. Le Dr Ruben a refusé de se prononcer sur la probabilité que le virus d'immunodéficience humaine soit à l'origine de cette lésion, qui d'après Todd s'est agrandie. « Attendons le résultat des analyses », a dit le médecin. Todd l'a interprété comme un mauvais signe, et à présent il doit attendre plusieurs jours, qu'il va passer à s'inquiéter et à spéculer en silence. Évidemment, il ne peut rien dire à Natasha, qui l'a déjà accusé plus d'une fois d'infidélité. Que se passerait-il si elle avait vent de tout cela ? L'ironie de la situation, c'est qu'elle n'a vraiment aucune raison de le soupçonner. C'est à peine s'il a regardé une autre femme depuis qu'il est avec elle.

Le médecin avait dû s'y reprendre à deux fois avant de faire entrer l'aiguille dans la veine, mais Todd n'avait quasiment rien senti. Il ne pensait pas à l'aiguille ; il était trop obnubilé par le VIH, ce virus qu'il a fini par s'imaginer comme une sorte de boule à facettes mutante, clignant de l'œil et clignotant vulgairement, une image dérivée des illustrations trouvées sur Internet. Il se demande bien quels esprits pervers ont réussi à produire ce genre de représentations. Avec un diamètre d'environ cent nanomètres, le virus est totalement invisible et beaucoup trop petit pour remplir les verts, roses et oranges des illustrations. Pour ne serait-ce que le détecter, vous avez besoin de la Rolls-Royce des microscopes, celui qui peut agrandir quelque chose un demi-million de fois. Dans une certaine mesure, étant aussi minuscule, le virus est inoffensif. Ce n'est qu'en masse qu'il constitue une menace. Comme les fourmis ou les abeilles, il en faut une légion avant que ça ne devienne un fardeau. Mais une fois à l'intérieur de vous, il prend ses quartiers et prolifère en silence, utilisant votre corps comme une usine, exploitant vos ressources naturelles pour créer des copies de lui-même, s'installant une place forte, asphyxiant votre sang, il fait de vous de la science-fiction, et vous vous retrouvez alors – sans vous douter de rien – à déambuler comme si de ne rien n'était, jusqu'au jour où le sol se dérobe sous vos pieds lors d'une visite chez le dentiste.

Ce qui le perturbe n'est pas tant qu'il s'agisse d'une maladie mortelle, car ce n'est plus forcément le cas. De nos jours, on peut le contrôler à l'aide d'un cocktail d'antirétroviraux, mais cette perspective le terrifie tout de même. Les médicaments coûtent une fortune, il y a les effets secondaires à gérer et vous vous retrouvez esclave de la profession médicale, sans parler du froid que cela va jeter sur votre vie sexuelle. *Sa* vie sexuelle. Que dirait Natasha s'il se mettait à utiliser des préservatifs, surtout maintenant qu'elle est enceinte ? Comment pourrait-il jamais lui expliquer qu'il l'a mise en danger, non seulement elle, mais aussi le bébé ? Même si cela ne se révélait être qu'une fausse alerte et qu'elle et le bébé étaient hors de danger, il est probable qu'elle ne lui adresserait plus jamais la parole. Et puis il y a Jodi. Il faudrait la mettre au courant elle aussi.

Le temps qu'il ait ses résultats d'analyse, il sera à quelques jours du mariage. D'abord les résultats, ensuite le mariage, qui s'enchaînent rapidement, et à vrai dire il appréhende les deux tout autant. Ces événements à venir lui donnent l'impression que les choses lui ont échappé. Il ne sait pas qui décide de sa vie en ce moment, mais ce n'est certainement pas lui, putain. Il commence à se sentir comme un spectateur, rien de plus, qui se tient sur la touche pendant que les autres décident de son sort.

Alors qu'il traverse la rivière, ses pneus passent sur la chaussée grillagée du pont, et le ronronnement régulier du moteur devient un trémolo discordant. Il s'arrête au feu rouge de Wacker Drive et sa main se pose sur son entrejambe. Merde, il voulait en parler à son médecin ! Il a l'impression que cette zone est irritée, mais il n'y a aucune marque visible qui pourrait l'indiquer : pas de bouton ou de bosse, pas de zébrure, de rougeur, de décoloration. L'inflammation part de nulle part et il a l'impression qu'une armée de mille-pattes aux pattes duveteuses grouille sous son prépuce. Plus il se gratte, plus ça le gratte, mais il lui est impossible de se retenir. Alors qu'il s'engage dans l'intersection, une main sur le volant, il est pris d'une envie frénétique de se balancer d'avant en arrière. La voiture zigzague et les passants se retournent pour le dévisager, et certains sourient. Ce n'est pas difficile de deviner ce qu'ils pensent.

Lui et Natasha pourraient former le couple parfait si seulement elle arrêtait de le tanner, de lui forcer la main. Comme tomber enceinte quand c'est arrivé, et la façon dont elle s'occupe du mariage. Tous les jours elle rajoute des invités, quelque chose au menu ou au plan de table. Pourquoi veut-elle des pointes d'asperge alors qu'elle a déjà un mélange de légumes verts ? Elle a dépensé une fortune sur des arrangements floraux, alors pourquoi a-t-elle besoin d'une sculpture de glace ? Hier elle a désigné deux demoiselles d'honneur supplémentaires, ce qui fait un total de huit, et qui sait si elle va s'arrêter là ? Chaque demoiselle d'honneur reçoit une robe, un petit bouquet et une paire de chaussures. Il paie aussi pour leur coiffure et leur maquillage. Il aurait dû s'en occuper dès le début, établir quelques principes de base, mettre des limites.

Il n'est pas violent. Il n'est pas comme son père et ne le sera jamais. Pendant toutes ces années passées avec Jodi, il n'a même pas ne serait-ce qu'élevé la voix. Mais Natasha doit apprendre qu'elle ne peut pas lui donner des ordres, qu'il ne va pas se faire émasculer, ni par elle ni par aucune femme. Natasha est autoritaire, mais elle est aussi immature et manque de recul. Elle n'avait absolument pas besoin d'aller pleurer chez son papa. Comme si les relations qu'il entretient avec Dean ne sont pas déjà assez compliquées comme ça. Et puis, vraiment, il l'avait à peine touchée. On peut difficilement qualifier une tape sur l'oreille de maltraitance, et ce n'était pas pour cette raison qu'elle était tombée. Elle avait momentanément perdu l'équilibre, mais c'était seulement parce qu'elle a été surprise. C'est *elle* qui l'avait agressé, *lui*, et pourtant elle avait été étonnée qu'il réplique. Voilà comment sont les femmes. Enfin bref, après avoir retrouvé son équilibre, elle avait fait volte-face pour sortir de la pièce, et c'est *là* qu'elle avait trébuché et qu'elle était tombée. Oui, c'était malheureux, mais quelques secondes plus tard elle était déjà en train de déformer les faits. Tout ça parce qu'il lui avait demandé de faire preuve d'un peu de retenue. « Tu sais que je t'aime, mais tu n'es pas raisonnable. » Voilà tout ce qu'il lui avait dit. Rien de plus. Et pourtant, elle avait pris ce fameux ton avec lui.

« Je ne vais quand même pas *dés*inviter la moitié de mes demoiselles d'honneur.

— Pour commencer, tu n'aurais pas dû en inviter autant.

— Tu avais dit que je pouvais avoir tout ce que je voulais.

— Natasha. Ma chérie. Tu habilles tes demoiselles d'honneur en Armani.

— Pas toutes. Il y en a deux qui sont en Vera Wang.

— Bon. OK. Prends toutes les demoiselles d'honneur que tu veux. Prends-en dix. Vingt. Il faut juste que tu te limites à un budget de trois briques. Je trouve que c'est raisonnable.

— Oh, génial ! Tu veux qu'on s'habille chez Target. Ou peut-être qu'on devrait carrément aller faire un tour à la Croix-Rouge.

— Ce n'est pas ton père qui est censé payer pour ça ? Est-ce que ce n'est pas au père de la mariée normalement de payer pour le mariage ?

— Ne commence pas, Todd. N'y pense même pas, OK.

— Pourquoi pas ? Pourquoi est-ce que c'est moi qui paie la note à la place de ton bon à rien de père ? On n'en a encore jamais parlé.

— Non mais tu perds les pédales, là. Je ne sais même pas pourquoi je discute avec toi !

— Il doit avoir au moins un million planqué quelque part. Il est propriétaire de sa maison. À quoi est-ce qu'il peut bien dépenser son fric ?

— Laisse mon père en dehors de ça ! Tu sais qu'il te déteste.

— Il me déteste tellement qu'il a réussi à ne pas payer pour le mariage.

— Je croyais que tu voulais de ce mariage. Je croyais que c'était important pour toi !

— Ce n'est pas un mariage. C'est un prétexte pour dévaliser les magasins.

— Peut-être qu'en fait tu ne veux pas te marier.

— Tu te comportes vraiment comme une gamine.

— Ouais, eh ben, qui aurait cru que tu étais aussi radin ! »

Cette discussion avait eu lieu durant le dîner et, alors qu'ils avaient à peine touché à leurs assiettes, elle avait quitté la table et s'était enfermée dans leur chambre en claquant la porte. Il s'était levé et l'avait suivie. Il ne comprenait pas pourquoi elle se comportait comme ça. « Non mais tu n'as pas bientôt fini de faire chier comme ça ? » avait-il sorti. Elle était allongée sur le lit, sur le ventre, et lorsqu'il avait prononcé cette phrase elle s'était redressée et lui avait sauté dessus comme un chat, les dents et les ongles en avant.

C'est à ce moment-là qu'il l'avait frappée.

Le fait qu'il ne dorme plus ces temps-ci, qu'il se réveille nuit après nuit avec le même putain de cauchemar, n'arrange rien. C'est totalement nouveau pour lui. Il ne fait jamais de cauchemar. Il rêve rarement, d'ailleurs. Jodi affirme que tout le monde rêve, mais quand il se réveille le matin, en règle générale, il ne se souvient de rien. Mais celui-ci, c'est le pire de tous les cauchemars. Jodi serait impressionnée. Mais elle pourrait également l'aider. Elle aurait une opinion là-dessus. Jodi travaille avec ses patients sur leurs rêves, et elle a le don de les interpréter. Il faut vraiment qu'il lui parle – de cela et d'autres choses. De cette impression qu'il perd le contrôle dernièrement, et de son inquiétude pour sa santé et son avenir. Il se passe trop de choses à la fois et tout arrive trop vite.

Dans son cauchemar, il court sur un tapis roulant à la salle de sport. C'est un jour ordinaire et une séance ordinaire, et pourtant il a l'impression d'une tragédie imminente. Et là, brusquement, la scène change. La salle de sport a disparu, le tapis de course n'est plus là, et le voilà tel Bugs Bunny, encore en train de courir, mais il est à présent suspendu au-dessus d'un gouffre, les pieds pédalant dans les airs, les bras s'agitant comme des moulins à vent. Le mouvement de sa course le maintient encore quelque peu dans les airs, et il continue de s'agiter dans un désir effréné de sauver sa peau, mais ses muscles se fatiguent, ses forces sont en train de l'abandonner, et il sait qu'il ne va pas pouvoir maintenir le rythme encore bien longtemps, que ce n'est qu'une question de temps avant qu'il ne tombe comme une pierre.

23
ELLE

Avec le recul, elle aimerait pouvoir dire que tout était la faute d'Alison, mais elle sait que si elle-même n'avait pas joué son rôle dans cette affaire, rien de cela ne serait arrivé. Et elle avait fait plus que se contenter de suivre Alison ; elle s'était en fait abaissée à lécher les bottes de son amie, et elle se déteste encore plus à cause de cela, tout comme au collège elle se détestait d'être la chouchoute du prof. Pourtant, elle doit reconnaître qu'elle était sous la contrainte. Isolée, vulnérable, exténuée, elle buvait beaucoup et ne mangeait pas, essayait de ne pas craquer, mais en réalité elle s'effondrait.

Alison en avait parlé de façon si désinvolte que Jodi ne s'était pas alarmée. Comme s'il s'agissait d'une banale réparation dans son appartement, une fuite d'eau qu'il fallait arrêter ; ou une opération mineure, l'ablation d'un appendice gênant. Appeler un plombier, trouver un chirurgien, rassembler l'argent, et le problème était résolu. Rien de plus simple. Alison a rendu les choses simples. Lorsque Jodi a enfin compris la nature de son offre, elle s'est sentie reconnaissante et soulagée, à tel point qu'elle a bien failli craquer et fondre en larmes. C'était le moment idéal pour que les vannes s'ouvrent et que se déversent toute sa douleur et sa tristesse. Mais les larmes sont rares dans la biosphère personnelle de Jodi. Elle connaît les bénéfices que l'on retire à pleurer un bon coup – libérer des émotions refoulées, débarrasser le système de ses parasites – mais plus les années passent, plus elle a du mal à lâcher prise. Elle s'habitue de plus en plus à la fragilité qui accompagne l'endurance. Le jour viendra, imagine-t-elle, où de fines fissures se dessineront sur sa peau, s'étendront et se scinderont jusqu'à ce qu'elle finisse par ressembler au vase à la glaçure craquelée qui est sur le manteau de la cheminée.

À présent elle est heureuse qu'Alison ait brisé son sceau hermétique. Après une période aussi longue sans cuisiner ni manger, cela lui a fait du bien d'aller dans la cuisine et de préparer à dîner pour elles deux, de se lancer dans les tâches habituelles comme découper et hacher, donner à ces racines et ces légumes volumineux des formes plus domestiquées : un monticule de lamelles, un tas de cubes. Cuisiner offre le plaisir simple des mesures exactes et des résultats prévisibles, et pourtant, dans le domaine de la précision, il y a également une part d'alchimie. C'est son pharmacien de père qui le lui a enseigné. En cuisine, cette alchimie consiste à faire chauffer quelque chose, à utiliser un fouet ou à écraser dans un mortier. Ce qui est dur et impénétrable devient mou et perméable. Un liquide visqueux devient une masse mousseuse. Une pincée de graines séchées libère un parfum inattendu, étrange.

Alison arrive en ayant sorti le grand jeu : maquillage complet et talons aiguilles, même s'il s'agit d'un dîner tranquille à la maison. Elle sent divinement bon et ses bracelets en argent tintent joyeusement lorsqu'elle lève les bras pour se recoiffer. Jodi n'a encore jamais vu Alison autrement. C'est comme si elle avait toujours une fête ou un rendez-vous amoureux prévus ensuite. Alison peut faire de n'importe quel moment une occasion particulière.

Elle accepte un verre de vin et lui confie à quel point elle s'est inquiétée.

« Tu ne peux *pas* me faire ça. La dernière fois que je t'ai vue, au cas où tu l'aurais oublié, quand on est parties du restaurant, tu pouvais à peine tenir debout. Est-ce que ça t'aurait tuée de prendre ton téléphone et de m'appeler ? »

Elle lui passe un léger savon, ce qui fait sourire Jodi. Elles emportent leurs verres au salon où l'étendue de ciel, d'une couleur cendreuse et maladive dans la journée, a viré au bleu nuit ardent. Jodi fait le tour de la pièce pour allumer les lampes. Elle augmente l'intensité de la flamme dans la cheminée et s'installe à côté d'Alison sur le canapé. Sur la table basse devant elles, il y a une assiette d'amuse-gueules que Jodi a disposée un peu plus tôt : des tranches de baguette toastées recouvertes d'une tapenade appétissante.

Alison ne sait rien du dilemme actuel de Jodi. La dernière fois qu'elles se sont vues, elles ont discuté du bébé que Natasha attendait et du possible mariage de Todd et Natasha. Alison n'est pas au courant que, d'après Dean, ils ont fixé une date pour la cérémonie. Elle n'a pas entendu parler de l'avis d'expulsion et ne sait pas que Jodi s'est enterrée chez elle pour vivre comme un hobbit. Elle ne sait pas ce que Barbara Phelps avait à dire sur la situation, ou même que Jodi est allée voir un avocat. Jodi a gardé secrètes toutes ces choses, convaincue que même Alison, la plus indulgente de ses amies, n'approuverait probablement pas sa décision de conserver son appartement en ne le quittant plus.

Mais elle se trompe sur Alison. Dans sa profession, Alison a été témoin de beaucoup d'injustices, des mesquines tyrannies quotidiennes (les filles qui sont obligées de danser dans le courant d'air de la climatisation ; les filles qui doivent retirer même leur string sur scène) aux abus de pouvoir purs et simples (les filles qui doivent distraire les amis du patron ; les filles qui offrent des services spéciaux à des représentants de la loi), et elle ne prend pas ces problèmes avec philosophie. Elle refuse de jouer le jeu, de prendre les choses comme elles viennent ou d'emprunter le « chemin de moindre résistance ». Alison a l'habitude de se mettre du côté des plus faibles et de prendre en charge les problèmes des autres. Ce n'est pas une justicière pour autant ; elle est assez intelligente pour ne pas faire de scandale et attirer l'attention sur elle sur son lieu de travail. Le style d'Alison, c'est plutôt de court-circuiter un interrupteur, de trafiquer le verre de quelqu'un ou de passer un appel anonyme à la femme ou à la mère d'un homme. Elle est même connue pour avoir, face au comportement déplacé d'un officier de police, profité de la situation et l'avoir délesté de son arme. Jodi a entendu dire qu'Alison peut aussi sortir l'artillerie lourde, mais jusqu'à ce soir elle n'avait pas imaginé ce que cela pouvait signifier.

Elles passent du canapé à la table du salon et piochent dans le risotto de fruits de mer. Alison parle du mauvais comportement de l'ex-petit ami de Crystal et de l'injonction que Crystal essaie d'obtenir pour qu'il ne puisse plus l'approcher. Elle poursuit en décrivant la guerre qui s'est déclarée entre deux des filles, Brandy et Suki, et qui a dégénéré au point que chacune déchire les costumes de l'autre. Jodi écoute poliment mais ne peut s'empêcher de se montrer distraite. C'est sa faute bien sûr si Alison se concentre sur les problèmes des autres alors qu'elle, Jodi, se trouve dans une si mauvaise passe. Elle meurt d'envie à présent de se confier à son amie, de tout lui raconter, et pourtant elle tergiverse. Alison va se moquer d'elle pour s'être terrée comme elle l'a fait, pour avoir rendu les choses plus difficiles que nécessaire, alors que cela ne fera aucune différence à l'arrivée.

Cependant, une fois le dîner terminé – après s'être installées plus confortablement dans leurs chaises, les jambes à nouveau croisées, et être passées du vin au café –, Alison la prend au dépourvu en demandant :

« Est-ce que Todd va épouser cette fille ? »

Et c'est là que Jodi comprend qui est vraiment Alison, car, alors qu'elle dévoile son histoire dans tous ses détails humiliants – et notamment la partie où Jodi se transforme en recluse pathétique –, Alison hoche la tête, acquiesce, et lui témoigne un soutien et une approbation sans failles.

« Tu fais ce qu'il faut, dit-elle. Tu ne peux pas le laisser s'en sortir comme ça.

— Mais il *va* s'en sortir comme ça, réplique Jodi. Il n'y a rien que je puisse faire pour l'arrêter.

— Faux, affirme Alison. On peut faire disparaître ce problème.

— On peut faire disparaître *ce* problème ?

— Aucun doute.

— Ha, ha ! Ce serait bien.

— Tu crois que je plaisante, lâche Alison.

— Non, pas que tu plaisantes. Mais comment est-ce possible ? Même l'avocate n'a pas pu m'aider.

— C'est possible. On a juste besoin d'un peu de temps pour organiser les choses.

— OK.

— On a combien de temps ? demande Alison.

— Je ne te suis pas.

— Est-ce qu'on sait quand ils vont se marier ? Parce qu'une fois qu'ils se sont passé la bague au doigt, tes options vont sérieusement se réduire.

— Tu veux connaître la date de leur mariage ?

— Ton ami ne te l'a pas annoncée ? Dean ?

— Le deuxième samedi de décembre.

— On est quoi aujourd'hui ? OK. Je pense qu'on peut y arriver. La seule chose dont on doit s'assurer, c'est de son testament. Tant que tu es encore la bénéficiaire…

— Eh bien, c'est toujours le cas. De ce que je sais. Enfin, il a très bien pu le modifier. »

Elle n'a pas du tout pensé au testament de Todd. L'idée qu'il le modifiera obligatoirement en faveur de sa femme et de son enfant, s'il ne l'a pas déjà fait, est une nouvelle claque pour elle.

« Il ne l'a peut-être pas encore modifié, avance Alison. Il y a de fortes chances qu'il ne l'ait pas encore fait. Il va se marier, alors pourquoi s'embêter. C'est ce qu'il doit se dire. Parce qu'à la seconde où il se marie, son testament devient nul et non avenu. »

Alison est occupée à plier et replier sa serviette, la lissant de la main, la retournant, la pliant en rectangle puis en carré.

« La loi s'en fiche royalement, poursuit-elle. La loi va continuer à te faire tourner en bourrique jusqu'à ce que tu aies tout perdu, y compris le respect de toi-même. Je l'ai vu se produire un million de fois. Oublie la loi. Je passe un coup de fil et ta vie t'appartient à nouveau. »

Délaissant d'un geste sa serviette, Alison porte son attention sur les objets posés sur la table – la salière, le chandelier, le verre d'eau, la tasse de café –, les alignant tels des soldats.

Jodi se lève et va récupérer une bouteille dans le buffet. « C'est un très bon armagnac », précise-t-elle. Concentrée, économisant ses gestes, elle verse soigneusement le liquide ambré et tend un verre à son amie.

Une révolution est en train de se produire en elle, comme si l'on pouvait faire disparaître l'expérience de toute une vie en l'espace d'une conversation. Tel un serpent en pleine mue, elle est en train de se débarrasser de sa défiance inutile, de son innocence pathétique, de son impression d'être sur la touche – le dindon d'une farce juridique. Ce qu'elle apprécie, c'est qu'à aucun moment elle ne doit prendre de décision. On ne lui demande pas de décider, par exemple, de surmonter ses réserves, de se mettre suffisamment en rage, de passer à l'acte de sang-froid, d'en supporter les conséquences. Quand vous êtes perdus dans le désert, vous buvez l'eau souillée que votre ami vous propose. Atteint d'une maladie grave, vous vous en remettez aux mains du chirurgien. Les avantages et les inconvénients n'ont plus aucune importance. Il n'y a plus le choix. C'est à présent une question de survie.

« On peut faire confiance à Renny, affirme Alison. En tant que mari, il est minable, mais il a un bon carnet d'adresses. Et il m'est redevable. Et aurait bien besoin d'argent, évidemment. Mais ne t'en fais pas, il te fera un bon prix. »

Jodi est captivée par cet univers alternatif dans lequel ses problèmes disparaissent tout simplement, pas seulement le problème immédiat de préserver sa maison, mais également les problèmes à venir – remettre Natasha à sa place, la perspective de cet enchaînement de jours sans fin qu'il va falloir affronter seule alors que Todd continue de manger, dormir et forniquer dans un autre coin de la ville. Un monde sans Todd n'est pas seulement un nouveau concept pour elle, mais une nouvelle *forme* de concept, qui même à présent est en train de se frayer un chemin dans ses neurones, tel un ver creusant son tunnel. Mais la vraie surprise, c'est Alison. Elle a toujours bien aimé Alison, mais elle voit à présent qu'elle ne l'a pas reconnue à sa juste valeur et, à cet instant précis, elle la contemple d'un œil nouveau.

« Il faut du liquide, dit-elle. Mais ne pense même pas à faire un retrait à la banque ou à une avance avec une carte de crédit. On peut retracer ce genre de transactions. S'ils voient que tu as fait un gros retrait, ils te sauteront à la gorge telle une meute de loups. »

Jodi comprend que par « ils », Alison veut dire la police, le juge, le jury, le procureur – toute la communauté des représentants de la loi.

« Je n'ai pas grand-chose sur mon compte, de toute façon, précise-t-elle.

— Ça va changer. Mais pourquoi ne revendrais-tu pas quelque chose ? Tes bijoux. Quelques-uns de ces bibelots ? »

Leurs regards s'arrêtent sur différents objets de la pièce. Les figurines péruviennes en or, la lithographie de Matisse en papier découpé, la peinture du Rajasthan dans son cadre doré.

« Et ne passe pas par un revendeur. Cherche des acheteurs directement en ligne. »

Elle soulève la main de Jodi et observe la pierre sur sa bague.

« Contente-toi de petites choses que tu peux facilement transporter. Insiste pour qu'on te paie en liquide. Il va falloir que tu agisses vite. Et récupère assez pour te payer un voyage, tant que tu y es. Il faudra que tu sois loin quand le moment sera venu. »

24
LUI

La journée commence. Il est assis à son bureau. Les papiers d'emballage de ses sandwichs au bacon ont rejoint la poubelle près de son pied gauche, ainsi que le gobelet en carton dans lequel il a bu son premier café de la journée. Il n'est pas encore venu à bout du café numéro deux. Malgré la caféine, il se sent groggy, à peine réveillé, et pourtant il a une conscience aiguë du petit animal remuant dans ses tripes. Depuis quelque temps il pioche dans les somnifères de Natasha, mais ils n'ont eu aucun effet sur cette présence qui le ronge, crache, griffe. Elle semble ne jamais se reposer et l'empêche de dormir profondément, ou longtemps. C'est un sentiment à la fois connu et nouveau pour lui, cette sensation qu'il abrite en lui quelque chose d'indiscipliné. À une époque pas si lointaine, il croyait naïvement que Natasha pourrait faire disparaître cette angoisse pour toujours, comme si leur amour était une forme d'enchantement qui pourrait lui offrir un refuge éternel.

Lorsqu'il entend Stephanie arriver, il jette un coup d'œil à sa montre. Stephanie a toujours interprété de façon approximative la notion d'horaires de bureau, mais ces derniers temps elle ne s'est même pas embarrassée d'excuses. Il n'apprécie pas quand on présume de sa gentillesse et de sa générosité. Il devrait lui en toucher deux mots, exprimer sa position sur la ponctualité. Dans un monde meilleur, il pourrait même lui donner un avertissement. Le problème c'est qu'elle pourrait très bien démissionner sur-le-champ, vu son comportement récent. Distant, à la limite de la grossièreté, ce qui a certainement à voir avec sa fidélité envers Jodi.

Il l'entend bouger dans l'autre pièce – nettoyer des tasses dans l'évier des toilettes, écouter ses messages, passer un appel. Son parfum acidulé de chewing-gum à la cerise le prend au nez, une odeur rapidement suivie de l'arôme plus sombre du café qu'elle prépare. Stephanie, un café greffé à la main, vit au mépris de la pause café. Toutes les semaines elle consomme deux, voire trois paquets de mélange de qualité supérieure achetés chez Starbucks et qui doivent bien coûter à Todd dix dollars la livre. Stephanie part du principe qu'elle l'achète et le prépare pour le bureau mais néglige le fait qu'il boit sa ration quotidienne de café avant qu'elle n'arrive le matin, ce qui ne laisse que Valerie, la comptable du bureau 202, et Kevin, qui travaille à l'imprimerie située au sous-sol, pour se joindre à elle et boire une tasse, ce qu'ils font régulièrement avec plaisir. Il devrait faire une retenue sur son salaire, non seulement pour le café, mais pour le temps qu'elle passe à parler potins avec les locataires de l'immeuble.

Il se décide à l'affronter, mais lorsqu'elle apparaît dans l'embrasure de la porte, un café dans une main, des dossiers et un bloc-notes dans l'autre, il lui suffit de voir son expression revêche pour finalement décider de ne pas jouer avec le feu. Et puis il est distrait par le pull qu'elle porte et qu'il n'avait encore jamais vu. Le col en U dévoile sa poitrine plus que d'habitude, et ses seins – les tétons bien visibles – s'affirment contre le doux tissu. Les sensations pressantes que provoque la présence quotidienne de Stephanie peuvent parfois le dérouter et le faire hésiter. Au quotidien, il fantasme plus sur Stephanie que sur n'importe quelle autre femme.

Voilà ce qu'elle lui dit lorsqu'elle traverse la pièce et s'assoit face à lui, de l'autre côté de son bureau :

« Je ne comprends pas pourquoi tu bois cette saloperie du *delicatessen* alors que notre café au bureau est vraiment excellent. Combien tu paies pour ça – un dollar cinquante, deux dollars le gobelet ? Ça revient cher au bout du compte, tu sais. »

Le sang lui monte au visage, mais il tient sa langue et laisse le moment passer.

« Est-ce que je continue à payer pour les achats de Jodi ? demande-t-il.

— Bien sûr. Rien n'a changé.

— Combien a-t-elle de cartes de crédit ?

— Six. Sept. Sept si tu comptes la Citgo, que tu utilises également.

— Je veux que tu fasses annuler toutes ses cartes. Règle tous les achats et puis annule les cartes.

— La Citgo aussi ?

— Oui. Toutes celles auxquelles elle a accès. Assure-toi de n'en oublier aucune. »

Elle hésite, le stylo immobile au-dessus de la feuille. « Quoi ? dit-il.

— J'espère que tu vas la prévenir.

— Elle le découvrira bien assez tôt. »

Stephanie baisse les yeux sur son bloc-notes et reste silencieuse, mais il sent sa désapprobation, la position de ses épaules et l'inclinaison de sa tête l'expriment visiblement. Tant pis. Son insolence ne l'affecte pas autant que ce qu'elle aimerait. Stephanie devrait s'occuper de ce qui la regarde. Il doit s'affirmer face à Jodi, lui montrer qu'elle ne va plus vivre à ses crochets, qu'il ne plaisante pas, qu'il est sérieux.

La réunion touchant à sa fin, et alors que Stephanie rassemble ses dossiers, il lâche :

« J'espère que je n'ai pas besoin de préciser que ce qui se passe dans ce bureau est strictement confidentiel. »

Il attend une réponse qui ne vient pas.

Une fois Stephanie partie en ayant refermé la porte derrière elle, il se lève et arpente la pièce d'une démarche étrange, les poings serrés, faisant de son mieux pour lutter contre cette pulsion absolument irrésistible, mais sa détermination s'effrite en moins d'une minute, et laisse place à une crise de grattements, frénétique et hystérique. C'est comme s'il avait des électrodes collées aux testicules ou un fil électrique sous-tension grésillant dans son slip. Son pauvre petit pénis pourrait éclairer la terre entière. Et même dans sa douleur il a honte – de ne pas arriver à se tenir tranquille, à s'empêcher de se gratter l'entrejambe, comme s'il était un vieux dégoûtant affligé de morpions. Et ce n'est même pas ça le pire. Le pire, c'est que sa frénésie est empreinte de terreur. Et si jamais cela ne disparaissait pas ? Et si jamais cela non seulement persistait, mais empirait et se propageait jusqu'à ce qu'il ne puisse plus penser, manger ou dormir, jusqu'à ce qu'il ne puisse plus rien faire d'autre que de se gratter ? Et si jamais il devait aller à l'hôpital, et même là, que pourraient-ils faire pour lui si ce n'est lui bander les mains ou l'attacher au lit ou le plonger dans un coma artificiel ?

L'autre composante de sa terreur, c'est l'idée que ces démangeaisons impliquent nécessairement l'existence d'une maladie plus grave, comme le VIH qu'il a certainement attrapé. Il doit affronter le VIH parce qu'il en a conclu que c'était la seule explication plausible pour sa lésion. Lorsque le système immunitaire lâche, c'est comme lorsque les tuyaux s'assèchent – le rinçage et la lubrification ne se font plus, et des choses commencent à se développer dans les endroits sombres et humides – des champignons, par exemple. En biologie, les champignons forment un règne à eux seuls, une terre bien connue de pourriture et de décomposition, un lieu où règnent moisissures, spores et toutes sortes de choses qui poussent dans le noir. Un conte de fées qui aurait tourné au cauchemar. *Il était une fois au royaume des Champignons une petite tache plâtreuse nommée Muguet, qui avait élu domicile dans la bouche de...*

Il va chercher les pastilles antifongiques dans le tiroir de son bureau, secoue le paquet pour en faire tomber une, la met dans sa bouche et la maintient contre sa joue, mais il sait que ce n'est au mieux qu'une solution de dépannage. Ces pastilles ne vont pas modifier les conditions qui ont permis à M. Muguet de s'installer au départ, insuffler un esprit combatif à ses muqueuses, relancer son système immunitaire, arrêter la démangeaison diabolique. Est-ce que c'est sa punition pour ce qu'il fait à Jodi ? S'il était catholique, s'il avait continué de pratiquer, il aurait pu aller se confesser et demander pardon à Dieu. Et il le ferait, vraiment, parce qu'il est désolé, sincèrement désolé, mais comment ferait-il alors pour continuer à vivre sa vie ? Que pourrait-il bien changer pour réparer ses erreurs ? Il ne peut pas abandonner Natasha maintenant, pas alors qu'elle est enceinte, et entretenir deux foyers n'est pas dans ses moyens. Il essaie de vivre sa vie au mieux, il veut faire ce qui est juste et, oui, il a commis des erreurs, mais on ne peut pas dire qu'il est quelqu'un de mauvais, qu'il n'a pas de conscience, qu'il n'essaie pas d'être le meilleur homme possible. Il est généreux, nom de Dieu. Il n'est simplement pas aussi riche que ce que tout le monde veut bien penser. Et c'est un homme bon, aussi, un homme qui n'est pas rancunier, qui ne tue pas d'insectes, un homme qui dépense son argent pour des toilettes basse consommation même si les grosses industries de ce pays gaspillent plus d'eau en un jour que ses toilettes n'en économiseront en une vie.

Il ralentit l'allure, finit par faire une pause hésitante, joint ses mains, retient sa respiration, attend et résiste. Ce qui est trompeur lorsqu'on se gratte, c'est l'impression que la démangeaison disparaîtra. N'est-ce pas comme cela que c'est censé se passer ? Mais il ne s'agit pas d'une démangeaison ordinaire, et ce n'est qu'en résistant qu'il va la surmonter et atteindre l'autre rive, celle de la santé mentale et de la paix intérieure. Voilà. Tu vois ? Maintenant ça se calme pour n'être plus qu'un faible frisson, la vibration mourante d'un instrument à cordes, le frémissement d'une feuille, le ronronnement d'un chaton. Mais c'est là que l'illusion revient en force, cette notion que ce n'est qu'une petite démangeaison qui a besoin qu'on la gratte, et le besoin de se gratter se fait écrasant. Il est à présent agenouillé, la tête baissée, des larmes qui coulent sur le carrelage en granite, et il supplie Dieu de lui donner la force d'endurer tout cela. Et tout à coup, sans autre forme de procès, c'est fini, la démangeaison a disparu comme elle était apparue, brusquement et à l'improviste.

Il se redresse avec l'impression d'être un fantôme, se passe une main dans les cheveux, respire avec le ventre, fait le tour de la pièce, revient à son bureau et décroche le téléphone pour appeler Natasha.

Cette crise dans laquelle ils sont – il est prêt à reconnaître que tout est sa faute. Il a besoin de se détendre et se tourner vers l'avenir. Ce qu'il a tendance à oublier ces jours-ci, c'est son fils. Son fils est bien entendu constamment présent sous la forme de l'abdomen distendu de sa mère et de ses humeurs volatiles, mais ce qu'il doit garder à l'esprit c'est son-fils-en-tant-que-personne, l'individu unique avec des doigts et des orteils et un calibre (même s'il est microscopique) béni du ciel, comme il l'a vu de ses propres yeux au centre de radiologie, sur l'écran noir et blanc tourbillonnant et granuleux. Avoir une fille lui aurait plu aussi – ce n'est pas le moment de chipoter – mais le fait est qu'il a un fils, et son fils représente l'avenir, cet élan vers l'avant, le paradoxe dont la naissance mettra fin aux disputes et au tumulte. Son fils, quand il arrivera, les mettra tous à genoux.

Et Natasha sera différente quand il lui faudra s'occuper du bébé. Elle se concentrera non plus sur lui, mais sur les besoins permanents du nourrisson. Il a hâte d'y arriver, mais en attendant, il peut au moins faire un effort pour se montrer plus tolérant et plus conciliant, parce que, au fond, elle n'y peut rien. Elle n'est en réalité qu'un océan d'hormones en ébullition, et ses instincts déréglés la poussent à se battre pour obtenir le meilleur nid et les faveurs exclusives du mâle qui l'entretient. Ce qu'elle traverse peut être perçu comme une forme de folie temporaire, mais la dernière chose qu'il souhaite c'est la contrarier ou l'entraver, puisqu'ils partagent le même objectif. Il est allé un peu trop vite en voulant affirmer ses droits d'électron libre – il s'en rend compte maintenant. Ce qu'il doit faire, c'est lui dire qu'il l'aime et lui demander de rentrer chez eux.

25
ELLE

Trouver des acheteurs en ligne est plus facile qu'elle le croyait. Il existe un marché florissant pour les objets qu'elle doit vendre ; à vrai dire, les gens font presque la queue pour avoir l'occasion de la retrouver à l'Art Institute ou à Crystal Gardens et de compter leurs billets en échange de ses marchandises. Pour mener à bien ses affaires, elle doit laisser l'appartement inoccupé, mais il lui faut en passer par là et, pour être honnête, ces sorties lui font un bien fou. Elle se délecte du vent glacial qui lui fait monter les larmes aux yeux, de l'odeur de nourriture que diffusent les cuisines des restaurants, de la vue de ces inconnus qui déambulent dans les endroits publics, tant elle est avide de stimulations sensorielles de toutes sortes.

Au début, la question de l'authentification a compliqué les choses. Les e-mails que les gens envoyaient en réponse à ses annonces incluaient des commentaires de ce genre : *J'adore la bague, mais comment puis-je savoir que ce n'est pas du toc ? La peinture pourrait être un faux. Comment fait-on s'il y a un problème ? Est-ce que je peux avoir votre numéro de téléphone ?* Mais en fin de compte, la plupart des gens ne s'en soucient guère. Ils sont peut-être bijoutiers, négociants ou experts d'une branche quelconque. Elle ne sait pas car elle ne demande pas.

Donner son adresse e-mail, rencontrer ses clients en personne – ce sont des risques qu'elle doit prendre, et qu'elle compense en enfilant un vieil anorak et une toque en laine qui appartiennent à Todd. Le semblant de déguisement complète l'impression qu'elle participe à une pièce. Qu'elle flâne près de la toile *Au seuil de la liberté* de Magritte, au second étage de l'aile d'art moderne à guetter un homme à la moustache en chevron, ou qu'elle soit assise sur un banc près des grandes fontaines à attendre une femme aux gants de cuir rouge, elle s'imagine qu'elle joue un rôle, qu'elle est un personnage sur une scène. Faire l'actrice la divertit. Tout ce qu'elle doit faire c'est rassembler l'argent ; rien ne l'oblige à penser à l'objectif qui se cache derrière. Et lorsqu'elle rentre chez elle, elle ajoute les billets au stock qui grossit à vue d'œil dans la mallette Louis Vuitton en cuir noir – un cadeau qu'elle avait fait à Todd et qu'il n'avait jamais utilisé –, ravie de la façon dont ils s'accumulent.

Elle s'attend à ce qu'Alison lui demande une avance, mais finit par lui donner toute la somme en une fois. Alison voulait que cela se passe ainsi, et Alison est sa meilleure amie en ce moment. De toute façon, Jodi se fiche de l'argent. Il pourrait tout aussi bien s'agir de faux billets, de billets de Monopoly. Elle ne repense pas aux objets qu'elle a donnés en échange. Ils ont perdu en cours de route leur attrait, ils sont devenus inintéressants au possible, n'ont de sens qu'en termes de pouvoir d'achat. Elle a même perdu toute considération pour la mallette, si ce n'est comme moyen de stocker ses fonds. Lorsqu'elle a payé Alison, elle jette la mallette sans même y penser.

Maintenant qu'elle sait comment obtenir de l'argent, elle s'inquiète moins pour son futur immédiat. Ce progrès arrive à point nommé à vrai dire, car le lendemain du marché conclu avec Alison, Stephanie appelle et annonce :

« Je voulais vous dire, madame Gilbert – j'ai pensé que vous deviez en être informée –, qu'il est en train de faire annuler vos cartes de crédit.

— Je vois, répond Jodi. Bien. Il les annule vraiment ?

— Oui. Toutes. » Stephanie parle d'une voix basse et urgente, comme lorsque l'on partage un secret. « Je me suis dit qu'il fallait que je vous prévienne pour que, eh bien, ça ne vous surprenne pas. S'il vous plaît, ne lui dites pas que j'ai appelé. »

Chose surprenante, Jodi trouve cela amusant. Il n'est pas venu à l'esprit de Todd qu'elle pouvait lui rendre la monnaie de sa pièce. De toute façon, elle a sa propre carte de crédit. Ironie de la chose, il s'agit de celle qu'elle a surtout utilisée pour lui acheter des cadeaux au fil des années. Comme la mallette Louis Vuitton, même si cela ne figurait pas parmi ses cadeaux les plus extravagants. Une année, pour son anniversaire, elle lui avait acheté un cheval et payé des leçons d'équitation. Juste une idée à elle. Elle avait estimé que cela lui permettrait de faire une vraie coupure, de sortir prendre l'air et de faire de l'exercice. Au début, il avait été enthousiaste mais, bien entendu, cela n'avait pas duré.

Lorsqu'elle repose le téléphone, elle fait une petite danse de la joie, mais sa bonne humeur finit par retomber, et il ne lui reste plus que la mesquinerie de l'annulation de ses cartes de crédit, ainsi que l'ampleur du plan qu'elle a mis en route, l'événement futur indicible qu'elle a déclenché et pour lequel elle a payé. Des voix lui disent de revenir sur sa décision pendant qu'il en est encore temps, mais elle est prisonnière de sa réticence à faire marche arrière, de cette sensation de destin inéluctable. Au fond d'elle-même, elle se dit qu'elle est allée trop loin, qu'elle devrait demander de l'aide, et elle pense à Gerard – elle pourrait chercher ses coordonnées. Mais elle le balaie de ses pensées. Gerard a certainement pris sa retraite et vit à présent en Floride ou au Mexique, et puis que pourrait-il bien faire pour elle maintenant ? Elle aurait dû continuer son travail avec lui quand elle en avait l'opportunité, laisser sa thérapie suivre son cours, arriver à sa fin naturelle.

Il était doué pour son job, cela n'a jamais fait le moindre doute. C'est Gerard qui lui avait ouvert les yeux sur Ryan, lui avait fait accepter la réalité, avait mis fin à son habitude de contester les faits. C'était uniquement grâce à Gerard qu'elle avait fini par accepter que Ryan vivrait sa vie comme il l'entendrait, que ses choix lui appartenaient, que ce qu'elle voulait pour lui – la sécurité matérielle, l'avancement personnel – était des ambitions louables, mais n'étaient pas celles de Ryan, que ses inquiétudes le concernant étaient fondées sur des jugements, que juger les autres était une façon volontaire de leur faire du mal. Respecter les différences, avait-elle compris, allait au-delà du simple fait de se montrer indulgent : cela impliquait de renoncer à votre point de vue étroit, à la certitude que vous avez obligatoirement raison et que les autres ont obligatoirement tort, que le monde serait meilleur si tous les gens pensaient comme vous.

Elle avait sa part de mérite, et Gerard n'était pas avare de compliments. Il avait applaudi sa bonne volonté et sa perspicacité, avait salué le fait qu'elle se lance des défis et mette en œuvre des changements. C'était une avancée inattendue, si l'on considère qu'avant de venir consulter Gerard, elle ne pensait pas qu'elle avait un problème, parce que dans sa tête, c'était Ryan le problème.

Avec cette réussite à leur actif, Jodi et Gerard avaient poursuivi la thérapie avec une énergie renouvelée. Ils n'avaient cessé de parler de son enfance, de ce que cela faisait d'être une fille au milieu de deux garçons, du fait que ses parents s'étaient montrés moins exigeants avec elle, de la façon dont elle les avait défiés en excellant dans ses études et en faisant ses preuves à la fois dans sa vie professionnelle et familiale. Elle avait l'esprit de compétition, c'était indéniable. Ils avaient parlé des traits de caractère qu'elle tenait de chacun de ses parents : l'amour des choses domestiques de sa mère, le sens de la méthode et du détail de son père. Elle était bien plus le produit de sa famille d'origine qu'elle ne l'avait soupçonné.

Ses séances étaient intéressantes, agréables même, mais elle avait commencé à soupçonner que son travail avec Gerard culminait dans ses avancées sur la façon dont elle envisageait sa relation avec Ryan, qu'il n'y avait plus rien d'important à accomplir. Ainsi, elle était devenue impatiente, s'ennuyait même un peu, et elle s'était ouverte à Gerard au sujet de cette impression qu'elle lui faisait perdre son temps. Secrètement, elle avait peur de découvrir qu'elle était superficielle, qu'elle manquait terriblement de véritable profondeur, de substance. C'en était arrivé au point où elle regrettait presque de ne pas avoir eu une enfance horrible, un père violent, une mère alcoolique. Certains jours, elle aurait tout donné pour des antécédents dépressifs ou d'anxiété, un trouble du comportement alimentaire, une faible estime d'elle-même, des sautes d'humeur, des crises de panique. Si seulement elle bégayait ou se lavait compulsivement les mains. Elle ne procrastinait même pas. Alors que les semaines passaient, cette stagnation était devenue un sujet de plaisanterie. Elle arrivait à sa séance et lâchait : « Docteur, j'adore ma vie et je suis heureuse. Que dois-je faire ? » Et Gerard répondait : « Ne vous inquiétez pas. Je connais le remède. »

Et puis il y eut ce tournant décisif.

Ce jour-là n'avait pas l'air particulièrement favorable, c'était à peine s'il offrait un quelconque espoir de progrès. En dehors de la salle de consultation, c'était le printemps et les arbres étaient en fleurs, mais à l'intérieur Jodi portait un gilet par-dessus un pull pour lutter contre l'air conditionné, et Gerard n'était pas en très grande forme, il lui manquait sa concentration habituelle. Ils sautaient du coq à l'âne, incapables de trouver quoi que ce soit d'intéressant, et alors que la fin de la séance approchait, ils étaient en train de flancher.

Elle pensait en avoir fini. C'était l'heure de rentrer chez elle. Puis, dans un ultime, vaillant effort, Gerard lui avait posé une question sur ses rêves.

Jodi : En ce moment c'est juste la soupe habituelle.
Gerard : Définissez soupe.
Jodi : Vous savez de quoi je parle. (Agacée qu'il lui pose cette question alors qu'elle utilisait ce terme depuis le début.)
Gerard : Allez, jouez le jeu. Donnez-moi un exemple.
Jodi : Bon, eh bien, par exemple, je suis à une soirée et je parle à des gens que je ne connais pas. Je m'aperçois dans un miroir et je remarque que je suis à moitié nue, mais ça ne me fait ni chaud ni froid. Puis je suis chez mes parents, je suis à la recherche de quelque chose, mais je n'arrive pas à me rappeler ce que c'est. Même dans le rêve, ça ne semblait pas important. Dans ce genre-là. De la soupe.
Gerard : (Silence.)
Jodi : Désolée. J'ai *vraiment* fait un effort.
Gerard : Je le sais bien.
Jodi : (Silence.)
Gerard : Bon, eh bien, nous avons fini alors.
Jodi : Je crois bien.
Gerard : (Silence.)
Jodi : Attendez. J'ai rêvé de Darrell.
Gerard : Vous avez rêvé de Darrell ?
Jodi : Je viens tout juste de m'en souvenir.
Gerard : Racontez-moi.
Jodi : Darrell venait me rendre visite. Et au moment où il arrivait, j'étais en train d'écrire un rêve, qui

était le rêve de Darrell. C'était son rêve à lui, mais je l'avais rêvé pour lui. J'avais tout un cahier de rêves de Darrell, qui remontaient à son enfance. Je les avais rêvés pour lui et notés.
Gerard : Continuez.
Jodi : C'est à peu près tout. Je lui ai demandé s'il se rappelait ces rêves, mais ça ne l'intéressait pas et il ne voulait pas en parler, et puis il est parti.
Gerard : Que ressentiez-vous pendant que cette scène se déroulait ?
Jodi : Effrayée. J'étais effrayée.
Gerard : Qu'est-ce qui vous a effrayée ?
Jodi : Toute la scène. C'était malsain.
Gerard : Mais vous avez ensuite oublié ce rêve. Lorsque je vous ai demandé à l'instant de parler de vos rêves, vous avez dit qu'il n'y avait eu que de la soupe.
Jodi : Je suppose que je me l'étais sorti de la tête.
Gerard : Avez-vous ressenti quelque chose d'autre ? En plus d'être effrayée ?
Jodi : Pas vraiment. Non. J'étais juste effrayée. Terrifiée, en fait.
Gerard : De quelque chose en particulier ?
Jodi : Terrifiée à la place de Darrell, je dirais. C'est comme si je l'avais mis sous assistance respiratoire ou quelque chose du genre, mais il était exsangue, totalement détaché. Cela avait quelque chose d'horrible. Qu'il refuse de participer à ses propres rêves. Comme s'il était absent. Comme s'il n'existait pas.
Gerard : Et vous aviez fait cela pour lui.
Jodi : Oui.
Gerard : Et vous aviez fait cela parce que… ?

Jodi : Parce que je l'aimais.
Gerard : Dans le rêve, ressentiez-vous cet amour pour lui ?
Jodi : Oui. Je l'aimais.
Gerard : Donc, dans ce rêve, vous vous sentiez terrifiée, et vous éprouviez également de l'amour pour lui.
Jodi : Oui.

Ils avaient laissé décanter tout cela un moment, et puis Gerard avait regardé sa montre et dit :
« Revenons là-dessus la semaine prochaine. J'aimerais que vous écriviez ce rêve avec autant de détails que possible et que vous ameniez cela à notre prochaine séance. C'est votre exercice à faire chez vous. »
Elle s'était levée, avait retiré son gilet qu'elle avait rangé dans son sac, pris son coupe-vent sur le porte-manteau et remercié Gerard en sortant. Elle était entrée dans l'ascenseur et avait appuyé sur le bouton pour descendre. Alors qu'elle attendait, elle avait regardé les portes de l'ascenseur, puis ses pieds dans ses Doc Martens, et le motif sur la moquette – un dessin géométrique bleu et orange réalisé à une échelle si minuscule qu'il produisait un effet d'ensemble beige. Elle avait senti un vent mordant s'élever en elle, comme si elle était clouée sur place, comme si la moquette et la semelle de ses boots s'étaient fondues à la manière d'une greffe de peau. Et alors qu'elle se tenait là, elle avait su qu'il n'y aurait pas de retour en arrière, qu'elle ne retrouverait jamais cette période simple et facile qui avait précédé ce moment. Elle ne resterait plus assise face à Gerard à se demander de quoi parler. Plus de

plaisanteries sur son enfance parfaite. Elle avait retrouvé le rêve et la mémoire avec, inévitable, comme les boîtes de conserve attachées à l'arrière de la voiture des mariés, et elle ne pouvait plus inverser le processus – emprisonner ces images dans son esprit et les absorber dans le tissu de l'oubli.

Le souvenir avait résisté à l'ensevelissement, il lui était revenu intact, pur et bien concret, une partie de son vécu avec ses correspondances viscérales – goûts, odeurs, sensations –, une tension électrique réelle. Ce souvenir était cependant aveugle, enveloppé d'obscurité, ce qui voulait dire, pour elle, que les événements qui lui revenaient s'étaient déroulés la nuit. Soit cela, soit la petite fille qu'elle avait été avait résolument fermé les yeux, avait décidé dès le début de limiter ces données sensorielles agressives. Initialement, l'explosion en elle n'avait été que douleur et inquiétude, mais plus tard elle avait appris cette astuce qui consistait à se rendre, elle avait compris que la capitulation était le moyen de se désengager, c'était sa porte de sortie. Son seul espoir désormais était qu'elle avait pu s'en rendre complice, qu'elle avait eu sa part de responsabilité dans ce qui s'était passé, parce que si c'était le cas, alors peut-être pouvait-elle encore l'aimer et les choses n'auraient-elles pas à changer. Mais elle n'avait que six ans quand Darrell en avait douze, et elle ne voyait pas comment cela aurait pu être sa faute à elle.

26
LUI

Natasha est rentrée chez eux, mais elle ne lui a pas pardonné. Sur bien des plans les choses sont revenues à la normale – ils dînent ensemble, elle étudie, il nettoie, des gens viennent leur rendre visite – mais elle a pris l'habitude de se déshabiller dans la salle de bains et de s'endormir avant qu'il ne vienne se coucher, et elle lui a imposé un couvre-feu strict, qui met à l'épreuve sa bonne volonté, et elle continue d'éprouver sa patience en parlant sans arrêt de décorations et de plans de table, sans oublier les poussettes et les sièges-autos, mais rien de tout cela n'a à voir avec le fait qu'ils s'aiment ou qu'ils aiment leur fils – dont le prénom, d'ailleurs, est devenu le sujet de spéculations et de débats intenses impliquant tous les amis de Natasha et tous les voisins. Elle ne sera satisfaite que lorsqu'elle aura épuisé tous les prénoms masculins d'un volume encyclopédique intitulé *Un siècle de prénoms de bébés dans les pays anglophones*. Elle refuse d'accepter que des noms tels que Herschel ou Roscoe ne valent pas la peine d'être débattus, et Clarence et Ambrose figurent dans sa présélection, qui est en expansion perpétuelle. Des Post-it sur lesquels figurent des noms comme Chauncey et Montgomery sont collés au miroir de la salle de bains, et réarrangés selon l'évolution de ses préférences.

« Tu ne peux pas mettre ton veto à un nom juste parce que tu ne l'aimes pas », lui dit-elle absurdement.

Le soir, il arrive un moment – une fois le dîner terminé et l'appartement transformé en placard surchauffé qui sent le renfermé et grouille d'invités indésirables – où il n'a qu'une envie : sauter par la fenêtre. Cela l'aiderait de pouvoir parler de tout cela à quelqu'un, comme il pouvait le faire avec Jodi. Mais Jodi refuse à présent de lui adresser la parole, et avec ses potes il fait surtout son numéro de macho, et puis de toute façon le temps qu'il passe avec eux a été réduit.

« Si tu veux les voir, Todd, pourquoi ne leur proposes-tu pas de venir dîner à la maison ? »

Il regrette le temps où il rentrait chez lui à la nuit tombée et promenait le chien le long du lac, un interlude qui chassait les préoccupations de la journée et l'aidait à se préparer au sommeil. Au cœur de la nuit, la ville assoupie et silencieuse, il marchait le long du rivage et avait l'impression d'être seul dans la nature. Il écoutait la respiration de l'eau, ses grognements et ses soupirs, et il se soumettait au vide immense du ciel, à ses plis infinis qui descendaient en cascade vers l'horizon. Les nuits où le ciel était dégagé, il pouvait distinguer la Grande Ourse et l'étoile Polaire. Avant, il reconnaissait Orion et Cassiopée et Pégase et bien d'autres constellations, et lorsqu'il n'y avait pas de lune et qu'il faisait très sombre, il cherchait des yeux la Voie lactée. Enfant, il rêvait de pouvoir plonger au milieu d'une mer d'étoiles, pas à bord d'un vaisseau spatial, mais en flottant librement, nageant sur le dos dans leur épaisseur, un million de milliards de points de lumière qui crépitaient et éclataient contre sa peau tel un feu froid.

Tant de rêveries agréables ont été bannies et totalement oubliées. Le bruit qu'il entend au milieu du silence absolu, ce sifflement – il pense que c'est la pression atmosphérique. Enfant, il s'imaginait que tout, absolument tout produisait un son, qu'il lui suffisait de tendre l'oreille. À l'automne, les feuilles qui changent de couleur, avec un bruit différent selon qu'elles virent au jaune ou au rouge. La neige qui tombe en hiver. Les bourgeons qui se forment sur les arbres au printemps. Les nuages qui dérivent. Les petits oiseaux qui volent avec détermination, poursuivis par leurs ombres sur le sol en dessous. Il aime être en harmonie avec les choses telles qu'elles sont, évoluer dans le monde au rythme de sa musique. Lorsqu'il y parvient, il peut tout faire, il peut être qui il veut. Certains appellent cela de la chance.

Il n'y a plus vraiment de raison de limiter sa consommation d'alcool au soir, et il a pris l'habitude de se réfugier dans des bars à l'heure du déjeuner. Sa nouvelle trouvaille est un bar sportif dans le quartier de Humboldt Park, un havre isolé avec ses habitués installés à l'avant de la salle, qui boivent de la bière bon marché et jouent aux dominos, et un billard fatigué au fond – un établissement que l'on n'a pas aéré depuis 1980, à en juger par l'odeur. Il l'apprécie encore plus parce que personne parmi ses connaissances n'y mettrait jamais les pieds. Le propriétaire, un vieil Espagnol portant un chapeau mou déformé, passe ses journées assis sur un tabouret près de la caisse, alors que tout le service est assuré par une unique serveuse. La première fois qu'il s'est aventuré ici, la semaine passée, il pensait s'envoyer une bière rapide et repartir, mais il a oublié cette idée à la minute où il l'a aperçue. Depuis, il vient tous les jours, monopolisant la table près du juke-box, assis face à la salle et dos au mur.

Aujourd'hui, il s'applique à suivre le moindre de ses mouvements – discrètement, mais avec la précision d'un GPS. À tout moment, il connaît sa position, son itinéraire, sa vitesse et ses arrêts prévus. Alors qu'elle gravite dans la pièce, avec le peu d'attention qu'elle lui prête, elle pourrait tout aussi bien être sourde et aveugle, mais les signaux qu'elle émet sonnent comme les cloches d'une église, l'invitent à l'adoration.

Son apparence – émaciée, chevelure terne et joues creuses – lui rappelle celle d'un enfant sous-alimenté. Elle a un torse allongé et une poitrine plate, des hanches saillantes et un ventre concave. Des pieds comme des palmes, mais étroits. Des sourcils qu'elle n'entretient pas. Durant les heures qu'il a passées ici, ils ont à peine échangé une dizaine de mots. Elle a l'air méditerranéenne, mais elle n'a pas d'accent. Elle parle d'une voix morne et mâche ses mots, comme si elle n'avait pas d'énergie pour les prononcer. Elle ne le regarde jamais.

« Dites-moi comment vous vous appelez », lâche-t-il alors qu'elle attend pour prendre sa commande. Cela fait un moment qu'il veut lui poser cette question, attendant son heure, se calquant sur l'indifférence qu'elle manifeste à son égard. Mais il n'est plus un étranger. C'est un habitué maintenant ; elle s'est habituée à lui. En ce qui concerne les femmes, son instinct le trompe rarement.

« Ilona », dit-elle, et son regard se pose brièvement sur son visage, peut-être bien pour la première fois.

Il veut lui dire qu'elle est sensationnelle, stupéfiante. Tout chez elle indique qu'elle n'en a pas conscience. Il ressent le poids du temps perdu, une urgence qui n'a pas de sens, mais qui le pousse néanmoins. Ce qu'il aimerait faire, c'est l'emmener dans les toilettes pour hommes et fermer la porte à clé. Ce qu'il peut se permettre de faire, c'est lui demander quand se termine son service, l'emmener dans un bon restaurant et l'impressionner en claquant un peu d'argent. Toutes les femmes aiment l'argent. N'importe quelle femme se donnera à vous si vous dépensez assez d'argent pour elle. Peu importe ce que disent les manuels, c'est l'argent qui met une femme d'humeur.

Elle s'appuie sur son pied droit, mettant en avant sa hanche. Son regard fixe quelque chose à l'entrée de la salle.

« Une pinte et un shot », dit-il.

C'est pratiquement la seule chose qu'il lui a jamais dite. Elle commence à s'éloigner.

« Ilona », l'appelle-t-il.

Elle se retourne et revient vers lui.

Il s'est mis à transpirer. Une chaleur piquante se diffuse dans sa poitrine et lui brûle le front.

« Quand j'avais dix ans, dit-il, j'ai vu mon père casser le bras de ma mère. Il l'a maintenu dans son dos et tordu jusqu'à ce qu'il se casse net. C'était son bras gauche. "Pour que tu puisses continuer à travailler", voilà ce qu'il lui a sorti. En faisant ça, il m'a regardé droit dans les yeux. Je n'oublierai jamais l'expression sur son visage. Comme s'il me montrait quelque chose, comme s'il me faisait une démonstration. Qu'il m'apprenait quelque chose. »

Il la regarde en parlant, s'essuie le front avec sa manche.

« J'ai juré que je ne serais jamais comme lui. J'ai toujours respecté les femmes dans ma vie. Je ne dis pas que je suis un saint, mais j'ai profondément aimé les femmes. Quand j'ai été en âge de le faire, j'ai sorti ma mère de là. Je me suis occupé d'elle jusqu'à sa mort. »

Il s'en veut de tenir ce discours. Ce n'est rien d'autre qu'une lâche tentative pour attirer sa compassion, un stratagème indécent. Ce n'est pas la première fois qu'il raconte à une femme cette histoire, ou une version de cette histoire. Ce n'est pas qu'elle n'est pas vraie sur le fond ; elle résonne de toute façon d'une vérité émotionnelle. Et avant même qu'il ait fini, elle s'est approchée d'un demi-pas et une lueur est apparue dans ses yeux. Il est difficile de dire s'il a réveillé sa compassion ou son mépris. Mais elle ne lui a pas encore apporté son premier verre de la journée, et cela doit bien jouer en sa faveur. Il n'est pas un vieux poivrot qui vomit ses tripes sur le sol, un moulin à paroles ivre qui débite sa vieille complainte aigrie. Il est non seulement sobre, mais un cran au-dessus des hommes qu'elle peut rencontrer dans ce bouge. Il compte sur sa sobriété – ainsi que sur ses boots en cuir de veau, sa coupe de cheveux chic et sa Rolex Milgauss qui brille à son poignet gauche – pour faire passer le message.

« Je ne sais pas pourquoi je vous raconte ça », dit-il.

Elle se détourne à nouveau, et il la rappelle à nouveau.

« J'essaie désespérément d'attirer votre attention, lui explique-t-il. Mais je suis désolé. Je suis sûr que vous entendez des histoires à faire pleurer dans les chaumières toute la journée, et vous méritez tellement mieux – un homme qui peut s'oublier et s'occuper de vous. Qui prend soin de vous. Qui vous offre des fleurs et des cadeaux. Qui vous masse les pieds quand vous sortez du travail. *Meine Fräulein, fous z'êtes tebout toute la chournée, ja, fous z'avez fraiment mal aux pieds, ja.* Qui s'occupe des losers qui essaient de vous draguer au boulot. *Toi pas s'inquiéter, toi dire à Boris, je prendre bonhomme par cheveux, comme on fait chez Russes soviets.* »

Contre toute attente elle éclate de rire, son air absent habituel laissant place à une éclaircie gratifiante, et après cela les choses entre eux sont subtilement différentes. Lorsqu'il est prêt à partir, elle a accepté de le retrouver pour déjeuner lors de son jour de congé, soit deux jours avant le résultat de ses analyses et cinq jours avant son mariage. Il aurait préféré l'emmener dîner, mais pour l'instant du moins, avec son couvre-feu en place, un dîner est hors de question. Après la naissance de son fils, il travaillera à faire bouger les choses à la maison. Il établira quelques règles de base et sa vie retournera à la normale. Ce n'est pas son style de faire les choses en douce, et ce n'est pas une vie. Il faut qu'il redevienne l'homme indépendant qu'il était, celui qu'il était quand il vivait avec Jodi.

Dernièrement il n'a pas été lui-même sur bien des points. Comme les scènes de son enfance qui le rattrapent. Sa mère qui prépare des beignets le samedi matin, au-dessus de l'huile grésillante, faisant frire fournée après fournée pendant qu'il est installé à table à manger ceux qui ont refroidi. Pour faire plaisir à sa mère, il en mange plus qu'il n'en a envie, il continue de manger même s'il n'a plus faim, même s'il commence à avoir envie de vomir. Repenser à cela fait ressortir des émotions mitigées, comme tous les souvenirs liés à sa mère. La façon dont elle s'allongeait à ses côtés à l'heure du coucher et lui caressait le front jusqu'à ce qu'il s'endorme. La façon dont elle léchait son doigt pour nettoyer une tache qu'il avait sur la joue, même une fois grand. Son contact affectueux altéré par l'odeur de l'ail sur ses mains. La façon qu'il avait d'aimer ce contact tout en en ayant horreur. Cela l'énerve que de telles impressions lui aient envahi l'esprit récemment, comme si une porte fermée jusqu'alors venait de s'ouvrir. Ces souvenirs ne l'intéressent pas, ils ne servent à rien et ne se rapportent à rien. Parmi ses autres peurs insidieuses figure la crainte de se ramollir, de perdre de son tranchant.

27
ELLE

À n'importe quel moment, il y a toujours au moins une douzaine de conférences intéressantes pour les psychologues dans des villes du monde entier. C'est à cela qu'elle a immédiatement pensé lorsque Alison a suggéré qu'elle quitte la ville. Depuis qu'elle a commencé à exercer, elle n'a assisté qu'à un seul de ces événements, une conférence sur la communication qui s'est tenue il y a de cela quelques années à Genève. Elle se rappelle comme cela avait été agréable, à quel point il avait été facile de parler aux gens, cette sensation d'appartenir à une communauté qu'elle avait ressentie, les intervenants intéressants qui venaient du monde entier, le plaisir d'aller dîner avec de nouvelles connaissances dans une ville étrangère. Elle était revenue avec une énergie renouvelée pour ses patients et elle avait ajusté sa façon d'interagir avec eux, fait plus attention à leur langage corporel et aux mots qu'ils choisissaient, leur faisant écho afin de créer une complicité.

Il y avait longtemps qu'elle avait l'intention de renouveler cette expérience, mais pour une raison ou une autre elle ne l'avait jamais fait. Sa fidélité envers Todd expliquait en partie cela – qui s'occuperait de lui en son absence ? Mais ce n'était qu'une inquiétude de surface ; les vraies raisons étaient sans doute plus sombres. Possessivité. Paranoïa. Une réticence à lui laisser plus de libertés qu'il n'en avait déjà. Toutes ces émotions lui étaient familières, et même si elles restaient pour l'essentiel inconscientes au quotidien, elles avaient sans aucun doute joué un rôle dans le fait qu'elle reste chez elle.

Le choix s'est résumé à « Maîtriser sa colère » dans la ville historique de Winchester, au sud de l'Angleterre, et « Émotions, stress et vieillissement » au soleil de Jacksonville, en Floride. « Maîtriser sa colère » l'intéressait davantage, car elle n'avait jamais eu l'occasion de se pencher là-dessus. Avec une conférence à son actif et quelques lectures supplémentaires, elle pourrait travailler avec ceux de ses patients qui avaient besoin d'aide dans ce domaine. Mais après avoir consulté la chaîne météo et discuté prix avec son agent de voyages, elle a opté pour « Émotions, stress et vieillissement », se consolant à la perspective des palmiers et de la brise tropicale.

C'est ainsi qu'elle se retrouve dans une chambre d'hôtel de Jacksonville, réveillée par le bourdonnement insistant du téléphone posé sur sa table de chevet. La chambre est plongée dans le noir, aucune lumière ne filtre, pas même autour des rideaux ou sous la porte. Elle roule sur le côté pour jeter un coup d'œil au réveil digital et à ses chiffres vert pomme. Il n'est pas encore six heures. Le soleil ne se lèvera pas avant au moins une heure.

Depuis qu'elle est arrivée l'avant-veille, elle n'a pas pensé à la raison de sa venue ici ou à ce qui pourrait se passer chez elle. C'est facile d'oublier quand on évolue dans le monde d'une conférence, qui est simple et peu exigeant, un monde où la vie réelle laisse place à des divertissements et distractions sans fin. Les salles sont baignées d'une chaude lumière naturelle, les baies vitrées donnent sur des jardins aux buissons fleuris, et lorsqu'elle met le pied dehors elle peut offrir son visage au soleil et sentir les effluves de l'océan. Le plus gros effort qu'elle ait à fournir consiste à s'asseoir confortablement dans une chaise rembourrée et à écouter des communications intéressantes, se joindre à la foule du restaurant pour déjeuner et s'habiller pour sortir dîner en ville. Elle n'a aucun lien avec qui que ce soit ici. Son milieu et sa situation sont oubliés. Pour ce que les gens en savent, elle aurait très bien pu débarquer de l'espace intersidéral ou sortir de nulle part.

Le téléphone qui sonne fait tache dans ce tableau. Elle referme les yeux et attend qu'il s'arrête. Lorsque la chambre est à nouveau silencieuse, elle expire volontairement lentement, comme si elle soupirait, et elle se force à se rendormir, mais un sommeil réparateur est à présent hors de portée, son esprit est trop occupé à rêver, trop empli de scènes étranges et déroutantes – une foule de gens, des lumières vives, quelqu'un qui court. Quelques minutes s'écoulent à peine que le téléphone recommence à sonner. Son bruit sourd et pressant résonne dans ses rêves comme quelqu'un qui sanglote avant de la réveiller tout à fait. Clignant inutilement des yeux dans l'obscurité, elle sort du lit et tâtonne pour rejoindre la salle de bains.

Plus tard, lorsqu'elle prend son petit déjeuner au restaurant de l'hôtel avec un groupe de collègues, quelqu'un s'approche d'elle dans son dos et lui touche l'épaule. C'est une des organisatrices de la conférence, une femme amicale qui a tenu à se présenter à tout le monde, parfois plusieurs fois.

« Il y a un appel pour vous, dit-elle. Vous pouvez le prendre dans le hall. »

28
LUI

Ces trois derniers jours et demi, son esprit multiplie les pensées en forme d'Ilona, et ces pensées en forme d'Ilona ont dessiné des motifs en forme d'Ilona, telle de la limaille de fer dans un champ magnétique. Ces trois jours et demi, un vendredi, un samedi, un dimanche et un lundi matin, il a omis de dire à Natasha qu'il l'aimait, l'a emmenée de mauvaise grâce faire du shopping, a refusé d'aider à la maison, a vidé un pack de douze bières et s'est masturbé chaque fois qu'il a pris une douche. Durant ces quelques jours si courts, l'innocente Ilona a atteint des sommets d'attrait érotique dans son imagination engorgée. Objet de projections scandaleuses, elle a atteint le statut d'équivalent féminin, son égal en tout point, le positif de son négatif et le négatif de son positif, la pièce du puzzle qui rend sa vie complète. Même lui peut percevoir à quel point ses rêveries sont tordues, mais uniquement durant ses moments de lucidité, qu'il balaie sans la moindre hésitation.

Le restaurant sur South Dearborn où Ilona a accepté de le retrouver offre une atmosphère intime et élégante. Il s'imagine leurs regards qui se croisent alors qu'elle porte son verre à ses lèvres, la voit mâcher des petites bouchées hors de prix. Elle n'a jamais goûté à une huître fraîche, n'a aucune notion de l'effet qu'une très bonne bouteille de vin peut avoir. De cela il est certain, tout comme il sait que, une fois endoctrinée, elle deviendra insatiable, accro à tout ce qu'il a à offrir. Alors qu'il émerge de son bureau et se dirige vers le parking, il se pavane. Cela ne lui vient pas à l'esprit qu'elle pourrait lui poser un lapin, qu'il n'est pas impossible qu'elle ait déjà un homme dans sa vie, qu'elle ait peut-être vu clair dans son jeu, qu'elle ait retrouvé ses esprits, changé d'avis. Au contraire, il a l'idée qu'il a rendez-vous avec son destin, que ce déjeuner va changer le cours des choses. Même si elle ne le sait pas encore, Ilona est l'élue, celle qui le sauvera du merdier dans lequel il est tombé si malencontreusement. Ilona – cette inconnue, maigre comme un clou, méfiante comme un chat, crédule comme un enfant, qui n'a pas vraiment conscience de sa propre beauté et du pouvoir qu'elle a – est la réponse à tous ses problèmes. Il agite ses clés de voiture et éclate de rire, exhalant un nuage de vapeur dans l'air hivernal. Il compte déjà les minutes, fait de ses gestes une chorégraphie délibérée. Il se glisse dans sa voiture et démarre, met en marche ses essuie-glaces et attend qu'ils aient balayé le givre, se dirige vers la sortie et maudit le trafic qui arrive en sens inverse. Il vérifie ses dents dans le rétroviseur. Actionne son clignotant droit. Gobe une pastille.

Il se sent remarquablement bien. Il ne s'est pas senti aussi bien depuis des semaines. Sa lésion a quasiment disparu, les crises de démangeaison se sont calmées, et il s'inquiète moins du résultat de ses analyses. Au départ, il a eu vraiment peur, il a perdu la tête pendant un jour ou deux, mais à présent il a retrouvé son sang-froid. Faisant ronfler le moteur, il allume la radio d'un geste et capte les premières notes de « Unchained Melody ». Impossible de résister à la vague de nostalgie invoquée par la musique plaintive et la voix de ténor fluide de Bobby Hatfield. Il pense à une fille qu'il connaissait au lycée, revisite l'odeur de ses cheveux, le parfum piquant de citronnelle de son gel douche bon marché qui le rendait fou. Peut-être que c'est elle qu'il désire ; qui peut le dire ? Il est conscient des frontières qui se brouillent et disparaissent, les frontières qui séparent le passé et le présent, celles qui distinguent Ilona de Natasha de Jodi de la fille du lycée. Et puis la chanson se termine et il est de retour dans sa voiture, se dirigeant vers le nord et Roosevelt Road.

Il reste sur la voie de droite et s'arrête à un feu rouge. La voiture juste devant lui est une Ferrari, fuselée et basse, excitante et séduisante. Il est pris d'un désir fiévreux de posséder cette même voiture, une volonté ardente d'être transporté comme par magie dans le siège du conducteur, de prendre sa place derrière le volant. Sa Porsche – dont il a toujours été gaga – lui paraît classique, sans relief, voire prude, le choix d'un homme qui a perdu toute passion. Comment cela a-t-il pu se produire ? Quand a-t-il changé ?

Le moment est presque arrivé. Il ne reste que quelques secondes. Si seulement il le savait, il ne les gaspillerait pas à prendre des résolutions qui ne se réaliseront jamais – changer de voiture, se débarrasser de tout poids mort, se libérer. Il croyait que Natasha lui avait rendu sa jeunesse, mais à présent il comprend. Ces femmes qui commencent à penser que vous leur appartenez, et ces obligations qui peuvent briser un homme. Il ne faut jamais se poser dans la vie. Il faut bouger vite pour qu'elles ne vous coincent pas.

Lorsque le premier impact se produit, il croit que c'est un caillou. Quelqu'un lui a jeté un caillou dans la vitre du côté conducteur. Le bruit explose dans son oreille gauche et des fragments de vitre arrosent le côté gauche de son visage.

« C'est quoi ce bordel », dit-il à voix haute.

Il se touche la joue alors qu'il tourne la tête pour jeter un coup d'œil. En voyant le petit trou rond et son halo de verre brisé, il pense qu'on a dû lui tirer dessus, même s'il ne ressent aucune douleur. Son regard s'ajuste et la voiture arrêtée à côté de lui au feu apparaît dans son champ de vision. Il perçoit la fenêtre baissée, la tête sous le bonnet en laine, le regard pénétrant, l'éclat du pistolet. Il ne connaît pas cet homme, mais il ne se pose aucune question.

Ce n'est pas vrai ce qu'ils vont affirmer – qu'il ne l'a pas vu venir, qu'il n'a pas compris ce qui se passait. Pourtant, tout va très vite. Des images reléguées au second plan fusent à présent dans son esprit ; c'est tout le temps dont il dispose alors qu'il meurt. Paradoxalement, dans ce moment intense et précis où son fils à naître devrait compter par-dessus tout, cet enfant qu'il ne connaît pas et qu'il ne verra jamais revêt moins d'importance à ses yeux que toutes les autres personnes de sa vie. Sa mère aimante et même son aberration de père. Cliff et Harry, ses meilleurs amis. Natasha, qui lui apparaît sous les traits d'une enfant, tenant la main de son papa ; Natasha et Dean, tous les deux des survivants. Encore plus impérieuse est l'image d'Ilona l'attendant au restaurant, sa déception grandissant chaque minute, et personne ne viendra à son secours. Et Jodi, telle qu'elle était le jour où il est rentré de son week-end à la campagne, allongée et exposée sous le ciel dégagé. Jodi, si belle, si singulière. S'il avait le choix de rester, il le ferait pour elle. Mais plus aucun choix ne s'offre à lui. Le temps est suspendu, et pourtant il est sur le point de toucher à sa fin. La mort devrait le séduire, au lieu de le violer. Si on lui donnait une minute de plus, il pourrait accomplir tant de choses. Même les coupables ont le droit de passer un coup de fil, d'envoyer un message. Comme il se sent vivant, comme il brille de mille feux, telle une mèche allumée, un pétard sur le point d'exploser… Que ne donnerait-il pas pour une minute supplémentaire, juste une minute ordinaire punaisée grossièrement à la fin de la fresque de sa vie.

DEUXIÈME PARTIE
ELLE

« Jodi Brett à l'appareil », dit-elle, tenant le combiné comme s'il s'agissait du cadavre d'un rongeur.

Une voix autoritaire lui répond, aussi marquée et menaçante que si elle jaillissait d'un haut-parleur dans le hall. Il est de la police, annonce-t-il. Il a peur d'avoir de mauvaises nouvelles. Il demande si elle est assise.

En réalité, elle se tient bien droite, l'échine dressée, les pieds collés l'un contre l'autre, les hanches exactement à angle droit avec le bureau de la réception, le regard perdu dans l'éclat des portes d'entrée vitrées de l'hôtel. Elle ne voit pas quelle différence cela peut faire si elle est assise ou debout et elle se sent impatiente, légèrement inquiète. S'il s'inquiétait comme il l'affirme de son bien-être, il ne l'aurait pas appelée à n'importe quelle heure de la nuit, sabotant son sommeil.

Elle essaie de le couper dans ses tergiversations.

« Je suis en train de prendre mon petit déjeuner. Que me voulez-vous ? »

Il refuse cependant toujours d'aller droit au but.

« D'après mes informations, vous assistez à une conférence en Floride. »

Sa voix est épaisse et travaillée. Elle peut voir les mots s'échapper en roulant sur sa langue, et chacun d'entre eux est une limace grasse qui se faufile dans son oreille.

« Oui, c'est exact, répond-elle. Est-ce que cela pose problème ?

— Mademoiselle Brett, vous devez rentrer chez vous de toute urgence. »

C'est alors que résonne le nom de Todd, large et doux alors qu'il quitte les lèvres de son interlocuteur qui mâche ses mots, suivi d'une image vertigineuse de lait se déversant d'un seau, une image qui n'évoque rien mais entraîne nausée et sensation de vertige. Lorsque ses paupières s'ouvrent, sa tête repose sur un coussin, et une foule de visages danse au-dessus d'elle. Elle se sent perdue et confuse alors qu'un grand nombre de bouches s'agitent et murmurent avec inquiétude. Mais lorsqu'on la prend par les bras et qu'on la relève, elle reprend vite ses esprits, et elle se retrouve confrontée à nouveau aux faits dévastateurs. Fait numéro un : Todd est mort. Ce qu'elle n'arrive pas à assimiler même lorsqu'elle comprend que, fait numéro deux : sa culpabilité est si transparente que la police de Chicago s'est déjà lancée à sa poursuite. Cela ne fait quasiment aucun doute dans sa tête : lorsqu'elle sortira de l'avion à O'Hare, les forces de l'ordre seront là à l'attendre. Elle sera en état d'arrestation, probablement menottée et emmenée dans une cellule dans un secteur perdu de la ville, là où se trouvent les prisons. Malgré ces certitudes, elle est surprise de ne pas avoir le réflexe de s'enfuir. Louer une voiture, partir loin, trouver une frontière à franchir, disparaître dans l'anonymat. Elle a l'instinct d'un pigeon voyageur. Même si seul le danger l'attend, elle est incapable d'abandonner tout ce qu'elle connaît et aime. Au mieux, elle aimerait attendre quelques jours, apprécier un autre verre de vin au restaurant sur la plage, savourer la chaleur tropicale et l'air parfumé encore un petit moment. Elle trouve cette perspective très attirante, mais cela n'arrivera pas. Ils ne feraient que la harceler de coups de fil, ou pire, ils enverraient quelqu'un pour la ramener de force.

Après avoir rassuré l'inspecteur, qui est resté en ligne, et après être partie à la recherche de l'organisatrice pour lui dire qu'il y avait eu un décès dans sa famille, et après que l'organisatrice lui a présenté ses condoléances et promis de se renseigner pour qu'elle se fasse partiellement rembourser, Jodi retourne dans sa chambre pour faire changer son billet d'avion, prévenir la jeune fille qui s'occupe du chien et faire ses valises.

Alors que l'avion atterrit, des flocons de neige à la dérive capturent les lumières sur la piste d'atterrissage et animent le ciel nocturne. Elle porte toujours sa robe dos nu et ses sandales compensées qu'elle a enfilées ce matin, il y a une éternité de cela, mais elle a eu la bonne idée de prendre un trench-coat. Durant le vol, elle a descendu sa ration de vodka tonic, et son humeur est passée silencieusement du chagrin au désespoir, puis à la rébellion. À présent, alors qu'elle avance sur la passerelle, tirant sa petite valise derrière elle, elle se raccroche à un semblant d'assurance fragile. On ne l'a pas retenue pendant que les autres passagers débarquaient ; aucun homme en uniforme n'a encore fait son apparition. Elle comprend que ce n'est qu'une question de temps, mais au moins les choses se passent mieux que prévu, et après avoir récupéré ses bagages sans encombre, une lueur d'espoir s'éveille faiblement dans le brouillard de sa détresse.

Son trench-coat sur le dos mais les jambes toujours dénudées, elle sort de l'aéroport pour s'engouffrer dans la nuit glaciale et faire la queue pour un taxi. Il ne se passe rien sur le trajet qui la ramène chez elle. Elle entre dans son immeuble et traverse le hall, prend l'ascenseur jusqu'à son étage, sort les clés de son sac à main. Un seul aboiement net retentit derrière la porte fermée, puis elle est assaillie par trente-cinq kilos de pure joie. La jeune fille qui garde le chien, à l'inverse, pose à peine les yeux sur elle qu'elle se met à pleurer, bouleversée par la nouvelle de la tragédie. Elle paye la fille et la renvoie chez elle. C'est agréable d'être rentrée chez elle sans encombre, et sa bonne fortune la réconforte.

Avec son humeur qui s'améliore, son esprit s'éclaircit. Elle commence à comprendre que si la police ne lui a pas tendu d'embuscade, ça ne peut vouloir dire qu'une chose : sa situation n'est pas aussi désespérée qu'elle le croit. La faire rentrer de sa conférence était une routine, une question de procédure. Elle fête cela avec une nouvelle vodka tonic et a envie de manger pour la première fois depuis le petit déjeuner ce matin. La fille qui a gardé Freud a laissé au frais de la viande achetée chez le traiteur et elle s'en sert pour se préparer un sandwich, ajoutant des cornichons et de la moutarde forte. Avec de la nourriture dans le corps, son humeur se stabilise. Elle enfile un jean et se prépare du café. Une curiosité intense s'empare d'elle : elle veut savoir comment Todd est mort. Même dans l'avion, elle ne pouvait pas s'empêcher de spéculer, se repassant dans la tête le coup de téléphone, essayant de se rappeler les mots exacts employés par le policier pour lui annoncer la nouvelle. *Il y a eu un décès... un homicide... Un crime... Je suis désolé de vous informer qu'il s'agit bien d'un crime... J'ai peur qu'il n'y ait aucun doute là-dessus... les preuves sont irréfutables.* Il n'y avait rien de spécifique là-dedans, rien qui puisse l'aider à calmer sa fièvre spéculative. Mais alors qu'elle se déplace dans l'appartement pour faire du rangement, elle repère le *Tribune* de ce matin sur la table basse.

L'histoire prend plus de place que prévu, commençant à la une et se poursuivant sur une page à l'intérieur. Elle ne s'attendait pas à ce que le meurtre d'un petit promoteur immobilier intéresse un tant soit peu le public en général, mais les journalistes l'utilisent pour exploiter leurs filons habituels, sortant des papiers sur le trafic de drogue et la crise des armes à feu. Il y a beaucoup de théories tirées par les cheveux – par exemple, que l'assassinat était le fait d'adolescents sous amphétamines prompts à la gâchette qui ont tué au hasard. Une autre théorie implique la mafia. Mises à part les conjectures, les faits de l'affaire sont clairement décrits.

Chicago. Un homme a été abattu dans sa voiture hier après-midi alors qu'il était arrêté à un feu dans South Loop. La victime a été identifiée : il s'agit de Todd Jeremy Gilbert, 46 ans, un homme d'affaires local. Il a reçu une balle dans la tête autour de 12 h 45 au coin de Michigan Avenue et Roosevelt Road. Selon les témoins, un véhicule s'est arrêté à sa hauteur et un ou plusieurs tireurs ont ouvert le feu. La police recherche une description du véhicule en question. Après la fusillade, la voiture de la victime s'est engagée dans l'intersection et est venue rebondir sur le trottoir avant de s'arrêter. Le conducteur a été retrouvé affaissé sur le volant. Aucun passant n'a été blessé.

Elle pense au trafic à l'heure du déjeuner, à l'isolement qu'offraient les deux voitures, aux questions laissées en suspens. « Un ou plusieurs tireurs », dit l'article. Même leur nombre reste incertain. Mais il aurait suffi de deux hommes, un qui conduise et un qui tire, pas plus. Une troisième personne n'aurait servi à rien, et il n'y avait pas tant d'argent que cela à se partager. Elle est incapable de dire si l'un d'entre eux était Renny. Elle a l'impression que Renny est du genre à éviter de se mouiller, et Alison a parlé de recrues. De toute façon, l'image mentale qu'elle se fait de ces hommes est vague. Elle n'a jamais rencontré Renny, elle n'a même jamais vu de photos de lui.

Elle est frappée par l'importance du minutage dans tout cela. Une voiture s'arrête à un croisement et des coups de feu sont tirés par la vitre. Malgré le lieu public – une grosse intersection durant l'heure de pointe du déjeuner –, la voiture a disparu avant que quelqu'un ait pu comprendre ce qui s'était passé. C'est évident car, autrement, la police en aurait eu une description. Elle y réfléchit. La fuite rapide a seulement pu se produire si le feu est passé au vert précisément au moment où le meurtre a eu lieu. Ils ont dû attendre ce moment. Avec les secondes qui défilaient et l'arme à la main, ils ont attendu l'instant précis où le feu passerait au vert et où ils pourraient traverser le carrefour et disparaître.

Elle a besoin d'envisager la scène étape par étape, de reconstruire dans sa tête l'événement incroyable, bouleversant, qu'elle est toujours incapable d'accepter. Elle l'imagine quitter son bureau, marcher jusqu'au parking, monter dans sa Porsche et se diriger vers le nord dans Michigan Avenue. Il se trouve sur la voie de droite quand il s'arrête au feu. Il se tient forcément sur la voie de droite car le tireur devait être à la place du passager dans la voiture adjacente. Près de sa cible et sûr de son tir. Aucune prise de risque.

Disons que Todd et les auteurs du crime, attendant côte à côte, sont les premiers véhicules de la file arrêtée au feu. Todd ne s'aperçoit de rien. Il ne soupçonne pas le moins du monde qu'il est devenu une cible, il n'a aucune idée qu'il est en danger. Les deux hommes, pendant ce temps, n'ont pas de plan exact. En réalité ils improvisent, attendent le moment propice, l'opportunité parfaite. Si nécessaire, ils sortiront de la voiture et suivront leur proie à pied, mais dans le meilleur des cas ils n'auront pas à en passer par là. Plus ils agissent vite, plus ils peuvent rentrer chez eux et récupérer leur argent tôt.

Ce n'est qu'un pur hasard, un hasard déterminé uniquement par la circulation, s'il est arrêté par un feu rouge, et c'est également par hasard que la place à côté de lui s'est libérée. Une fois positionnés à son niveau, ils voient l'opportunité qui se présente à eux. Faisant le point, ils prennent en compte la nécessité de pouvoir s'enfuir. Dès qu'ils seront passés à l'acte, ils vont devoir bouger, alors ils observent et attendent. Ils observent le trafic et les passants qui traversent devant eux, et ils attendent que la circulation se fluidifie. Ils observent le feu vert qui régule la circulation et attendent qu'il passe à l'orange. Ils observent les voitures qui tournent à gauche et s'avancent dans l'intersection, et ils continuent d'attendre, tels les mercenaires à demi fous, téméraires, qu'ils sont. Finalement, celui qui ne conduit pas, le tireur désigné, vise et tend son arme à travers la vitre baissée côté passager.

Combien de coups a-t-il tiré ? L'article ne le précise pas, mais la formulation, la notion que « un ou plusieurs tireurs ont ouvert le feu », sous-entend une salve. Est-ce que la première balle a touché sa cible ? Ou bien Todd a-t-il eu le temps de comprendre qu'il était en danger, de réaliser ce qui se passait et pourquoi ? Elle se rend compte à présent qu'elle veut vraiment qu'il l'ait vu arriver. C'est ce qu'elle souhaite. Qu'il ait réalisé la vérité, compris que c'était elle qui était derrière tout cela et qu'il l'avait bien cherché. Et pourtant elle doute qu'il ait pensé à elle, car pour ce qu'il en savait, elle n'était pas naturellement vindicative. La Jodi qu'il gardait dans son cœur n'était pas capable d'agir de la sorte.

Contrairement à son habitude, elle se prépare à aller se coucher sans ranger d'abord l'appartement. Ses couverts sont dans l'évier, sales, et elle n'a pas vidé sa valise, restée dans le vestibule. Le sommeil est le mode de fonctionnement par défaut mis en place par ses circuits épuisés, mais une fois qu'elle s'est débarrassée de la première couche de fatigue, Jodi revient à la surface, totalement éveillée. La lumière ambiante révèle les formes sombres des meubles et l'orientation des fenêtres et des portes, mais ces formes lui semblent étranges et étrangères. La journée, le lieu, les circonstances de sa vie lui échappent, comme si son esprit était un verre d'eau que l'on a vidé. Elle attend, et lorsque ses facultés lui reviennent elle attribue cette faille à une complication due au décalage horaire, additionnée du regret de ne pas pouvoir revenir en arrière et reconsidérer ses choix.

La sensation de sécurité et d'optimisme qu'elle a ressentie après avoir lu l'article dans le journal – ni la voiture, ni les criminels n'ont été identifiés – est à présent remplacée par la prise de conscience tardive que sa position d'ex-conjointe de la victime fait automatiquement d'elle la suspecte principale, et que ce sera encore pire si elle figure dans le testament. Le fait qu'elle n'y ait pas pensé avant – pendant qu'elle complotait avec Alison, revendait ses biens, fuyait sous les tropiques – la sidère. C'est comme si elle s'était trouvée dans une sorte de transe, un état d'auto-hypnose, une stupeur qui est la conséquence directe de ses illusions. Elle a paniqué quand elle a reçu l'appel en Floride, mais ce n'était rien. *Cela*, on pouvait le faire disparaître en se rendormant ou en descendant un verre. *Ceci*, ce qu'elle ressent à présent, est brutal et acéré, comme la circulation qui revient dans des membres engourdis, comme si quelqu'un la secouait et faisait pétiller son sang.

Todd était un enfant sur bien des plans, en termes freudiens, son développement psycho-sexuel s'était interrompu, il demeurait un enfant de cinq ans bloqué au stade phallique, préoccupé par la domination sexuelle. Toujours amoureux de sa mère, il transférait son désir sur toutes les femmes. Le complexe d'Œdipe personnifié. Freud ne l'avait jamais inspirée, mais il savait vraiment démolir quelqu'un. Disons simplement que Todd n'était pas enclin à l'introspection et, typiquement, sa vision du monde excluait ses propres défauts. Même si, en toute équité, il fermait également les yeux sur ce qui était indéfendable chez les autres. C'était un homme indulgent. Mais cela ne l'absolvait aucunement. Elle aimerait croire que, dans la mort, il sera obligé d'affronter les choses, qu'en ce moment même il réfléchit aux fautes qu'il a commises, qu'il soit au purgatoire ou ailleurs. Mais elle ne peut pas réprimer l'impression qu'il a réussi à s'échapper, d'une façon ou d'une autre, qu'il a triché pour pouvoir échapper à toute punition, comme toujours.

Quand on frappe à sa porte dans la matinée, elle est occupée à boire son café et à lire le journal. Le récit du jour, réduit à une seule colonne, ne fournit pas de nouvelles informations. Encore humide de sa douche, en peignoir éponge et chaussettes de coton blanches, elle se dit qu'une fois qu'elle aura fini son café – ce qui, elle l'espère, viendra à bout de son mal de tête –, elle retournera se coucher et rattrapera le sommeil perdu la nuit précédente alors qu'elle était allongée, les yeux grand ouverts, l'esprit fonctionnant à plein régime. Elle n'a pas de patients ou d'obligations aujourd'hui puisque, d'après son planning, elle est toujours en Floride. Elle ne sait pas qui frappe à la porte, mais cela doit être le portier ou l'un des voisins. N'importe qui d'autre devrait sonner depuis le hall. Du moins c'est ce qu'elle pense, oubliant que la police a des privilèges spéciaux et ses entrées partout.

L'inspecteur, la trentaine avancée, est trapu, avec un visage carré et des yeux d'une couleur terreuse, surplombés de sourcils qui ressemblent à des tirets, droits et épais. Sous son manteau ouvert, il porte un costume marron, une chemise bleu clair et une cravate avec une rayure en diagonale, simple et voyante. Avant même qu'elle ne remarque son alliance, elle l'a catalogué comme père de famille – un homme qui a trois ou quatre enfants âgés de moins de douze ans et une femme qui aime la sécurité qu'il lui procure, sans aucun doute.

« Mademoiselle Jodi Brett ? » demande-t-il.

Elle acquiesce.

Il sort son insigne, l'ouvre d'un geste et la tient à hauteur de ses yeux pour qu'elle puisse vérifier son identité.

« Inspecteur principal John Skinner. Est-ce que je peux entrer ? »

Elle fait un pas de côté et il entre dans le vestibule, refermant la porte derrière lui.

« Je suis désolé de vous importuner à une heure aussi matinale », dit-il. Une référence au peignoir qu'elle porte. « Si vous permettez, j'aimerais vous présenter mes condoléances. J'ai appris à quel point la nouvelle vous avait affectée quand vous l'avez apprise. C'est malheureux que les choses aient dû se dérouler ainsi – par téléphone, je veux dire. Nous étions en contact avec la police de Jacksonville, mais il y a eu confusion.

— Est-ce à vous que j'ai parlé ? demande-t-elle.

— Non, mademoiselle. C'était l'officier Davey. Mais il m'a bien informé de votre profond désarroi. »

Elle a cette pensée fugace et retorse que le fait de s'être évanouie comme elle l'a fait lui vaut à présent un peu de compassion et pourrait très bien être la raison de cette politesse excessive. Elle l'invite à entrer et l'amène jusqu'au salon, que le soleil matinal illumine pour le moment de façon éclatante. Attiré par la vue, il lâche :

« Vous devez vraiment profiter de ce spectacle.

— Oui, vraiment, dit-elle. Enfin, nous en profitions. »

Elle bafouille avant de se reprendre.

« J'adore la vue, et Todd l'aimait aussi. C'est pratiquement pour cela que nous avons acheté l'appartement, qui n'est pas aussi grand que certains que nous avions… »

Elle s'interrompt en plein milieu de sa phrase, tout à coup gênée par son statut de privilégiée, s'imaginant la petite maison exiguë qui serait la seule chose que son salaire de policier lui permettrait d'avoir, surtout avec une famille de cinq ou six personnes à entretenir.

« Est-ce que je peux vous offrir un café ? demande-t-elle.

— Eh bien, si ça ne vous dérange pas trop.

— Pas du tout. J'en avais fait pour moi.

— Un café noir, ce sera parfait », dit-il.

Lorsqu'elle revient, elle lui tend une tasse de café et s'excuse :

« Si vous voulez bien m'accorder une minute, je vais enfiler quelque chose. »

S'échapper dans la chambre lui procure un répit bref mais nécessaire. Elle a les mains moites ; son cuir chevelu est humide ; elle se sent crasseuse même si elle a pris une douche. Si elle avait pris le temps d'imaginer une visite de la police, cela ne se serait pas du tout déroulé ainsi. Pour commencer, ils auraient été deux – ne se déplacent-ils pas d'habitude par paire ? – et ils l'auraient cuisinée, profitant du fait qu'elle n'était pas habillée pour la déstabiliser, se servant des mots comme d'une arme pour retourner la conversation contre elle. Cela, au moins, aurait réveillé sa force de caractère et son mécanisme de défense. Alors que ceci – un inspecteur seul qui se comporte de façon excessivement effacée –, à quoi cela rime-t-il au juste ?

Elle retourne dans le salon vêtue d'un pantalon repassé et d'une chemise propre. Elle a mis un peu de couleur sur ses joues et coiffé en arrière ses cheveux. L'inspecteur, qui se tient près de la fenêtre et regarde au-dehors, se retourne lorsqu'elle entre. Elle n'a fait aucun bruit, mais il l'a perçue dans sa vision périphérique. Ils s'assoient tous les deux, elle sur le canapé, lui sur une bergère en face.

« Je sais que la nouvelle a été un choc terrible, commence-t-il. Dans un monde parfait, nous vous laisserions le temps de vous remettre avant de faire irruption chez vous, mais nous devons nous mettre immédiatement au travail. Nous n'avons pas beaucoup d'éléments, et à chaque heure qui passe la piste se refroidit. Je suis certain que vous pouvez comprendre ce contre quoi nous nous battons ici. »

Il lève les mains, les paumes vers le haut, comme pour faire appel à sa compréhension.

« Sans que vous en ayez conscience, poursuit-il, vous avez peut-être des informations qui pourraient nous aider dans notre enquête. Des détails concernant le style de vie de la victime, un compte rendu de ses activités les jours et les mois qui ont précédé le crime. Cela peut se révéler crucial pour reconstituer ce qui a pu se passer en réalité. Quelque chose qu'il a dit ou fait, qui n'aurait peut-être pas attiré votre attention sur le moment, pourrait se révéler être une pièce importante du puzzle. Je n'insisterai jamais assez sur l'aide précieuse que vous pourriez nous apporter dans cette affaire. Vous êtes extrêmement importante pour nous, et j'aimerais que vous vous considériez comme telle. »

Elle réalise, consternée, qu'elle est incapable de le regarder dans les yeux. Sa culpabilité doit être absolument transparente pour un homme dans son genre, un homme solide et plein d'expérience. Pourquoi sinon la tourmenterait-il avec tout ce discours à la noix sur combien elle leur est précieuse et importante ?

« Je suis désolée, mais j'ai oublié votre nom », dit-elle.

Il le lui répète – inspecteur principal Skinner – mais alors même qu'il le lui dit, elle l'oublie à nouveau, l'appelant toujours dans sa tête le Père de famille.

« Concernant le fait que nous mettions le nez dans vos affaires, dit-il. Croyez-moi, je préférerais qu'il existe un autre moyen. Quelqu'un meurt, vous avez à peine le temps de le réaliser, et nous voilà en train de vous cuisiner, de vous demander de faire remonter à la surface des souvenirs nécessairement douloureux pour vous à un moment pareil. »

Sa voix a un côté doux et chantant qui l'agace. Il est posé, suffisant, sûr de lui : un chat qui prépare sa proie. Elle regarde ses doigts aux bouts carrés et aux ongles propres, la rayure sage de sa cravate, le lobe court de ses oreilles, qui se recourbe légèrement vers l'intérieur.

« Cet aspect du boulot est difficile pour tout le monde, assure-t-il. Cela ne nous plaît pas plus qu'à vous. Nous essayons d'y aller aussi doucement que possible, mais les gens prennent vite la mouche, et vraiment, comment pourrait-il en être autrement. »

Elle a froid et chaud à la fois : sa tête brûle, ses extrémités sont glacées. À tout moment, elle va éclater de rire. Elle se lève du canapé et farfouille dans le buffet à la recherche d'un paquet de Marlboro qui, elle le sait, est là quelque part. Elle ne fume pas, mais là tout de suite, cela lui semble une bonne idée.

« Est-ce que je peux vous en offrir une ? » demande-t-elle au Père de famille, lui tendant le paquet.

Il refuse. Elle trouve une boîte d'allumettes et s'allume une cigarette. La dernière fois qu'elle a fumé remonte à vingt ans, voire plus, quand elle était encore en train de faire ses études, mais elle inhale néanmoins une grande bouffée. Sans surprise, la pièce se met à tourner. Elle attend que cela passe et retourne s'asseoir, la cigarette dans une main et dans l'autre le cendrier souvenir acheté au Mont-Saint-Michel, qu'elle conserve car elle le trouve gai.

« Concernant votre relation avec le défunt, dit-il à travers le nuage de fumée. Si vous pouviez juste me clarifier les choses. »

Elle veut lui dire la vérité, que le défunt était quelqu'un qu'elle connaissait à peine – ou en tout cas qu'il n'était pas l'homme qu'elle croyait. Au lieu de cela, elle lui dit qu'ils ont vécu ensemble pendant vingt ans. Il bondit sur ce point et en extirpe jusqu'à la dernière goutte possible de suggestion, lui demandant pourquoi ils ne se sont jamais mariés, si cela avait une importance ou non pour elle, ce qu'elle avait ressenti quand il l'avait quittée, si elle avait vu venir la rupture. Il se montre d'une curiosité morbide à propos du fait qu'ils n'aient pas eu d'enfants ; dans son univers, ce détail doit être lourd de sens. Il veut savoir si elle connaît la fiancée de Todd, la femme avec qui il vivait au moment de sa mort. Lorsqu'elle croit qu'il en a fini, il revient en arrière et recommence depuis le début. Qu'est-ce qui a mené au départ de Todd ? A-t-elle eu ensuite des contacts avec lui ? A-t-elle consulté un avocat ? Sait-elle qu'au moment de sa mort, il allait être papa ?

Il continue encore et encore, enchaînant les questions toujours plus intrusives, à présent penché en avant sur son siège, l'air grave et déterminé. Il apprend qu'elle a un cabinet, qu'elle travaille à mi-temps depuis chez elle, qu'elle est allée en Floride pour assister à une conférence.

« C'est vraiment dommage, mademoiselle, que vous ayez dû refaire tout ce trajet depuis la Floride, dit-il. Vous arrivez à échapper au froid, et puis quelque chose de ce genre vous tombe dessus. Quel genre de conférence était-ce ?... si cela ne vous ennuie pas que je demande. »

Elle tire sur sa cigarette, plissant ses yeux larmoyants à cause de la fumée. Le vertige de la première inhalation de nicotine et de monoxyde de carbone a fait place à présent à un pincement dans sa poitrine.

« C'était une conférence sur le stress et le vieillissement, répond-elle. Pour les psychologues.

— Aviez-vous une raison particulière d'y assister ? Étiez-vous invitée à intervenir, par exemple ?

— Je n'intervenais pas.

— Assistez-vous régulièrement à ce genre d'événements ?

— Pas *régulièrement*.

— À quelle fréquence, alors ?

— Je ne sais pas. Quand il y a quelque chose d'important pour mon travail.

— À quand remonte la dernière conférence à laquelle vous ayez assisté, avant celle en Floride ?

— Il faut que j'y réfléchisse.

— Prenez votre temps.

— Il y a eu une conférence à Genève, il y a de cela peut-être, oh, deux ou trois ans. Je dirais que ça fait un moment, en fait. »

Malgré elle, elle rit d'un air désolé.

« En quoi cette conférence à Genève était-elle importante pour votre travail ?

— Elle traitait de la communication. C'est un domaine clé pour n'importe quel psychologue.

— Donc, la dernière conférence à laquelle vous ayez assisté, avant celle en Floride, tournait autour de la communication, et avait lieu à Genève il y a deux ou trois ans. C'est bien cela ?

— C'était peut-être il y a quatre ans.

— Bon, très bien. Disons quatre ans ? »

Elle voit où il veut en venir. C'est un peu trop pratique, un peu trop facile qu'elle se soit absentée pour une conférence à cette occasion particulière. En dépit de l'article dans le journal qui privilégiait les pistes des ados drogués et du crime organisé, cet inspecteur sait exactement à quoi il a affaire, et l'indice le plus parlant, c'est son alibi inattaquable et inviolable, qui à présent joue contre elle alors qu'elle n'en avait pas besoin de toute façon. Personne n'allait la suspecter d'avoir participé à une fusillade. Cela se voyait comme le nez au milieu de la figure qu'il s'agissait d'un crime commandité.

« Et merde, comment voulez-vous que je le sache ? s'énerve-t-elle. Peut-être bien que c'était il y a *cinq* ans. Comment pouvez-vous exiger que je me rappelle ce genre de choses à un moment pareil ?

— Mademoiselle, s'il vous plaît, essayez de garder votre calme, dit-il de son air imperturbable. Je sais à quel point cela doit être difficile pour vous, mais comme je vous l'ai déjà dit, il arrive parfois qu'une information *a priori* triviale s'avère être un indice important. Il ne faut rien négliger. Je suis désolé de vous faire subir cela, vraiment, mais c'est également dans votre intérêt que l'on boucle l'affaire. »

La pièce lui semble si oppressante et étouffante qu'elle a peur de défaillir. Elle envisage de se lever pour ouvrir la fenêtre, mais au lieu de cela elle prend un exemplaire d'*Architectural Digest* dans la pile de magazines qui trône sur la table basse et s'en sert d'éventail. Pendant ce temps, l'inspecteur passe à des questions toujours plus directes. *Combien gagnez-vous ? Combien gagnait le défunt ? Vous a-t-il donné de l'argent après son départ ? À combien se monte la valeur totale de ses biens ? Connaissez-vous le contenu de son testament ?* Et pourtant il n'a toujours pas fini. Pas avant de lui avoir posé des questions sur ses parents et ses amies et d'avoir noté leurs noms. Mais pas celui d'Alison. Celui-là, elle l'a gardé sous silence.

Quand il finit enfin par se lever, il se tourne à nouveau vers la vue et fait un commentaire sur les nuages qui se sont assemblés au-dessus du lac.

« Cirrostratus, dit-il. Il y a de la neige dans l'air. »

Elle jette un coup d'œil à la brume blanche. Voilà que maintenant il veut s'éterniser et parler de la météo. Et ensuite il va vouloir s'inviter à déjeuner. Elle se dirige délibérément vers le vestibule, ne lui laissant pas d'autre choix que de la suivre. Alors qu'il passe la porte, il lui tend sa carte de visite et lui dit :

« N'hésitez pas à m'appeler, pour quoi que ce soit. Comme je vous l'ai dit, nous comptons sur votre aide. Nous résolvons les crimes grâce aux informations que les gens nous fournissent. Appelez-moi même si vous pensez que ce n'est pas important. Laissez-moi en juger. Vous avez mon numéro juste là. »

Elle garde un œil ouvert sur les pages nécrologiques du *Tribune* et le faire-part de décès finit par être publié. Il est bref, seulement quelques lignes qui se terminent sur les détails de l'enterrement. Il n'y a rien sur les circonstances de sa mort, et aucune mention d'elle, Jodi. Natasha, qui a sûrement écrit ces lignes, ne cite que le fœtus et elle-même parmi les parents du défunt. « Todd Jeremy Gilbert, 46 ans, entrepreneur, laisse derrière lui sa fiancée aimante et leur fils à naître. » Les vingt années que Jodi a passées avec lui, ses attentions et ses soins, sa dévotion et sa patience, ne sont pas dignes d'être partagés avec le grand public, alors que Todd lui-même est réduit dans son propre avis de décès à un simple « entrepreneur ». Natasha doit bien connaître son histoire pourtant : son ascension malgré ses origines modestes, le succès rencontré sans rien devoir à personne, grâce à sa force de caractère. Todd était le self-made-man ultime. S'il y a un temps et un lieu pour lui rendre hommage, c'est certainement celui-là.

Elle ne sait pas encore si elle va assister à l'enterrement ou non. Elle a tenu à distance ses patients, a beaucoup dormi et elle est surtout restée chez elle. Peut-être que durant sa période de réclusion elle s'est habituée à ne pas sortir, et peut-être aussi qu'elle a besoin d'une occasion de se retrouver. Elle est sujette à des trous de mémoire, elle oublie pendant de longs moments parfois qu'il l'a quittée. Même sa mort n'est pas fermement établie dans son esprit. Une part d'elle-même semble ne pas avoir enregistré l'information – ou peut-être refuse tout simplement d'y croire. Une fois, alors qu'elle navigue dans la brume qui sépare l'éveil du sommeil, elle se décide à l'appeler pour lui demander directement s'il est mort ou vivant.

« Dis-moi la vérité, voudrait-elle dire. J'ai besoin de savoir. »

Plus d'une fois, elle rêve qu'il est revenu d'entre les morts. La plupart du temps, la scène est très prosaïque. Ils sont en train de dîner et elle lui dit : « Je croyais que tu étais mort. » Et il répond : « J'étais mort, mais plus maintenant. » Ou elle prend l'ascenseur avec un inconnu et l'inconnu se révèle être Todd. Et à chaque fois elle ressent du soulagement. Quelque chose clochait affreusement, mais à présent tout va bien et la vie peut revenir à la normale. C'est cette rechute intermittente qui finit par la faire se décider sur l'enterrement. Même si elle appréhende d'apparaître en public comme la femme abandonnée, et même si elle aimerait vraiment conserver sa fierté, elle a besoin de tourner la page. Elle doit se faire rentrer dans le crâne qu'il est bien mort.

Sa disparition serait peut-être plus facile à avaler si elle n'avait pas été si atroce. La façon dont cela s'est produit l'a profondément affectée. Lorsque ses amies appellent, elle leur en parle de façon obsessionnelle – cette obscène exécution publique – et plus le temps passe, plus elle est fascinée par les détails. Elle se sent contrainte de décortiquer chaque détail sordide, elle ne se lasse pas de triturer et de sonder ce cadavre en lambeaux. Elle se dit que tout cela devrait avoir plus de sens. Cela devrait correspondre à quelque chose de profond, une sorte de Graal profane ou de pouvoir inversé qu'elle pourrait utiliser pour se protéger, mais les faits scandaleux demeurent inertes et, d'une certaine façon, ils ne font pas le poids face à la réalité primordiale de son absence. Incapable de partager la réalité de sa situation, elle est obligée de retomber dans les déclarations conventionnelles du genre : « Je n'arrive pas à y croire » ou « Cela paraît impossible ».

Le Père de famille a rendu visite à ses parents, les a bombardés de questions. Elle se console en pensant à leur indignation outragée, leur agacement à l'idée que son honnêteté et sa décence puissent être remises en cause, leur refus de décortiquer les détails de sa vie privée. Comme toujours, ses parents lui parlent à l'unisson, son père depuis l'étage dans la chambre, sa mère depuis le combiné de la cuisine. Ils sont bien entendu au courant de la situation dans laquelle Todd était avant de mourir et ne vont pas jusqu'à dire qu'il a eu ce qu'il méritait, mais clairement c'est ce qu'ils pensent. Elle trouve adorable qu'ils aient fait volte-face pour elle, se positionnant si catégoriquement contre lui.

Le Père de famille a également rendu visite à ses amies, et elles aussi sont de son côté.

Corinne : « La plupart des meurtres sont commis par quelqu'un que la victime connaissait, et quatre-vingt-dix pour cent du temps c'est le conjoint ou l'ex qui a fait le coup, alors ils sont *obligés* d'enquêter sur toi. Ne t'en fais pas, c'est la procédure. »

Ellen : « Je suis sûre que tu avais envie de le tuer et Dieu sait que tu aurais eu le *droit* de le faire assassiner. Regarde les choses comme ça : quelqu'un d'autre s'en est chargé à ta place. »

June : « J'ai dit à l'inspecteur que tu ne l'avais pas tué. »

L'amie à qui elle a le plus envie de parler est Alison, mais Alison ne répond à aucun de ses appels. Elle ne sait pas vraiment comment l'interpréter. Elle ne trouve aucune raison pour laquelle Alison pourrait être en froid avec elle. C'est impossible que ce soit une question d'argent : Alison a l'argent. Lui donner la somme totale d'avance ne l'avait pas rassurée, mais Alison avait promis de le répartir en versements raisonnables pour Renny. « Ne t'en fais pas, lui avait-elle affirmé. Je vais lui donner la moitié en acompte, voire moins – juste assez pour qu'il recrute – et le reste une fois qu'il aura fait le boulot. » Peut-être qu'Alison se montre simplement prudente. Il se pourrait qu'elle veuille éviter tout contact jusqu'à ce que les choses se calment. Mais si c'est le cas, elle aurait pu le dire dès le début.

———

Le jour qui précède l'enterrement, elle va en voiture jusqu'à Oak Street, qui dispose d'un service de voiturier et des meilleurs magasins de la ville, pour acheter une jupe de tailleur, un manteau et un chapeau noirs. Elle sait que s'habiller en noir pour un enterrement n'est pas obligatoire, mais elle veut se donner du mal, montrer aux gens le genre de personne qu'elle est, leur démontrer qu'en dépit de la dernière indiscrétion de Todd elle a assez de classe pour lui dire au revoir de façon vraiment respectueuse. Quand elle rentre chez elle pour déballer ses achats, elle reçoit un appel de Cliff York.

« Est-ce que tu tiens le coup ? » demande-t-il.

Elle ne s'attendait pas à cet appel. Cliff était une des constantes dans la vie de Todd, mais elle le voyait et lui parlait rarement. Elle réalise à présent que la mort de Todd doit être un vrai coup dur pour Cliff.

« Je fais aller, répond-elle. Je suppose que c'est difficile pour toi aussi.

— C'est à peine croyable. On est beaucoup à avoir du mal à l'encaisser. »

Par « beaucoup » elle sait qu'il parle de l'équipe de construction, les gars qui connaissent Cliff et Todd depuis des années.

« Je sais, dit-elle. Ça paraît impossible.

— Je crois qu'on est encore tous sous le choc. Mais, écoute, je voulais voir avec toi pour l'enterrement. J'espère que tu as prévu de venir, et je sais que certains des gars pensent à toi, et – eh bien, si je peux juste dire quelque chose de la part de Todd, il a commis des erreurs et fait des choses stupides, il s'est mis dans un vrai foutoir, et je ne veux pas lui chercher des excuses, mais vu comment ça s'est passé, c'est devenu simplement incontrôlable. Il était dans la mouise jusque-là avant d'avoir pu comprendre ce qui lui était tombé dessus. J'espère que tu ne penses pas que c'est déplacé de ma part de te dire ça, mais il n'a jamais cessé de dire du bien de toi. Je te jure, vraiment. Je crois qu'il se sentait un peu perdu, que les choses lui avaient échappé. Je crois que s'il avait senti qu'il existait une possibilité de revenir vers toi et de reprendre le cours normal de sa vie, il aurait sauté sur l'occasion. »

Alors que Cliff lui raconte tout cela, elle repense à l'avis d'expulsion. Cliff n'est probablement pas au courant. Pourquoi Todd lui aurait-il raconté ce qui se passait vraiment alors que des vérités partielles pouvaient lui attirer de la compassion ? Mais c'est tout de même gentil de la part de Cliff d'appeler. Il veut vraiment qu'elle sache qu'il est de son côté, elle s'en rend compte, et elle est reconnaissante de l'effort qu'il fait.

« Je suis heureuse que tu aies appelé, Cliff, dit-elle. J'ai *bien* l'intention d'assister à l'enterrement, donc nous nous verrons probablement là-bas. »

Mais Cliff a autre chose en tête. Il veut parler affaires.

« Je m'en veux de te rajouter des soucis, mais il fallait que je le dise : tout cela ne pourrait pas plus mal tomber. L'immeuble résidentiel – à deux semaines près, il était terminé. On est vraiment à deux doigts de finir. Et là on a dû stopper le chantier, et ça me rend malade de penser au temps qu'on va perdre si on ne fait rien pour ça. Alors je me disais que – peut-être après l'enterrement – tu accepterais éventuellement qu'on se voie. On pourrait en parler ensemble, se pencher sur certains détails, s'occuper des factures à payer, trouver peut-être un moyen de poursuivre les travaux. »

Elle comprend qu'il s'agit là de la vraie raison de l'appel de Cliff. Non pas qu'il n'ait pas pensé tout ce qu'il lui a dit avant, mais le souci principal de Cliff, c'est que Todd lui doit de l'argent et que le projet est à l'arrêt.

« J'aimerais pouvoir t'aider, dit-elle, mais je suis à peu près dans la même position que toi. Tu devrais peut-être en parler à Natasha. »

Il reste silencieux un moment, mais revient ensuite à la charge.

« Todd ne t'a pas retirée de son testament, si c'est ce que tu penses. Il voulait subvenir aux besoins de Natasha et du bébé, bien sûr, mais il allait attendre que le mariage soit passé. Il pensait que c'était plus logique, vu le fonctionnement de la loi. Mais non. Tu es tranquille de ce côté. Sur ce point, Natasha est hors-jeu. »

La cérémonie a lieu au cimetière-crématorium Montrose, dans la partie nord-ouest de la ville. June et Corinne se sont jointes à Jodi pour l'accompagner. Quand elles sonnent depuis le hall, elle est debout devant le miroir du vestibule, évaluant l'effet de son chapeau tambourin noir d'encre. Orné d'un simple nuage de tulle noir, le chapeau est discret – parfait pour un enterrement, parfait pour une veuve, parfait pour ressembler à Jackie Kennedy. Elle s'est à peine maquillée et son teint pâle et cireux semble pour une fois approprié et convenable.

June, Corinne et elle entrent ensemble dans la chapelle, et les têtes se tournent. Elles s'assoient vers le milieu de l'allée. Le cercueil, posé sur un socle près de l'autel, est heureusement fermé. Elle a peut-être du mal à accepter le fait qu'il est mort, mais elle n'a pas du tout envie d'en avoir la preuve visuelle.

Protégée entre ses deux amies, elle est heureuse d'avoir décidé de venir, heureuse que la chapelle se remplisse, heureuse pour Todd que des gens se soient rassemblés en masse pour lui dire au revoir. La foule, le lieu, les symboles lui rappellent tous les enterrements auxquels elle a assisté, et elle trouve du réconfort dans cette constance : les gens qui se rassemblent pour un même but solennel, l'atmosphère pensive et pourtant théâtrale, les arrangements floraux sévères, le parfum doucereux de vieux bois, la lumière du jour qui filtre difficilement à travers les vitraux colorés, le froid humide, le bruissement suffisant de la foule, et le silence qui s'abat lorsque le pasteur s'installe derrière la chaire. Même le sermon semble familier, il n'est pas du tout personnalisé. Une fois morts nous nous ressemblons tous, rassemblés sous un dénominateur humain commun régi par un modèle scripturaire.

Car la mort marque la fin de nos ennuis, de nos épreuves, de nos douleurs, de nos souffrances et de nos peurs.

Né de la poussière, tu redeviendras poussière, et l'esprit retournera à Dieu qui l'a donné.

Nu je suis sorti du ventre de ma mère, et nu j'y retournerai. Le Seigneur a donné, et le Seigneur a repris. Que le nom du Seigneur soit béni.

Elle se sent moins satisfaite lorsque le sermon dévie sur la position de Todd futur marié et futur père, sur celui qui était le seul à pourvoir aux besoins de sa famille et lui a été arraché à la veille du mariage. Mais le pasteur n'offre qu'un maigre réconfort à la mariée endeuillée.

Remerciez Dieu en toute circonstance. La reconnaissance voit plus loin que les apparences. Reconnaître que la bonté existe, même dans les circonstances les plus terribles de la vie, est un cadeau profond et éternel.

L'exode, lorsque le service se termine, suit le protocole, les occupants des premiers rangs se lèvent d'abord, puis ceux des autres rangs chacun à leur tour, pour former une procession majestueuse et sobre. Jodi n'a jamais rencontré la version adulte de Natasha, mais la jeune fille devenue femme n'est pas difficile à repérer alors qu'elle passe à côté d'elle, le menton levé et le regard tourné de l'autre côté. Mis à part le fait qu'elle est plus grande et qu'elle n'a plus de couettes, elle n'a pas vraiment changé ; ces traits avaient déjà cet air rebondi et sensuel quand elle était enfant. Elle est accompagnée d'un petit groupe d'amies, des filles de son âge qui l'entourent de façon protectrice. Il n'y a pas de trace de Dean, mais Jodi ne s'attendait pas exactement à le voir.

Le cadavre reste là où il est, avant d'être bientôt enlevé et incinéré. À l'extérieur, des gens se sont rassemblés en groupes pour se saluer. Tout le monde ressent le soulagement de l'air vivifiant, de la cohue mondaine et de la fuite imminente vers le parking. Harry LeGroot se tient devant elle et, sans la moindre gêne, il lui présente ses condoléances. D'autres font la queue derrière lui. L'agent immobilier de Todd, un petit homme qui parle trop vite. Cliff York, l'air élégant dans son costume croisé, et sa femme Heather. Différents ouvriers qui la connaissent comme l'épouse de Todd. Ils disent tous à quel point tout cela est terrible et à quel point ils sont désolés. Stephanie fait son apparition, flanquée de locataires, et elle demande ce qui va arriver à l'immeuble de bureaux. Elle annonce qu'il y a des factures impayées, qu'elle n'a pas le droit de signer des chèques. Elle se demande si elle doit rester et essayer de gérer les choses. Elle s'inquiète pour son salaire.

Toutes ces sollicitations font du bien à Jodi. Elle a pris la bonne décision en choisissant de venir et de se montrer. Elle a l'impression que ce qui se passe est approprié, dans l'ordre des choses. À travers la mort de Todd, sa position légitime d'épouse et d'héritière a été restaurée. Acceptant son autorité nouvelle, que lui ont conférée la foule et la cérémonie, elle dit à Stephanie qu'elle va se pencher sur ces questions et qu'elle en reparlera avec elle. Jodi est reconnaissante envers Stephanie de l'avoir prévenue à propos des cartes de crédit annulées. Elle lui a ainsi évité l'humiliation de se retrouver dans un magasin sans pouvoir payer ses achats. Stephanie n'était pas obligée de se mouiller comme ça.

Le débriefing a lieu sur le trajet du retour, dans la voiture. Corinne lance les hostilités en disant que Todd aurait été heureux de voir une telle affluence.

« L'endroit était bondé. Il y avait même des gens debout dans le fond.

— Il y avait beaucoup de gens que je ne connaissais pas, précise Jodi. Probablement des types avec qui il travaillait. Peut-être aussi quelques fouineurs curieux qui ont vu passer le faire-part dans le journal.

— Il devait quand même y avoir des membres de sa famille, s'enquiert June.

— Todd n'avait pas de famille, réplique Jodi.

— Pas du tout ?

— Peut-être un cousin ou deux quelque part. Personne qu'il ne connaissait.

— Et ta famille *à toi*, dans tout ça ?

— Je les ai convaincus de ne pas venir. Je n'ai pas eu à beaucoup insister.

— Tu crois que c'est Natasha qui s'est occupée de tout ? demande Corinne.

— C'est sûrement elle. Tout ça était un peu de mauvais goût, si tu veux mon avis. J'étais un peu gênée pour Todd.

— Qu'est-ce qui n'allait pas ?

— La cérémonie n'a pas coûté cher, c'était évident. Enfin. Elle a préféré un cercueil fermé pour ne pas avoir à payer l'embaumement. Elle a choisi la crémation pour économiser sur le cercueil. Todd ne voulait pas être incinéré ; il voulait être enterré. Il aurait peut-être voulu une vraie messe catholique, aussi.

— Je ne savais pas que Todd était catholique, s'étonne June.

— Il n'était pas *pratiquant*. Mais il a eu une *éducation* catholique.

— Je suppose qu'ils ont loué le cercueil, avance Corinne. Je crois que c'est ce qu'ils font pour les crémations.

— Ils ont loué le cercueil, c'est certain, affirme Jodi.

— Je me demande s'il était présent, lâche June. Tu sais, on dit que les gens assistent à leur propre enterrement. Ils flottent dans la pièce et écoutent ce que l'on raconte sur eux.

— Dans ce cas il aurait désespérément voulu avoir mieux, déclare Jodi.

— Je suppose que c'est Natasha qui va récupérer les cendres, dit Corinne.

— Qu'elle ne se gêne pas, réplique Jodi.

— Tu lui as parlé un peu ?

— Non. Heureusement. Elle est restée à distance.

— Elle a eu assez de jugeote pour ne pas s'approcher de toi.

— Qu'aurait-elle bien pu me dire, maintenant qu'elle n'a plus de quoi pavoiser ?

— C'est génial que les choses aient tourné en ta faveur, dit Corinne. Enfin, pour le testament. Je suis vraiment contente pour toi, Jodi. Après tout ce que tu as traversé, tu le mérites vraiment.

— Les voies du Seigneur sont impénétrables », conclut June.

Après la crémation, la vie reprend son cours normal. Elle recommence à promener le chien le matin, à faire du sport, à voir ses patients et à dîner avec ses amies. Mais son calme et son assurance habituels ont disparu. À présent, elle n'est plus du tout maîtresse d'elle-même, et au fil des jours elle en vient à être horrifiée de ce qu'elle a fait, incapable de comprendre comment cela a bien pu se produire. Tous les matins lorsqu'elle se réveille, il y a un laps de temps avant qu'elle ne se souvienne, une seconde ou deux de tranquillité avant que la réalité ne la frappe, et elle la frappe toujours de la même façon : comme un flash d'information. Le temps passe, mais les faits refusent de se tasser et de disparaître.

Elle a l'impression qu'en le tuant, elle a également tué des parts d'elle-même. Mais, au fond, elle sait que ces parts étaient mortes depuis longtemps – celles qui étaient candides et confiantes, sincères et dévouées. Des endroits autrefois pleins de vie, mais que le sang n'irriguait plus, qui étaient devenus des points morts de son tissu psychique. Ils avaient succombé à une forme de nécrose qui avait également envahi non pas leurs espaces respectifs, mais celui qu'ils avaient en commun, leur relation elle-même. On aurait pu croire qu'en tant que psychologue, elle aurait été en mesure d'arrêter tout cela, de trouver un moyen de se sauver elle-même, de les sauver tous les deux, mais le processus est subtil, insidieux, tout à fait imperceptible. Il est comme votre visage qui change au fil du temps : chaque jour vous vous regardez dans le miroir et vous ne remarquez pas la différence.

Elle n'avait jamais compris l'intérêt de se battre avec un homme qui n'allait pas changer. L'acceptation est censée être une bonne chose – *Accordez-moi la sérénité d'accepter les choses que je ne peux changer*. Tout comme le compromis, ce que vous confirmera n'importe quel thérapeute conjugal. Mais le prix à payer est élevé – les vaines attentes, le moral qui baisse, la résignation qui vient remplacer l'enthousiasme, le cynisme qui supplante l'espoir. Le pourrissement qui passe inaperçu et se propage.

Il y a également des problèmes d'ordre pratique. Déjà, elle doit à présent subvenir à ses propres besoins, prendre le relais au niveau des revenus. Son cabinet génère assez d'argent pour couvrir les frais domestiques, et pour tout le reste elle peut continuer à vendre ses babioles, mais tôt ou tard elle va se retrouver à court d'objets et les factures vont la submerger. Elle a beau être l'héritière désignée de Todd, elle est bien loin d'être tirée d'affaire. Même si elle le souhaite vraiment, elle n'arrive pas à se débarrasser de cette sensation que les murs sont en train de se resserrer autour d'elle. Le Père de famille s'échine à trouver des preuves pour la faire tomber, il parle à toutes les personnes qu'elle connaît, la poursuit tel un limier bien entraîné. Ses amies l'ont appelée pour le lui dire. Comme elle, elles sont déstabilisées par son caractère méthodique et sa politesse perverse. June, Corinne et Ellen s'accordent là-dessus. Alison ne lui a toujours pas fait signe, mais cela ne veut pas dire qu'elle a été écartée. Le Père de famille a les moyens de faire des découvertes. Il est même venu assister à l'enterrement ; elle l'a remarqué après le service, seul debout, en marge de la foule. Il a souri quand il a croisé son regard, juste pour lui faire savoir qu'il ne l'avait pas oubliée, qu'il la surveillait, qu'il reviendrait la voir avec d'autres questions, ou avec les mêmes. Au cas où elle se croirait sortie d'affaire.

Se rappelant la promesse qu'elle a faite à Stephanie, elle appelle Harry LeGroot pour lui demander le détail des biens de Todd. Il suggère de se retrouver pour le déjeuner. Elle y va un peu à reculons, mais une fois qu'ils sont installés chez Blackie's, il se lance dans une opération de reconquête. Il est désolé pour l'avis d'expulsion ; il n'avait pas d'autre choix que de suivre les instructions de son client. Il comprend que Todd n'était pas un homme facile à vivre. Harry, lui, l'a toujours encouragé à se calmer et à passer plus de temps à la maison. Courir les jupons, c'est bon pour les hommes qui ont des femmes laides ou qui s'ennuient dans leur couple, alors que Jodi est belle et accomplie. Todd n'avait pas besoin de continuer à se comporter de la sorte. Il avait un tempérament de feu impossible à modérer. Todd était anticonformiste, dissident, un homme à la poursuite d'un idéal illusoire et mal défini.

Quoi qu'il ait pu accomplir, atteindre ou accumuler, ça n'aurait jamais été suffisant.

Voilà ce que lui dit Harry, et Jodi rend petit à petit les armes. Harry est charmant, persuasif et compétent. Il a deux spécialités, l'immobilier et le droit de la famille, et elle a vraiment besoin d'aide dans ces deux domaines. Harry est non seulement de son côté, mais il est optimiste sur les perspectives qui s'offrent à elle. Il lui faut cependant se préparer pour la bataille à venir. Même si elle figure dans le testament comme exécutrice et seule bénéficiaire, et même si le testament est légal et en règle, Natasha Kovacs va sûrement revendiquer des droits, pour elle-même et pour son enfant à naître. Elle va avancer que le défunt avait l'intention de modifier le testament après l'avoir épousée. Et ses revendications seront recevables. Mais Harry a déjà vu ce genre de choses se produire auparavant, et on n'accorde que peu de crédit à une jeune femme qui se met avec un homme plus âgé. Dieu sait s'il est cynique – forgé au feu de trop de jeunes épouses – mais ça ne le surprendrait pas d'apprendre que Natasha a eu des amants en plus du disparu.

« Nous verrons bien », lance Harry.

Même si on prouve la paternité de Todd, ajoute-t-il, il n'y a pas vraiment de quoi s'inquiéter. Elle, Jodi, peut se permettre d'être généreuse. Accorder une pension alimentaire à l'enfant n'entamerait pas vraiment ses réserves.

Harry est pressé d'agir en son nom. Il va lancer la procédure pour contrer Natasha. Il va se renseigner sur la procuration. Il va commencer à constituer un dossier. Et selon les instructions de Jodi, il va contacter

Stephanie et s'arranger afin qu'elle continue de travailler pour la compagnie.

Tous les jours elle s'attend au retour du Père de famille, et elle se surprend à l'attendre malgré sa décision de le chasser de son esprit. Mais elle n'a pas vu venir le coup. Quand on frappe – en début d'après-midi, alors qu'elle est en train de faire sa liste de courses – et qu'elle cède à l'inévitable en ouvrant la porte, ce n'est pas lui qui se tient devant elle mais un collègue qu'il a envoyé à sa place. Il est maigre comme un coucou et n'a sûrement pas plus de trente ans, mais il lui montre néanmoins son badge et lui dit qu'il est l'inspecteur Machintruc. L'homme a les yeux d'un psychopathe, d'un bleu presque délavé ; ses pupilles ressemblent à des trous d'épingle et des demi-lunes se dessinent sous ses iris. Il la bouscule en passant et s'invite tout seul dans le salon. Comme tous les autres, il est attiré par la vue, ce qui laisse à Jodi un moment pour le détailler de dos, dans son jean noir et son blouson d'aviateur en nylon. Des jambes maigres, des fesses plates, des épaules avachies, une grosse tête. Mais il ne se tient pas là très longtemps.

« Mamzelle Brett, dit-il. Jodi. »

Il est agité, nerveux. Il fait le tour de la pièce, prend des objets et les repose. Le cendrier du Mont-Saint-Michel, un presse-papier millefiori, une pile de DVD. Il parcourt son exemplaire d'*American Psychologist*. Sans lever les yeux, il dit :

« En ce qui concerne le meurtre de votre. Ex. Il y a juste quelques petites choses dont il. Faut que l'on discute. »

Sa diction est hachée, comme s'il était incapable de se concentrer sur ce qu'il voulait dire. Il a une voix de contralto rêche qui lui reste dans la gorge. Ses yeux bougent sans cesse dans son visage aplati, comme des signaux d'alarme.

Elle l'invite à s'asseoir, lui désignant la bergère que le Père de famille a occupée récemment. Il se pose brièvement sur le bras du fauteuil avant de recommencer à arpenter la pièce. Son agitation est déstabilisante. Peut-être que c'est l'effet recherché. S'installant dans le canapé, elle lui dit pour protester :

« Un autre inspecteur est venu la semaine dernière. J'ai répondu à *beaucoup* de questions.

— Je détesterais vous déranger sans. Une bonne raison », répond-il. Il l'évalue du regard avec une insolence étudiée, considérant les chaussures à talon au motif léopard, les ongles manucurés, la jolie paire de seins, le petit menton pointu. Lorsque son regard rencontre à nouveau le sien, il poursuit.

« Il y a cette nouvelle information que nous venons. D'obtenir. Je ne crois pas que vous l'ayez mentionné à mon collègue. L'inspecteur Skinner. Nous nous demandions. Juste. Vous voyez. »

Il se déplace vers la fenêtre et lui tourne le dos, faisant face à la pièce.

« Pouvez-vous confirmer que le défunt. Monsieur Todd Jeremy Gilbert. Votre ex. Au moment de sa mort, avait lancé une procédure d'expulsion contre vous ? Était en train de vous expulser légalement ? De cette propriété. Cet appartement. Dont il était le seul propriétaire. Légitime. Pouvez-vous le confirmer, mamzelle Brett ? Jodi ? »

Il parle si vite qu'il mange ses mots, et pourtant il s'arrête brusquement après chacun de ses segments irréguliers, meuble les silences en changeant de position, balayant la pièce du regard, touchant les surfaces à portée de main. Avec le soleil dans le dos, il se tient dans un brasier de lumière qui aveugle totalement Jodi. Elle n'arrive pas à distinguer son visage, elle n'arrive pas à voir ses yeux. Comment a-t-il réussi à faire cela ? À prendre le dessus alors qu'elle est sur son propre terrain. Elle devrait se lever et ajuster les rideaux, ou s'asseoir sur un autre fauteuil. À cet instant précis, une Malboro serait la bienvenue.

« Oui, dit-elle. Il essayait de me faire expulser.

— Mais vous n'aviez pas l'intention de partir. Vous ne vouliez pas partir et vous saviez que vous n'auriez pas à partir parce que vous aviez. D'autres idées. Vous étiez en train d'établir vos propres. Plans. S'il n'était pas là pour ordonner votre expulsion. Auprès du shérif, disons. Alors il n'y aurait *pas* d'expulsion. N'est-ce pas, mamzelle Brett ? Jodi. Et vous voilà. Encore ici. Ce qui justifie votre raisonnement.

— C'est *votre* raisonnement, réplique-t-elle.

— Et non seulement il n'y aurait. Pas d'expulsion. Mais vous seriez en position d'héritière. Tant qu'il disparaissait avant d'épouser Mamzelle Kovacs. Avant qu'il ait pu. Changer son testament. Le plus important, c'était le timing. Avant qu'il ait pu vous expulser. Avant qu'il ait pu se marier avec l'autre. Femme. »

Elle porte sur elle sa culpabilité comme elle porterait la vieille robe Dior qu'elle a achetée l'an dernier à une vente aux enchères. Il pense peut-être qu'elle est une salope pourrie gâtée qui préférerait assassiner quelqu'un plutôt que de renoncer à ses petits plaisirs, mais en réalité elle a un sens très développé de l'économie. Contrairement à l'image qu'il s'est sans doute fait d'elle, elle n'est pas issue d'une famille aisée et n'a pas grandi dans le luxe. Les premières années avec Todd, quand il n'avait pas d'argent, c'était elle qui gérait tout, qui trouvait le moyen de faire des économies. Elle avait même mis un point d'honneur à apprendre à cuisiner. Psychoflic serait sûrement surpris de l'apprendre. Il faudrait qu'il essaie son porc sauté aux épices avec du chou mariné. Ou ses gnocchis faits maison à la sauce aux truffes.

Il attend qu'elle parle, mais elle ne dit pas un mot. Son mode par défaut lorsqu'on la tourmente ou qu'on la harcèle est le silence. À la seconde où vous ouvrez la bouche pour vous défendre, ils vous ont piégé. Vous êtes à leur merci. Elle sait cela d'instinct, elle l'a toujours su.

Il la croit coupable, elle le comprend bien, et il aimerait officialiser cette certitude en la mettant en état d'arrestation. Mais s'il avait l'intention de l'arrêter, il ne serait pas en train de perdre son temps avec toutes ces paroles en l'air. Ce qu'il ne comprend pas, c'est qu'elle ne va pas craquer. S'il croit qu'elle est une cible facile, il se fourre le doigt dans l'œil. Elle n'est pas du genre à avouer. Au lieu de la secouer ou de la faire craquer, l'interrogatoire la rend insensible. Plus il parle, plus elle devient indifférente.

« Laissez-moi vous dire une chose, lâche-t-il. Vous ne pouvez pas hériter de l'homme que vous avez. Assassiné. Peut-être que vous ne le saviez pas. Mamzelle Brett. Jodi. »

Elle a l'impression qu'il se trouve très loin, de l'autre côté d'un ravin, un enfant malveillant qui lui jetterait des bâtons et des cailloux. Il vise bien, mais ses projectiles perdent de la vitesse à cause de la distance et finissent leur course à ses pieds. Il en a peut-être conscience. Il se déplace à nouveau, s'éloignant de la fenêtre pour se placer devant elle. À présent elle peut voir clairement son visage – ses yeux hauts dans leurs orbites, ses lèvres qui se tordent de tendre mépris.

« Quoi que vous fassiez, vous devriez rester dans le coin, dit-il. Vous allez nous revoir très. Bientôt. »

Après cette dernière salve, il repart d'un pas traînant vers la porte et sort sans qu'elle le raccompagne. Elle attend un moment puis se lève et essaie de respirer. À sa connaissance, il n'y a pas d'oxygène qui circule dans ses poumons.

Les jours suivants, elle vit sous le joug tyrannique de l'attente. Le temps est comme pressurisé, une force d'un insoutenable impact ; elle a l'impression d'être saisie et pressée à chaque cruelle seconde. La nourriture n'a plus de goût et elle finit par arrêter de manger. Ses séances quotidiennes à la salle de sport lui pompent le peu d'énergie qu'il lui reste, alors elle les abandonne également. L'alcool a aussi perdu de son attrait, même si elle continue de l'utiliser comme une perfusion, reconnaissante de ses effets sédatifs. Incapable de s'occuper d'elle-même, son attention se fixe sur le chien, elle lui prépare des repas spéciaux et l'emmène faire de longues promenades. Comme pour compenser l'apathie qu'elle éprouve, l'appétit du chien est plus enthousiaste que jamais.

Elle est impressionnée de constater que la vie continue autour d'elle, intacte, que les gens arrivent à faire de leur mieux chaque jour, à vivre leur vie en se montrant optimistes. Elle les respecte pour cela. Ils ont leurs problèmes, elle le sait, comme tout le monde, mais ils réussissent néanmoins à continuer d'avancer. Comparés à elle, même ses patients vont bien. Eux, au moins, ont réussi à se ménager des progrès possibles, des alternatives futures. Si Miss Piggy apprécie sa vie secrète, si le Juge est tiraillé entre deux camps, si le Fils Prodigue et Mary Mary refusent de jouer le jeu, si Cendrillon recherche désespérément l'attention, si Triste Sire est incapable d'accepter ses propres limites, si Bergman refuse de renoncer à son rêve et si la Femme Invisible ne veut pas quitter son mari – tous, sans exception, s'en sortent quand même mieux qu'elle.

Tout ce qu'elle connaît ou imagine de la prison se bouscule dans son esprit, un kaléidoscope de perspectives vulgaires et de menaces spectaculaires. Isolée, sans personne à qui se confier, elle a baissé les bras, en proie à un catastrophisme désastreux. Le procès sera un spectacle public ; le moindre détail de sa vie avec Todd sera livré en pâture aux gens. Et ensuite, lorsque l'agitation aura disparu et que les gens seront passés à autre chose, bien longtemps après, elle sera toujours emprisonnée, échangeant sa purée de pommes de terre pour du rouge à lèvres ou de l'aspirine, et faisant des choses inavouables pour pouvoir survivre.

Lorsque le Père de famille se présente à nouveau à sa porte, elle l'accueille avec agitation, un verre à la main. Elle a l'estomac retourné, comme si elle se trouvait dans un ascenseur en chute libre. Elle s'abandonne à une sorte de soumission craintive hors de propos, mais que tempère un semblant d'agacement. Elle est surprise de voir qu'une partie d'elle-même arrive encore à résister.

« Pardonnez mon intrusion », dit-il en entrant dans le vestibule.

La nuit est en train de tomber, et son salon est un puits d'ombre. Elle allume une lampe et augmente le feu dans la cheminée à gaz. Ils reprennent les places qu'ils avaient occupées la dernière fois – elle sur le canapé, lui sur la bergère – comme si cette première visite n'avait été qu'une répétition et que la vraie scène se jouait à présent.

« Est-ce que je peux vous proposer à boire, inspecteur ? Je suis désolée, mais je n'arrive pas à me rappeler votre nom. »

Elle a attaqué la vodka sur glace au déjeuner, et même si elle a l'esprit parfaitement clair, ses mots se bousculent lorsqu'ils sortent de sa bouche.

« Skinner, dit-il. Je vais devoir refuser ce verre, merci, même si j'ai bien envie de me joindre à vous. »

Elle avait oublié sa politesse inepte. Il est venu l'arrêter, mais il va le faire de façon courtoise.

« J'imagine que ces derniers temps n'ont pas dû être faciles à vivre pour vous, dit-il. Je vous prie de me croire lorsque je vous dis que nous ne voulions pas ajouter à votre détresse. Je sais que mon collègue est venu vous voir également, et je suis désolé que nous ayons dû vous faire subir ces entretiens répétés. Mais, comme vous le savez, notre priorité comme toujours est de trouver le coupable et de l'arrêter. »

Il prépare le terrain à présent – pour le moment où il va lui passer les menottes et l'embarquer. C'est la raison de sa venue ici, même si, avec la compassion qu'il affiche, il va peut-être omettre les menottes et éviter ce spectacle à ses voisins. C'est une bonne chose qu'elle ait déjà descendu quelques verres. Ses intestins remuent mais elle se sentirait bien plus mal si elle était sobre. Ce qu'elle doit faire, c'est se resservir un verre tant qu'elle en a encore l'occasion.

« Tout cela pour vous dire que nous avons reconstitué les faits et nous disposons de preuves assez solides, poursuit-il. Nous avons rencontré quelques obstacles au début. Il était difficile de croire que quelque chose de ce genre puisse se produire sans que quelqu'un puisse identifier la voiture. Mais les pièces du puzzle ont fini par s'assembler. »

Il ne dit pas comment elles se sont assemblées et elle ne lui pose pas la question. Lorsqu'elle se lève et s'éclipse vers la cuisine, il élève la voix pour couvrir la distance entre eux et le fracas des glaçons lorsqu'ils tombent dans le seau. À la fin, il est pratiquement en train de crier.

« Normalement, bien sûr, la famille de la victime et ses amis sont soulagés lorsque nous procédons à une arrestation. Mais parfois les nouvelles ne sont pas faciles à entendre, elles peuvent même être dérangeantes. Tout cela dépend de l'identité du suspect. Dans le cas présent, il se trouve que le suspect est quelqu'un qui était très proche de la victime. »

La façon qu'il a de tourner autour du pot la laisse pantoise. Comment peut-on être policier si on ne sait même pas faire une arrestation ? Debout près du comptoir, elle descend ce qu'il reste de son verre avant de se resservir et se demande quel effet cela lui fera de se réveiller en prison avec une gueule de bois.

« Ce qu'il y a, dit-il, c'est que je ne veux pas que vous le lisiez dans les journaux sans avoir été prévenue. »

Il baisse brusquement la voix alors qu'elle reprend sa place sur le canapé, avec un verre à nouveau plein.

« Je crois que vous connaissez Dean Kovacs depuis longtemps.

— Qui ? » demande-t-elle.

Il s'éclaircit la gorge et hausse un sourcil.

« Dean Kovacs. Ne fait-il pas partie de vos vieux amis ?

— Qu'est-ce que Dean vient faire dans tout ça ?

— C'est ce que j'essaie de vous expliquer. Nous l'avons placé en état d'arrestation.

— Vous plaisantez, vous n'avez pas arrêté Dean Kovacs !

— Je suis désolé. Je savais que ça vous ferait un choc. Si je peux me permettre, mademoiselle, vous êtes très pâle.

— Dean n'a pas tué Todd, dit-elle.

— Vous avez raison, bien sûr, dans le sens où ce n'est pas lui qui a appuyé sur la détente. Mais il a engagé les hommes qui l'ont fait. Cela vous aiderait peut-être de boire un peu de café. Pourquoi pas un verre d'eau ?

— Dean, lâche-t-elle. Vous pensez que Dean a tué Todd !

— Si cela ne vous dérange pas, mademoiselle Brett, je vais seulement aller vous chercher un verre d'eau. S'il vous plaît, n'essayez pas de vous lever. »

À présent, elle a l'impression d'avoir fixé le soleil trop longtemps. Elle s'est crue différente de toutes les autres personnes qui commettent des crimes, dans une catégorie à part, sujette à une justice supérieure, mais la vérité est qu'elle s'est brûlé les rétines dans un accès sidérant de vanité et d'orgueil. Ses pensées étaient simplistes et intéressées, c'étaient les rêveries d'une enfant en phase de développement narcissique, préempathique. Elle a supposé beaucoup de choses, beaucoup trop. Elle est partie du principe, par exemple, qu'elle était au centre de tout cela, que les possibilités et les probabilités gravitaient autour d'elle et d'elle seule. Elle est partie du principe que le jeu auquel elle jouait avait des règles, qu'elle opérait dans un champ connu où seuls certains résultats étaient possibles.

En vérité, elle, Jodi, apprécie Dean Kovacs. C'est un homme assez gentil, même s'il est un peu malavisé. Elle n'a vraiment rien contre lui. Elle n'est peut-être pas tout à fait dans son état normal ces jours-ci, elle est légèrement à côté de la plaque, mais elle n'a pas abandonné ses principes, elle n'est pas devenue dépravée. Elle ne s'attendait pas à voir un homme innocent détruit à cause d'une faute qu'elle a commise, et ça lui est insupportable.

Abruti. Mais quel abruti, ce Dean. Qu'a-t-il dit ou fait pour s'attirer tous ces ennuis, quel chiffon rouge a-t-il agité sous le nez de la police pour attirer leur attention ? Le Père de famille refuse de lui en dire plus. « Je ne peux pas vous donner plus de détails pour l'instant, j'en ai peur, mademoiselle Brett. Je suis vraiment désolé, mais je ne peux tout simplement pas divulguer ces informations. Pas pour le moment. » Elle déteste cela. La tournure ridicule que les choses ont prise et qui vient tout gâcher. On peut compter sur Dean pour venir mettre le foutoir dans ses affaires personnelles. Il n'a jamais eu beaucoup de jugeote, ce Dean. C'est un fouineur et un fanfaron. Elle pourrait presque le laisser moisir en prison. Presque, presque.

Elle enfile une veste et sort promener le chien au bord de l'eau, où ils marchent le long du rivage dans l'obscurité qui s'installe. Le ciel forme une masse turbulente et pesante qui s'élève en nuages sombres contre l'horizon. Un vent mordant agite l'eau et zèbre le rivage. L'humeur qui la submerge est familière, une impression de dériver dans une existence dépourvue de sens. C'est le centre vide de Jodi, le lieu malheureux de sa vérité fondamentale, un domaine qu'elle cache sous son manteau d'optimisme et enfouit dans les circuits de la vie quotidienne. C'est là que vit Jodi, la Jodi qui sait que nous grandissons et prospérons seulement lorsque nous sommes en mesure de manipuler nos circonstances personnelles. Cette Jodi fait rarement son apparition. Mais Alison a vu et exploité cette Jodi. Si peu de choses sont vraiment ce qu'elles semblent être.

Une fois rentrée chez elle, son appartement lui apparaît brusquement comme le repaire d'un animal repoussant. Klara est passée récemment et a fait son ménage habituel, mais l'imagination en ébullition de Jodi passe à la loupe tout ce qui n'a pas été nettoyé. C'est la puanteur qui la frappe en premier, le marc de café et les fruits trop mûrs, et puis, où qu'elle regarde, il y a de la saleté – de la crasse dans les bondes, de la moisissure entre les carreaux du carrelage. Elle se met à la tâche avec un seau et des chiffons, une éponge à récurer, une brosse à dents. Elle utilise du désinfectant pour frotter les carreaux et les bondes et le couvercle des poubelles. Elle va de pièce en pièce pour récupérer des objets – des photos, des lampes, des chandeliers, des gravures, des cale-portes et des presse-livres – qu'elle rassemble sur du papier journal pour les nettoyer. Elle comprend alors même qu'elle s'active que son appartement est pour ainsi dire immaculé, qu'elle s'est imposé elle-même cette mission, pour se donner l'illusion de reprendre le contrôle et d'arranger les choses.

Lorsqu'elle est prête à aller se coucher, elle a pris une décision. Au matin, elle ira se rendre. Ce sera facile. Tout ce qu'elle a à faire c'est appeler le Père de famille – elle a toujours sa carte – et lui expliquer l'arrangement qu'elle a passé avec Alison. Ce qui se passera ensuite dépendra entièrement de la police, des avocats, du juge et du jury. Ils feront d'elle ce qu'ils estiment juste. La justice sera entre leurs mains et elle sera tirée d'affaire, elle ne sera plus responsable. Une vague de fatalisme lui fait élaborer ce plan. C'est à cela qu'elle en est réduite, et elle en serait presque heureuse, presque soulagée. Au moins, elle sera libérée de tout doute, de toute peur. Et entre-temps elle peut se réjouir à l'avance de la réaction du Père de famille. Le surprendre dans toute sa condescendance étudiée, rien que cela en vaudra la peine.

Mais elle a un sommeil agité et durant la nuit, son agitation s'enflamme et se répand. Au matin, un feu brûle dans sa poitrine et dans sa gorge, sa tête est prisonnière des mâchoires d'un étau, et ses muscles sont en lambeaux. Même si elle dégouline de sueur, un vent froid circule dans son sang. Tour à tour, elle se réfugie sous les couvertures, les rejette sur le côté, jusqu'à ce qu'enfin le souffle du chien sur son visage et les petits jappements qu'il fait quand il veut qu'on s'occupe de lui la forcent à sortir du lit. Elle prend son téléphone d'une main moite et annule les rendez-vous du matin avec ses patients. Elle appelle la jeune fille qui s'occupe de garder le chien, qui accepte de passer et de la soulager de Freud, puis elle appelle celle qui le promène pour l'informer qu'elle n'a pas besoin de venir. Passer ces appels l'épuise. Lorsqu'elle se réveille à nouveau, il fait nuit dehors et le chien n'est plus là. Elle est couverte de sueur, entortillée dans ses draps humides. Se mettre debout lui demande un réel effort. Elle se dirige vers la salle de bains, avale un peu d'eau, se tient au-dessus de la cuvette des toilettes, vomit un peu de bile. Elle retourne se coucher de l'autre côté du lit.

Le temps passe. Elle remarque qu'il fait jour dehors et puis nuit à nouveau. Elle se rappelle avoir entendu le téléphone sonner et quelqu'un l'appeler depuis le hall. Elle se demande si c'est le week-end, mais il a très bien pu passer. Elle retourne de son côté du lit, qui est à présent sec, et aimerait que quelqu'un lui apporte un verre de limonade ou une glace à l'eau parfumée à l'orange. C'est ce que sa mère lui donnait quand elle était malade, enfant, même si elle n'était jamais malade bien longtemps. Petite, elle était résistante. À l'époque, elle croyait qu'il ne lui arriverait que des bonnes choses dans la vie. C'était la promesse, et lorsque Todd est arrivé, il en était la preuve. Un homme avec des rêves et la volonté de les réaliser. Au début ils étaient si amoureux l'un de l'autre, si confiants dans leur place dans l'ordre naturel des choses. Elle ne savait pas à cette époque que la vie trouve toujours le moyen de vous coincer. Vous faites vos choix quand vous êtes bien trop jeune pour en comprendre toutes les implications, et à chaque choix que vous faites, le champ des possibilités se réduit. Vous choisissez une carrière et d'autres carrières se ferment à vous. Vous choisissez un partenaire et vous vous engagez à n'en aimer aucun autre.

Lorsqu'elle s'assoupit, elle rêve d'étrangers, d'hommes et de femmes inconnus qui lui disent des choses qu'elle n'arrive pas à entendre ou à comprendre. Elle se lève, se fait griller une tranche de pain, la beurre, la met à la poubelle, retourne se coucher. À présent elle est en Floride et elle fait une intervention sur les troubles de l'alimentation. Quelqu'un est mort d'une overdose de somnifères. Alison est enceinte et elle, Jodi, en est responsable, d'une certaine façon. Elle se traîne dans l'obscurité, nage à contre-courant, tombe dans un fossé et lutte pour en sortir. Todd et elle occupent leurs vieux quartiers, ce petit appartement où ils étaient heureux quand ils se sont mis ensemble. Elle trie un étalage d'objets domestiques, range les éléments dans des boîtes les uns après les autres, mais il y a trop de choses et les déménageurs sont en train de cogner à la porte. La scène change et Todd lui dit qu'il va épouser Miss

Piggy. Il espère que cela ne la dérange pas. Lorsqu'elle se réveille, elle se sent terriblement seule. Le goût dans sa bouche lui évoque des souris.

Comme elle s'en était toujours doutée, il y a bel et bien des insectes qui vivent dans ses cheveux. Elle rejette sa tête en arrière, mais les petites créatures s'agrippent, heureuses du nid splendide qu'elles ont créé dans ses mèches humides et son cuir chevelu gras. Elles doivent adorer tout cela – l'huile et la sueur, l'odeur rance qui s'en dégage. Un endroit parfait pour pondre leurs œufs dégoûtants et élever leur révoltante progéniture. Un lieu de reproduction sans égal.

Le cinquième jour de sa maladie, Klara la trouve allongée sur ses couvertures telle une feuille morte, recroquevillée et légère. Elle gît sur le côté droit, la tête et les épaules tournées vers la gauche – rejetées en arrière contre les couvertures chiffonnées – dans un t-shirt trop grand qui s'est entortillé autour de son torse.

Klara se tient dans l'embrasure de la porte, oscille entre un état de panique et la pensée que son employeuse fait peut-être juste la grasse matinée. Elle est tentée de simplement refermer la porte et de continuer son ménage. Cette femme a toujours été pâle et mince, un bien mauvais exemple, d'après Klara. Mais même dans la pénombre, Klara peut voir que quelque chose cloche. La peau de Mme Gilbert a une teinte bleutée, et les cernes sous ses yeux sont bien trop prononcés pour relever uniquement d'une mauvaise gueule de bois.

« Madame Gilbert ? Vous vous sentez bien ? »

Elle entre dans la pièce et se tient au pied du lit. Quelque chose est arrivé aux cheveux de madame Gilbert. Sa longue et belle chevelure a disparu, et on dirait qu'on l'a coupée à la hache. Le gâchis pitoyable qui lui reste est collé en mèches sur son crâne. Par-dessus tout, c'est ce détail qui ébranle Klara. Elle se penche sur le lit et prend le poignet de Jodi.

« Madame Gilbert, dit-elle. S'il vous plaît, réveillez-vous. »

Elle secoue le poignet vigoureusement. Les yeux s'ouvrent et un frisson parcourt la forme fantomatique. Klara relâche son emprise et fait un signe de croix. Elle se précipite hors de la chambre à la recherche du téléphone.

Plus tard, une fois l'ambulance repartie, Klara va dans la salle de bains et trouve les cheveux manquants – une masse sombre et douce en tas sur le sol. Jetés dans un coin, elle voit les grands ciseaux à denteler qui ont fait tous ces dégâts.

Elle est assise dans le lit, le dos appuyé contre un tas de coussins. La lumière claire et pâle du jour se déverse depuis la fenêtre, soulignant chaque détail de la pièce : une tache noire laissée par la blanchisserie sur son drap retourné, le tissu doux de sa couverture bleue, les murs couleur menthe qui laissent apparaître des taches de décoloration, le poinsettia qui prend ses aises sur le meuble à côté de son lit, les lys tigrés sur le rebord de la fenêtre dont l'odeur douceâtre et écœurante a envahi ses rêves.

Son bassin hygiénique a disparu, tout comme ses perfusions. Hier, avant le petit déjeuner, elle a fait son premier voyage seule à la salle de bains. Elle y a trouvé sa brosse à dents, sa brosse à cheveux et diverses affaires de toilette dans un sac à fermeture Éclair près du lavabo. Elle ne sait pas qui est allé les chercher pour elle, ou qui a apporté la plante ou les fleurs. Des gens vont et viennent depuis tout ce temps. Au début elle en avait à peine conscience. Elle se réveillait et voyait quelqu'un debout près du lit ou assis dans le fauteuil dans le coin, et elle se rendormait aussitôt.

Une des infirmières, celle aux dents écartées, vient de lui prendre sa température et de lui passer un savon.

« Vous êtes au courant, mademoiselle Brett, que lorsque vous êtes arrivée, on croyait qu'on allait vous perdre. Pourquoi vous êtes-vous laissée vous déshydrater à ce point ? Vous devriez savoir que lorsque l'on a la grippe, il faut boire beaucoup de liquide. Vous auriez dû informer quelqu'un que vous étiez malade. Vos amies sont toutes très inquiètes. Elles auraient toutes été ravies de pouvoir s'occuper de vous, vous apporter du jus, vous aider à vous laver les cheveux. »

C'est encore un choc pour elle lorsqu'elle se regarde dans le miroir. Elle n'a pas le souvenir d'être allée chercher les grands ciseaux et elle n'a pas la moindre idée de ce qui a pu lui passer par la tête. Ce dont elle se souvient, c'est de la satisfaction qu'elle a ressentie en voyant ses cheveux sur le sol, en sachant qu'ils étaient séparés d'elle, qu'ils ne faisaient plus partie d'elle, qu'ils n'étaient plus rattachés à elle. Tous les souvenirs de la période où elle a été malade sont aussi décousus. Mais elle sait une chose, c'est que beaucoup de gens ont essayé de la contacter. Elle se rappelle le téléphone, la sonnette et les coups à la porte, les messages et les conversations. En particulier une conversation avec le Dr Ruben – ce dernier lui disait à quel point il était désolé pour Todd, qu'il s'en voulait de la déranger à un moment pareil, qu'il avait quelque chose à lui dire, que ce serait un souci en moins pour elle et que ce serait déjà cela de pris.

Quel est au juste ce souci dont elle serait débarrassée ? Elle essaie de se rappeler. La conversation joue dans un coin de sa tête comme un fragment de mélodie. Et elle se représente mentalement le Dr Ruben, vêtu de sa blouse blanche, avec ses épaules légèrement voûtées, les mots qu'il prononce. « Les résultats des analyses. » C'est pour cela qu'il l'a appelée. Les résultats des analyses de Todd sont négatifs. Un message d'outre-tombe. Todd est mort en bonne santé sans avoir infecté ses femmes. Un souci en moins.

Dieu merci, l'infirmière est partie et l'a laissée en paix. Il faut qu'elle ferme les yeux et repense à la visite de Harry LeGroot, qui est passé après le déjeuner pour lui annoncer la nouvelle.

« Bien. Tu es de retour parmi nous », a dit Harry, assis sur le bord du lit, portant sur lui l'odeur du monde extérieur – tabac, air frais, laine humide –, son visage rougeaud, la masse lisse et brillante de ses cheveux argentés. Il lui a parlé du coup de fil qu'il a reçu de Stephanie, que Klara, qui essayait de joindre Todd, avait prévenue. « Klara croyait que Todd était encore vivant. Je crois qu'elle n'a pas vu passer la nouvelle dans les journaux, et apparemment tu n'avais pas pris le temps de l'en informer. » Il trouvait cela étrange, vu la façon dont il la regardait, mais il n'a pas plus insisté. Il ne lui a pas posé de questions non plus sur ses cheveux. S'il est venu lui rendre visite, dit-il, c'était surtout pour lui apprendre que les tireurs avaient été retrouvés.

« Les tireurs, a-t-il répété en réponse au regard vide qu'elle lui a lancé. Les meurtriers. Ils sont deux. Ils sont en détention en attendant l'audience qui déterminera leur libération sous caution ou non. »

Elle n'a pas aimé la façon dont il lui parlait – avec patience, avec prévenance, lui annonçant tout cela de la façon la plus douce possible. Cela ne pouvait vouloir dire qu'une chose : les hommes avaient parlé, on avait fait le lien avec elle.

« Ils ont corroboré ce que nous savions déjà, a dit Harry. Que Dean Kovacs les a engagés et payés pour faire ça. »

Qu'est-ce qu'il racontait ? Et pourquoi souriait-il ? La confusion dans laquelle elle se trouvait semblait lui faire plaisir. Peut-être qu'il voulait lui tendre un piège pour qu'elle passe aux aveux. Mais bien sûr. C'était pour cela qu'il était venu à l'hôpital alors qu'il aurait pu attendre un jour ou deux et la voir à son bureau. La faire tomber pendant qu'elle était encore droguée et désorientée. Mais elle avait prévu de passer aux aveux – c'était son intention depuis le départ – et elle l'aurait déjà fait si elle n'était pas tombée malade. Il n'avait pas besoin de la piéger pour obtenir la vérité.

Mais Harry était lancé, rentrant dans le vif du sujet. Il lui a raconté avec enthousiasme que les hommes étaient des petites frappes locales, aux casiers judiciaires longs comme le bras, et qui avaient identifié Dean comme étant celui qui les avait engagés, mais qu'on n'avait pas besoin de les croire sur parole parce qu'il y avait déjà tout un tas de preuves pour confirmer leurs dires.

« Des appels. Des transactions bancaires. Kovacs a été stupide. Il a laissé une piste d'un kilomètre derrière lui. »

Harry a poursuivi en disant que ces deux abrutis soutenaient mordicus qu'ils étaient innocents, affirmant haut et fort qu'ils n'étaient pas passés à l'action. Dean les avait-il engagés pour faire le boulot ? Oui. Étaient-ils passés à l'acte ? Non. Quand il lui a raconté cela, Harry a éclaté de rire et s'est donné une claque sur le genou. Cela l'amusait toujours, a-t-il déclaré, les mensonges que les criminels pouvaient raconter quand ils cherchaient désespérément à se dédouaner. Même lorsqu'ils avaient été pris la main dans le sac, ils pouvaient raconter tout et n'importe quoi, absolument tout et n'importe quoi.

Alors qu'elle récupère physiquement, son acuité mentale fait également son retour. Au début elle n'a aucune idée de ce qu'elle doit penser de ce sursis qu'on lui a accordé, de ce détail technique qui lui a rendu la vie. Détail technique est bien le mot pour désigner tout cela, vraiment. Elle n'est pas du genre à attribuer ce genre de choses à une puissance supérieure qui veillerait sur elle. Ce n'est pas qu'elle ne croie pas en Dieu, mais il n'y a pas de raison de penser que Dieu pourrait intervenir en sa faveur et pas en celle de Dean. Si Dieu était juge, il serait obligé de les déclarer tout aussi coupables l'un que l'autre.

Elle se rappelle à présent ses conversations téléphoniques avec Dean. Toute cette rage et cette fureur. Elle n'y avait pas accordé d'importance sur le coup. D'après elle, il voulait simplement se défouler. Après tout, il était le plus vieil ami de Todd – comment pouvait-elle le prendre au sérieux ? Il s'avère, cependant, qu'il existait une part d'ombre chez Dean qu'elle n'avait jamais soupçonnée. Clairement, elle l'avait sous-estimé. Mais, en même temps, n'ayant pas d'enfant, il faut lui pardonner de ne pas avoir pensé à cet impératif parental, à cette pulsion qui vous pousse à protéger votre progéniture à n'importe quel prix. Et n'étant pas un homme, elle ne pourra jamais vraiment comprendre ce comportement macho que Dean avait adopté, et qui a sans doute aidé à le détourner du droit chemin et poussé à aller trop loin.

Elle incline à croire que les hommes de Dean sont les véritables coupables, que comme l'a avancé Harry, s'ils clament leur innocence, c'est seulement parce qu'ils tentent désespérément de se dédouaner. Et Alison dans tout cela ? Il se pourrait qu'Alison ne fût pas digne de confiance, n'eût pas l'intention d'honorer leur contrat. Ou peut-être a-t-elle succombé à la vue de tout cet argent. Il est également possible qu'Alison ait payé Renny, et que ce soit Renny le tire-au-flanc. D'un autre côté, Alison et Renny ont peut-être tous les deux honoré leur part du contrat et fait ce pour quoi ils avaient été payés. Ou peut-être qu'ils avaient au moins eu l'intention d'aller jusqu'au bout. Jodi préférerait voir le bon côté chez eux. Elle n'a pas vraiment envie non plus de remettre en question la sincérité d'Alison ou le professionnalisme de Renny. Pourtant, elle ne peut que spéculer, parce que la vérité ne sera jamais connue, et puis dans un cas comme celui-ci la vérité est relative, complexe, sale. La seule chose dont elle est certaine, la seule chose sur laquelle elle peut compter, c'est qu'elle ne sera pas remboursée. Si elle veut savoir pourquoi Alison l'évite, eh bien, c'est peut-être là la réponse.

Une fois rentrée de l'hôpital, après un ou deux jours, lorsqu'elle arrive à rassembler assez de force pour faire face à la lumière clignotante du téléphone, elle trouve parmi ses messages un message de son frère. Fidèle à lui-même, Ryan était injoignable et ne sait rien des derniers événements. Il prenait juste de ses nouvelles, il pensait à elle, et il la rappellerait. Du Ryan tout craché. Elle regrette d'avoir raté son coup de fil, mais cela fait longtemps qu'elle a appris à faire la part des choses en ce qui le concerne et à ne pas se mettre dans tous ses états à cause de ses allées et venues. Tout cela grâce, évidemment, à Gerard Hartmann.

C'est étrange comme la vie peut vous offrir des cadeaux inattendus. Elle est allée consulter Gerard au départ parce que cela faisait partie de sa formation, mais elle ne peut nier que, durant son travail avec lui, elle s'est vue à travers son propre regard et a découvert des choses importantes sur elle-même, comme sa capacité incroyable à occulter ce qu'elle ne voulait pas voir, à oublier ce qu'elle ne voulait pas savoir, à se sortir quelque chose de la tête et ne plus jamais y repenser. En d'autres termes, à vivre sa vie comme si certains événements ne s'étaient jamais produits.

Tous les psys savent que ce n'est pas l'événement en soi qui compte, mais la façon dont on y réagit. Prenez dix individus différents, exposez-les tous à la même épreuve, et tous se répandront en détails et en interprétations qui leur seront propres. Jodi est celle qui n'y a plus jamais repensé. Pas une seule fois. Jamais. Ce qui est arrivé à Jodi dans le monde éloigné de son enfance peut sans aucun doute être qualifié d'événement oublié, abandonné, obsolète, éradiqué, ou tout comme. Ou du moins, c'est ce qu'elle croirait si elle n'avait pas fait des études en psychologie. Elle a dû finalement accepter que même si vous oubliez, cela ne veut pas dire que la chose ne s'est pas passée. L'ardoise n'est pas complètement effacée ; vous ne pouvez pas redevenir la personne que vous étiez avant ; votre innocence ne peut plus être retrouvée. Vous n'avez peut-être pas voulu de cette expérience, qui ne se résume peut-être à rien d'autre que du gâchis et des dégâts, mais l'expérience a de la matière, elle est factuelle, autoritaire, elle continue de vivre dans votre passé et affecte votre présent, peu importe vos efforts pour y remédier. Le vieux bocal de cornichons que vous avez jeté il y a tant d'années de cela a peut-être rejoint la décharge, mais il existe toujours, quelque part. Il est peut-être cassé, en mille morceaux même, mais il n'a pas disparu. On l'a peut-être oublié, mais l'oubli n'est qu'une habitude.

Dans cette analogie, la décharge représente l'inconscient. Pas l'inconscient collectif, mais l'inconscient individuel – votre propre inconscient personnel, privé et singulier où votre nom est gravé sur chaque objet et votre numéro tamponné dessus, l'inconscient duquel les objets peuvent jaillir et vous assaillir sans prévenir – comme ce qui s'est produit le jour où elle attendait dans l'ascenseur après avoir raconté à Gerard son rêve sur Darrell. Pour la défense de Jodi, et cela en dit long sur sa présence d'esprit, elle a décidé de ne pas ignorer la valeur de l'événement en tant que leçon pratique de psychologie. En réalité, tout cela lui est apparu en un flash sidérant. L'inconscient n'est pas simplement une théorie dans un livre, un paradigme inventé de toutes pièces ou un fantasme exagéré, mais quelque chose d'aussi réel que le nez au milieu du visage, d'aussi réel qu'un bocal de cornichons. Selon Jung, tout dans l'inconscient cherche à se manifester au-dehors ; une situation interne de l'ordre de l'inconscient se manifestera fatalement dans des événements extérieurs. Le philosophe grec Héraclite a émis une hypothèse similaire lorsqu'il a associé destin et personnalité.

Gerard serait vraiment ravi d'apprendre que son rêve a déclenché ce souvenir important de l'enfance. Voilà enfin quelque chose qu'il aurait pu se mettre sous la dent, et il avait cherché à s'en approcher, il avait senti qu'il y avait quelque chose qui attendait en coulisse, avait continué sur sa lancée avec patience et détermination comme s'il anticipait ce moment précis, ce couperet qui tombe. Elle se demandait quels indices il avait pu repérer, et elle aurait aimé lui demander, mais elle n'avait finalement pas mis Gerard dans la confidence, elle avait renoncé à l'idée. Au lieu de cela, elle avait gardé ce secret pour elle et ne l'avait jamais évoqué, préférant finalement le conserver dans une boîte hermétiquement fermée, pour le priver d'oxygène.

Faire ce choix était son privilège, et c'était même pour le mieux. Sa formation lui disait qu'il fallait exprimer ce genre de choses, mais en suspendant ce souvenir, elle demeurait la même personne, et son enfance restait une source de moments heureux. Dans la vie, on n'a jamais cent pour cent, et en obtenir quatre-vingt-dix-neuf est tout à fait providentiel. Tout ce qu'elle avait à faire, c'était de s'occuper de ce désastreux un pour cent, de trouver un moyen de le contenir.

Brutalement, elle avait rompu tout contact avec son frère aîné et l'avait complètement évité depuis. Au fil des décennies, elle s'était blindée contre ses demandes insistantes et ses appels du pied, elle l'avait écarté sans état d'âme. Il en connaît la raison ; il n'y a jamais eu besoin d'explication. Ce qu'il lui avait fait n'avait pas duré longtemps – une bourde de jeunesse, un tic de la puberté – mais il y a des choses que l'on ne peut pas pardonner.

Elle ne se pardonnerait jamais non plus à *elle-même*. Ses parents ne savaient rien, elle en était certaine ; ils n'auraient jamais accepté ce genre de comportement de la part de l'un de leurs enfants, et elle n'aurait jamais pu rejeter sur eux une quelconque part de responsabilité. C'était elle qui aurait dû l'arrêter avant qu'il s'en prenne à Ryan – et elle était sûre et certaine qu'il s'en était pris à lui. Les cauchemars de Ryan avaient commencé littéralement du jour au lendemain. Ses crises étaient spectaculaires et sans précédent. Il avait été un enfant tellement accommodant. Peut-être que le Darrell adolescent avait considéré le plus jeune membre de la fratrie comme un moindre risque. Peut-être qu'il exploitait seulement les options à sa disposition. Tout aussi bien, rien ne lui passait par la tête dans ces moments-là, et tout se résumait à une histoire de glandes. Peu importe le cas de figure, il avait commis ces actes, et une fois adulte, Ryan, tout comme Jodi, n'avait plus eu de contact avec Darrell et évité son nom de toutes ses conversations.

Le pacte tacite qu'elle a passé avec Ryan, c'est qu'ils ne revisiteront jamais les événements marquants du passé, ne déterreront pas les vieilles reliques, ne remueront pas la terre où sont enfouies ces choses qui ont mal tourné. La façon dont elle perçoit les premières années de Ryan et les souvenirs possibles que Ryan lui-même en a gardés – tout cela lui est inaccessible, réellement nul et non avenu. Une histoire délaissée, un passé désavoué. Oublier n'est qu'une habitude, mais cela apporte une tranquillité d'esprit, et par-dessus tout il faut que Ryan soit en paix, il faut continuer à le protéger, il faut lui permettre d'ajouter des couches d'expériences nouvelles par-dessus le silence.

Quant à elle, chaque matin au réveil, elle remercie le Dieu dont elle ne nie pas l'existence. Même si elle ne peut pas lui attribuer le fait de l'avoir sauvée, elle a besoin de ce moyen d'exprimer sa gratitude. Sa liberté est un cadeau à la valeur inestimable : qu'elle puisse encore se réveiller chaque jour dans son magnifique appartement, marcher pieds nus sur les épais tapis de laine, ouvrir les rideaux de soie et de lin pour contempler l'horizon, boire un *latte* corsé, partir se promener avec le chien. Elle est profondément consciente – elle n'oublie jamais, même pour un moment – qu'elle a hypothéqué tout cela. Sa gratitude est comme un bonbon dur qui refuse de se dissoudre dans sa bouche.

Elle est reconnaissante envers Harry, également, qui se démène tant en son nom. Une date est fixée pour l'audience au tribunal, et il a des papiers à lui faire signer. Il lui dit que Natasha la poursuit en justice, mais qu'il est sûr à quatre-vingt-dix pour cent qu'elle va accepter un accord à l'amiable. Avec son bébé qui doit naître au printemps et le procès qui arrive, Natasha a déjà largement de quoi s'occuper. Dans tous les cas, elle, Jodi, peut se permettre d'être généreuse. Il lui restera bien assez d'argent pour vivre une fois l'immeuble résidentiel et l'immeuble de bureaux vendus. Stephanie va l'aider pour ça, et lorsqu'ils n'auront plus besoin d'elle, Jodi sera en mesure de lui proposer des indemnités de départ décentes. Financièrement, c'est Cliff qui va le plus en baver puisque Todd était de loin son meilleur client. Mais Cliff est doué dans son domaine, et de nouveaux clients viendront le solliciter.

Elle remarque des changements en elle. Elle s'est adoucie, est revenue sur terre, et elle ressent également des affinités plus profondes avec ses patients. Ayant compris qu'elle aussi a été obstinée, cupide, aveugle et coincée, qu'elle était dans le même pétrin qu'eux durant tout ce temps, elle ne peut qu'être reconnaissante de leur loyauté et de leur gentillesse. Ils se sont accommodés de ses défaillances, se sont inquiétés de son état de santé. Le Juge lui a apporté des fleurs et Bergman lui a préparé une tarte. Véridique.

Mais ce qui la surprend le plus, c'est que tous, jusqu'à l'indisciplinée Mary Mary, montrent moins de résistance et font plus d'efforts pour travailler avec elle. Un certain élan les a tous contaminés, un empressement et une facilité. Tous manifestent une volonté de prendre leurs responsabilités et d'avancer, et tout commence par une question d'attitude : de vision, de croyance, d'histoire que l'on se raconte, comme l'a dit Adler. Il est évident que les changements qui se sont produits en elle affectent à leur tour ses patients, et elle doit bien admettre à présent que la nature humaine peut être plus souple qu'elle ne le supposait avant. Que son affreuse déchéance se termine en faisant d'elle quelqu'un de moins sceptique, c'est un paradoxe qui ne lui échappe pas.

Il est étrange de penser que, maintenant que Todd est parti, son fils va vivre dans ce monde dans les années à venir. Reconnaîtra-t-elle le garçon si elle le croise dans la rue ? Est-ce que les traits de Todd se superposeront, comme ceux d'un fantôme, à ceux de son fils, ou y aura-t-il au moins un signe – un tic, quelque chose dans sa façon de se tenir ? Elle se demande si la mère du garçon lui dira la vérité sur sa famille, l'emmènera rendre visite à son grand-père en prison. À la place de Natasha, Jodi serait peut-être tentée d'enfouir tout ce bazar monstrueux, de ne jamais y faire allusion, d'inventer une histoire pour expliquer l'absence de Dean, ou mieux encore d'oublier simplement Dean, comme s'il était mort lui aussi, puisque lui pardonner s'avérerait impossible.

De toute façon, cette histoire est vraiment celle de ces deux hommes, ces amis d'enfance, l'un mort et l'autre tout comme. Une jeune femme telle que Natasha n'a pas besoin de traîner de vieilles casseroles derrière elle, de prendre sur elle leur karma défectueux. Si elle a un tant soit peu de bon sens, elle se trouvera un mari, quelqu'un qui donnera au fils de Todd un autre nom.

Les gens attachent trop d'importance aux liens du sang de toute façon. Mais Natasha fait probablement partie de ces maniaques de la vérité, comme c'est la mode ces temps-ci. Il faut dire à l'enfant d'où il vient – il a le droit de savoir. Alors que Jodi n'éprouve aucun état d'âme à falsifier les faits. Cela comporte des avantages, et puis il vaut mieux laisser certaines choses où elles sont. À quoi bon regarder la réalité en face, s'il existe une voie plus douce, plus clémente. À quoi bon toute cette insistance macabre.

REMERCIEMENTS

Toute ma gratitude à John Massey qui a pris la route avec moi ; à Beth Kapusta, ma première lectrice, et la meilleure ; aux psychothérapeutes Diane Scally et Elly Rosselle qui m'ont fait part de leur savoir et de leurs idées tout le long de nos vies ; à Margaret Dragu qui m'a fait découvrir la face cachée d'un club de nuit ; et à Bruce Bailey qui m'a si généreusement prêté ses domiciles. Pour une assistance précieuse dans la recherche des lieux, je suis reconnaissante à Lisa Harison, Chelsea Nash-Wolfe, Bazrb Webb, Steve Reinke et Philip von Zweck. Personne ne mérite davantage de remerciements que mes agents Samantha Haywood et Kimberley Witherspoon, et William Callahan doit également être mentionné. Toute mon estime aussi pour mes éditrices Tara Singh, Adrienne Kerr et Marion Donaldson, et ma correctrice Sheila Moody. Enfin, la dernière mais pas la moindre, Karyn Marcus à qui je suis éternellement reconnaissante pour sa retouche qui a tout changé.

Dans la même veine
au Livre de Poche

Les Apparences   n° 33124

Amy et Nick forment en apparence un couple modèle. Victimes de la crise financière, ils ont quitté Manhattan pour s'installer dans le Missouri. Un jour, Amy disparaît et leur maison est saccagée. L'enquête policière prend vite une tournure inattendue : petits secrets entre époux et trahisons sans importance de la vie conjugale font de Nick le suspect idéal. Alors qu'il essaie lui aussi de retrouver Amy, il découvre qu'elle dissimulait beaucoup de choses, certaines sans gravité, d'autres plus inquiétantes. Après *Sur ma peau* et *Les Lieux sombres*, Gillian Flynn nous offre une véritable symphonie paranoïaque, dont l'intensité suscite une angoisse quasi inédite dans le monde du thriller. Best-seller international, *Les Apparences* est indétrônable des listes des meilleures ventes et a fait l'objet d'une adaptation cinématographique de David Fincher avec Ben Affleck.

Le Livre de Poche s'engage pour l'environnement en réduisant l'empreinte carbone de ses livres. Celle de cet exemplaire est de : 350 g éq. CO_2
Rendez-vous sur www.livredepoche-durable.fr

PAPIER À BASE DE FIBRES CERTIFIÉES

Composition réalisée par NORD COMPO

Achevé d'imprimer en janvier 2015 en France par
CPI BRODARD ET TAUPIN
La Flèche (Sarthe)
N° d'impression : 3009130
Dépôt légal 1re publication : février 2015
LIBRAIRIE GÉNÉRALE FRANÇAISE
31, rue de Fleurus – 75278 Paris Cedex 06

35/5562/3